Анна Сохрина

Пять дней любви

Берлин

2010

УДК 82'06
С54

С54 Сохрина Анна.
     Пять дней любви.— Санкт-Петербург, 2010.— 288 с.: ил.

     ISBN 978-5-91865-065-3

новые вещи Анны Сохриной вы можете увидеть на

http://www.sokhrina.com

СОДЕРЖАНИЕ

Автобиография

АВТОБИОГРАФИЯ

Автобиографию писать сложно. Каждый писатель пишет ее практически всю жизнь — своими книгами. Литературные тексты — это и есть его автобиография, хотя автор частенько и прячется за третьими лицами, своими героями. Все равно все написанное — он сам, и все пропущено через него. Поэтому, если писать полную биографию, надо издавать собрание сочинений, если краткую — можно ограничиться вехами жизни, ее внешними ступенями. У меня получилось что-то третье.

Итак, родилась в Питере в 1958 году. В семье, как тогда говорили, трудовой интеллигенции. Мама инженер, отец анестезиолог, много лет проработал в операционной института онкологии в Песочном. Песочное — это курортный пригород Ленинграда, там я выросла и закончила школу. Мое окружение — работники этого крупного медицинского центра, родители моих одноклассников. Вообще Песочное в те годы было интересное местечко, в основном там жила интеллигенция — медики и военные, (там был еще военный городок.). Поэтому в нашем классе учились дети врачей и офицеров. С тех пор плохо переношу военных и очень люблю врачей. Когда я в 19 лет вышла замуж, родила сына и наши родители, сложившись, купили молодой семье кооператив в одном из новых районов Питера на Ржевке-Пороховых, то и на новом месте привычка общаться исключительно с медиками взяла свое. Я тут же выудила в соседних домах парочку докторов, молодых мамаш, и подружилась с ними. Иногда жалею, что не пошла в медицинский. Считается, что врачи лечат тело, писатели душу. А тело и душа так прочно связаны…

Мои литературные способности, скорей, от отца. Я вообще, как говорила моя мама, когда сердилась, — «сохринская порода». Это же подтвердил мне много лет спустя один знаменитый экстрасенс: «А вы знаете, что генетически вы полностью в отца?»

Все Сохрины талантливы. Дедушка, папин папа, был дирижером военного оркестра, в свое время закончил консерваторию, писал музыку, моя тетка Сима, родная сестра отца тоже музыкант и вокалист. Симона — героиня многих моих рассказов. Человек живой, непосредственный, лучезарный. У нее точный, все подмечающий взгляд, и я многое за ней записывала. Очень сейчас жалею, что живем с ней в разных городах Германии и редко видимся, Симона подсказала мне сюжеты многих моих текстов.

Так вот, отец, когда ему было ближе к тридцати, написал рассказ «Самый трудный день». Об одном его коллеге-еврее, блистательном сорокалетнем хирурге, который пришел после тяжелой десятичасовой операции домой и умер на глазах у беременной жены от разрыва сердца. История эта правдива до мельчайших нюансов, документальна и горька. Как окружающая нас жизнь. Рассказ был послан на конкурс в Москву на высшие сценарные курсы, там как раз шел набор — отца приняли, прислали приглашение, а вот учиться он не поехал. Надо было переезжать в другой город, оставить семью, жить на стипендию. Конечно же, и моя мама была против, мне не было еще трех лет.

Интересно, что такая же история приключилась и со мной. На семинаре молодых писателей на доске объявлений я прочитала, что московские высшие сценарные курсы объявляют очередной набор на курс сценаристов документального и научно-популярного кино. По условиям надо было прислать свои работы. Я тогда уже вовсю писала не только рассказы, но и научно-популярные очерки для детгизовского сборника «Хочу все знать» (помните такой?). Я подвела к стенду с объявлениями своего приятеля:

— У меня семья, маленький ребенок, мне не уехать. А для тебя это дорога в будущее. Хочешь?

Он с мольбой посмотрел на меня:

— Но у меня же нет таких работ…

Я дала ему свои тексты. Он переделал в них «я сказала» на «я сказал», и его приняли. Во время его учебы я частенько наведывалась в Москву, смотрела вместе с ним фильмы, спорила до хрипоты в студенческом общежитии, вдыхала полной грудью воздух творческой мастерской и возвращалась назад, к своим баранам… Почему я пишу о таких частностях? Потому, что именно они вспоминаются, когда размышляешь о прошлом. В конце концов, вся наша жизнь одна сплошная частность…

Итак, семья отца была творческая, немножко безалаберная, а семья матери инженерная, более правильная, но все равно теплая и шумная. Именно в ней я выросла, именно она и сформировала меня. Пока мои родители выясняли отношения, а они развелись, когда мне было одиннадцать лет, я жила с бабушкой и дедушкой в огромной разгороженной комнате коммунальной квартиры на улице Марата. Как потом пел Розенбаум: «На улице Марата я счастлив был когда-то…»

Мои родители разошлись. Отец, проучившись заочно в Институте культуры, уехал, женившись на норильчанке, в Норильск, работал там заместителем директора местного драматического театра. Отец — это особая глава, когда-нибудь я напишу ее. И я уже много раз проговаривала ее под разными названиями, особенно после его смерти. А умер он рано — в 64 года. Чем старше я становлюсь, тем больше его черт нахожу в себе. Человек он был светлый, добрый, щедрый и талантливый, но непутевый, как говорила моя бабушка, вздыхая, — «без царя в голове». Добавлю еще, что был он замечательно хорош собой. И все его дети — а их у него от разных браков четверо — красивы и талантливы. Чего же еще?

Семья матери. Воспитывал меня дед. Все мое детство связано с ним, и всем хорошим во мне я обязана деду, маминому отцу Фаддею Моисеевичу Эльконину. Именно ему я посвятила свою повесть «Моя эмиграция», потому что, когда писала эту вещь, все время внутренне как бы слышала его голос, вспоминала его рассказы, улыбку, интонацию… Дед был военным инженером, морским офицером, капитаном первого ранга. Пройдя всю войну, легендарный «Невский Пятачок» и побывав во многих переделках, он вернулся живым. Из семи его братьев, некогда большой и очень дружной еврейской семьи, в живых осталось только трое.

Во мне с детских лет незримо жила его история, рассказанная бабушкой. Вернувшись, с фронта в 45-м, дед сразу поехал в Белоруссию, в родной город Мстиславль, что недалеко от Гомеля, узнать о судьбе своих родных. В Мстиславле, оккупированном немцами, жили его мать с отцом и старший брат Нёма с семьей… В городке до войны, вообще, жило много евреев, здесь проходила черта оседлости.

Из поездки он вернулся неузнаваемым, лег на диван и пролежал трое суток не вставая. С войны, выдержав тяжелейшие бои, дед вернулся жгучим брюнетом, а с дивана встал совершенно седым.

Два дня ходил он по пепелищу родного дома. Два дня искал свидетелей произошедшего.

Оставшиеся в городке русские соседи рассказали ему, как всех евреев согнали на базарной площади, дали лопаты, заставили вырыть ров, а затем расстреляли короткими пулеметными очередями, экономя патроны. Кое-как забросав ров землей, запретили кому-либо к нему подходить. И еще трое суток шевелилась над рвом земля и раздавались стоны… Рассказывают, женский голос все звал, постепенно слабея: «Нёма, Нёма…»

Эта история никогда не даст мне жить в Германии спокойно. Хотя чего уж… Почти в каждой еврейской семье, если поспрашивать, произошло что-нибудь подобное.

Это моя мама сказала, когда мы подали документы: «Немцы зарыли живьем мою бабушку, а ты хочешь, чтобы я ехала жить в Германию?»

Однако живем…

В 2001 году я получила американскую литературную премию за рассказ «Дорога на Мертвое море». Я там написала об этом — внутренних терзаниях, когда американские и израильские евреи с внутренней ехидцей спрашивают: «Ну и как еврей может жить в Германии?» И как трудно на него отвечать. Рассказ с легкой руки Дины Рубиной перепечатали во многих русскоязычных изданиях по миру, где живет еврейская диаспора. Он вызвал широкий отклик. Но одним высказыванием я особенно дорожу.

Я выступала в Кобленце. Надо сказать, по прихоти судьбы в этом старинном немецком городке обосновалось много бывших питерцев. Я с ними дружила и приезжала выступать каждый год, когда писала что-нибудь новенькое. На этот раз меня почему-то усадили не на сцену, а в зрительный зал, и торжественная устроительница вечера, загадочно блестя глазами, шепнула, что меня ждет большой сюрприз. Раздвинулся занавес, и один за другим зрителям показали два спектакля — инсценировки по моим рассказам «Фрау Кац и фрау Фогель» и «Обрезание». Я смеялась и умилялась вместе с залом и была, честно говоря, в приятном недоумении — неужели это я так написала?

На следующий день мне выдали лучшего русского экскурсовода, бывшего киевского профессора-генетика, с тем чтобы он познакомил меня с достопримечательностями города. Стоял январь, погода выдалась премерзейшая — пасмурная, с пронизывающим ветром и холодом. А профессор все рассказывал и рассказывал про героическую историю Кобленца… Я кашляла, сморкалась в бумажные салфетки, целую пачку извела и несколько раз просила его о пощаде — закончить сию нескончаемую повесть за чашкой горячего чая с ромом в каком-нибудь теплом кафе… Но профессор был неумолим и страстно отвечал, что эту часть города я, ну просто обязательно, должна увидеть собственными глазами. Через час хождений под ледяным ветром я поняла, что начинаю его тихо ненавидеть. В конце концов, решительно распахнув дверь ближайшего кабачка, я в полном изнеможении, сотрясаясь от приступа лающего кашля, плюхнулась за столик. Через полчаса, когда я, наконец, отогрелась и выпила три чашки горячего чая, профессор, задумчиво глядя на меня, произнес фразу, от которой мое сердце дрогнуло.

— Знаете, Анечка, — сказал он мне, неспешно размешивая чай, приблизив ко мне немолодое, прорезанное морщинами лицо. — А ведь ваш рассказ «Дорога на Мертвое море» — это письмо каждого из нас самому себе…

За эти слова я сразу простила ему все.

Но я опять сбиваюсь с автобиографии на важные моему сердцу частности.

Итак, я очень любила моего деда — он был главным в моем детстве. Когда я родилась, он ушел в отставку, мама и бабушка работали, со мной сидел дед. Это был шолом алейхемовский Тевье-молочник, беззаветно преданный семье и детям человек. И в то же время дед был необыкновенно добр, мудр и оптимистичен. Всех своих внуков он качал на коленях, пел песни, рассказывал семейные истории. И когда через много лет мой пятилетний сын стал мне картавя объяснять: «У дедушки Феди было семь братьев — Натан, Гриша, Зяма, Иосиф…» — я замерла от пронзившего меня острого чувства родности, семейной преемственности и любви — когда никогда, ни в какой ситуации, родных не бросают, и поняла, что это дедушкина заслуга.

«Сперва я помогу родственнику, потом еврею, а потом уже всем остальным…» — эти дедушкины слова я процитировала на одном из своих выступлений в еврейской общине в какой-то острой полемике… И по потеплевшим лицам в зале поняла, что сказала что-то очень важное, и прежде агрессивный зал затих, настроившись на совсем другую, более спокойную и доброжелательную волну.

У деда в характере было главное — мудрость и природная доброта. За это его любили и уважали сослуживцы и однополчане, и я это видела. Каждый год 9 мая в День Победы он брал меня на встречу однополчан. Это было трогательное и волнующее зрелище — как они обнимались при встрече, похлопывали по плечам, неспешно рассаживаясь, выпивали, поминая погибших, разговаривали… Там была атмосфера истинности, непоказного глубокого понимания и любви. Деда все очень любили. И я, совсем еще девчонка, была очень горда им.

Дед прожил долгую жизнь — 86 лет. В 1992 году у меня родилась дочь Аркадия, я в то время я увлекалась астрологией, читала всякие гороскопы и с интересом изучала, какой же характер будет у моего ребенка, рожденного под знаком скорпиона.

В гороскопе говорилось, что скорпион при своем появлении на свет забирает у вселенной столько энергии, что за год до рождения или в течение года после рождения этого знака в семье кто-то должен уйти. Я в это не поверила. Радостные хлопоты материнства заслонили все. А через полгода умер дедушка... Интересно, что теперь когда я встречаю приятельниц, у которых дети скорпионы, я настойчиво выясняю — умер ли в семье кто-то.

— О, да, — сказала моя подруга, — за три месяца до рождения сына у мамы умерла сестра, моя тетя.

— А у нас бабушка, — сказала другая.

— А у меня отец... — горько вздохнула третья.

Увы, гороскопы не врут.

Впрочем, я опять отвлекаюсь. Дед прожил долгую и хорошую жизнь, а его жена, моя бабушка Мэра, поставила рекорд долголетия в нашей семье и умерла в Америке на девяносто восьмом году жизни. В 1994 году мы уехали в Германию, а моя родная тетя Лиза, мамина единственная сестра, вслед за своей дочерью в Америку. С Лизой уехала и 93-летняя бабушка.

— Как бабушка? — звонила я Лизе в Америку, справляясь о здоровье близких.

— Хорошо. Учит английский.

Бабушка Мэра была уникальным человеком. В молодости она училась в Москве в Институте химической промышленности. Очень увлекалась поэзией, живьем разговаривала с Маяковским, знала огромное количество стихов, причем декламировала их до глубокой старости. В зрелые годы бабушка руководила огромным производством на химическом заводе, производящем серную кислоту. Так что слово «серная кислота» звучало в моем детстве с большой частотностью. За изобретения в области производства этой самой кислоты бабушка получила медаль и грамоты ВДНХ. По ее стопам пошла и ее младшая дочь Лиза. Правда, она уже всю жизнь занималась разработкой и производством всевозможных смазок. И тоже в этом очень преуспела. Сейчас Лиза сидит со своими внуками в Бостоне.

Коллеги дочери, американцы, как-то узнав, что за свою жизнь наизобретала Лиза, просто всплеснули руками. В Америке она бы давно стала миллионершей. Правда, моя родня в Америке наверстывает упущенное умными головами своих детей. Моя двоюродная сестра Маша — программист. Она все время зовет меня погостить в их огромном доме с бассейном в окрестностях Бостона…

Когда я впервые съездила в Америку, а было это еще семь лет назад, то вернулась в Германию с тяжелым сердцем и с совершенно четким убеждением, что привезла детей не в ту страну. Впрочем, о моем отъезде я уже рассказывала. Кроме того, увы, история не терпит сослагательного наклонения…

Забавные метаморфозы происходили в семье, расселившейся по разным континентам. Моя мама переехала в Германию вслед за мной. А Лизин сын со своими детьми все еще оставался в Петербурге, и Лиза, мамина сестра решила из Америки поехать в Питер, чтобы посидеть с внуком. Мама, в свою очередь, была срочно командирована из Германии в Америку, чтобы остаться со старенькой бабушкой Мэрой, которая хоть и храбрилась, но на 96-м году жизни не могла все делать сама.

— Будни еврейской семьи, — задумчиво прокомментировал мой сын. — Одна сестра летит из Германии в Америку, чтобы другая из Америки полетела в Россию увидеться с внуком …

Кто мог такое придумать еще 15 лет назад? Бабушка с дедушкой были удивительно срощенной, любящей друг друга парой. И мне повезло, что большую часть своего малолетства и отрочества я провела у них.

Картинки детства — о них я могу писать бесконечно.

Итак, как я стала писателем? Писать начала рано, еще в детстве мир представлялся мне эдакой волшебной шкатулкой, напичканной до краев сокровищами смешных, грустных и поучительных историй. Иногда я их записывала. Еще во втором классе всем ученикам велено было описать предмет, а я написала трогательную историю дорожной сумки, которая потерялась. Учительница читала мое сочинение классу и была поражена не меньше, чем я. В восьмом классе я победила в конкурсе сочинений, объявленном детской газетой «Ленинские Искры» (Господи, ну и названьица были в те времена!) и была награждена путевкой в «Артек» в юнкоровскую смену.

И печататься начала рано — когда мне было восемнадцать в модном литературном питерском журнале «Аврора» (кстати, выходившей тиражом 1 миллион экземпляров) вышел мой небольшой юмористический рассказ.

Это было событие — публикация в литературном журнале, да еще под рубрикой «Бульвар молодых дарований»! С последним штатные юмористы явно переборщили. Однокурсники, а я тогда училась на первом курсе университета, стали дразнить меня Бульварной Девушкой.

Потом я познакомилась с Викторией Токаревой, ее рассказы тогда очень волновали мое воображение. Конечно, мне очень хотелось показать ей, что я пишу. Мне помог случай. В середине восьмидесятых у Виктории Самойловны был назначен литературный вечер в Доме писателя на Воинова. Помню, был страшный мороз, писательница вышла на сцену пухленькая, розовощекая и выдохнула в зал: «А я думала в такой собачий мороз никто не придет!» И я полюбила ее еще больше.

После вечера, умолив своих знакомых провести меня за кулисы, я была ей представлена и даже взяла у писательницы интервью для одной из ленинградских газет. А когда посылала материал, то положила в конверт еще парочку своих рассказов. Я думала Токарева не ответит, а она прислала теплое письмо, которое долго хранилось в моей папке «Самое важное». «Твои ранние рассказы лучше моих ранних, тебе обязательно надо писать. Приезжай. Поговорим подробно…» От радости я прыгала выше потолка, как любила говорить моя бабушка, и понеслась в Москву на следующий же день «вперед собственного визга», опять же по бабушкиному меткому выражению.

В тот визит я познакомилась не только с Викторией Токаревой, но и с ее дочерью Наташей, с зятем Валерой. Этот невысокий большеглазый мальчик сейчас стал одним из самых известных и прославленных режиссеров России — Валерием Тодоровским. Да, время удивительно расставляет встреченных тобой на сцене жизни…

Из Москвы я вернулась с небольшим токаревским предисловием к двум своим рассказам — «Французские духи» и «Такая длинная жизнь». Их напечатали в «Авроре», но уже не в легковесном отделе юмористики, а в отделе прозы. Там тогда работала жена поэта Александра Кушнера Елена Невзглядова, на редкость милый и интеллигентный человек. Потом меня напечатали еще и еще…

В Ленинграде я жила весело и интересно. Поэтому в эмиграции мне до сих пор кажется, что я из большого шумного и переливающегося разноцветными огнями города, где я ходила на все киношные, литературные и театральные премьеры, волею судьбы попала в духовную деревню, хотя и с хорошими бытовыми условиями.

Правда, уезжали мы не по собственной воле.

Впрочем, все это я описала в своей повести «Моя эмиграция».

Вот уже больше десяти лет живу в Германии, сначала в Кёльне, потом в Берлине… Что сказать?

— Мне в Германии все равно где жить — все города одинаково чужие… — Так говорит одна моя героиня. Частенько так думаю и я… Правда, Берлин мне нравится гораздо больше. Просто масштаб города совпадает с тем, к чему я привыкла. А в Кёльне мне все казалось, что я уехала куда-то в отпуск и каникулы никак не кончаются…

Успехов я здесь особых не достигла, немецкий язык как следует не выучила.

Пишу рассказы из жизни еврейской эмиграции. Иногда читаю их на вечерах, и людям это нравятся. Они узнают в них себя, грустят и смеются вместе со мной. Их тепло греет мне сердце.

Что еще? У меня двое детей — сын Илья, он уже взрослый и самостоятельный, закончил в Бонне университет и теперь программист в немецкой фирме. У нас давно произошел обмен ролями «дети — родители».

— Мама, какие у тебя проблемы? — строго спрашивает он взрослым голосом меня по телефону. Я вздыхаю и начинаю по-детски жаловаться. Меня опять обидели. Что-то не сделали, потому что не так поняли мои путаные объяснения на чужом языке.

— Ладно, я позвоню в этот «амт», — строго говорит он. — И все решу.

Практически он решает все мои и бабушкины вопросы, связанные с окружающим нас официальным немецким миром, так как уже в совершенстве владеет языком. А для меня написать короткое письмо издателю по-немецки страшное мучение. По-русски с такими трудозатратами, мне кажется, я могу написать целый роман. Илюшу я очень люблю, он вырос замечательно теплым, умным и ответственным человеком. Можно сказать, что он мой единокровный сын.

Дочка Аркадия учится в одной из гимназий Берлина. Она хорошая девочка. Внешне и внутренне больше похожа на моего мужа, человека серьезного, специалиста по живописи, коллекционера и писателя Михаила Аркадьевича Вершвовского. Наверное, это к счастью.

Вот и все. Потому что биография и так получилась слишком длинной. Остальное потом…

Рассказы
разных лет

ШАНС НА СЧАСТЬЕ

Лариса была бесхозная женщина. Ключевскому она так и сказала про мужа:

— Он мне не хозяин.

И эта фраза решила все.

Лариса работала редактором радиовещания на заводе. По вторникам и пятницам она говорила в микрофон высоким, модулированным голосом, подражая дикторам телевидения:

— Говорит объединение «Свет». Здравствуйте, товарищи. В эфире... Если был вторник, то в эфире звучали «Новости», а если пятница — музыкально-информационная программа «По вашим заявкам».

Объединение выпускало осветительную арматуру.

— Двадцать пять лет работает в цехе абажуров Клавдия Филимоновна Курочкина, — читала в микрофон Лариса. — Впервые она переступила порог заводской проходной совсем молоденькой девушкой. Все эти годы Клавдия Филимоновна трудится на одном месте и выполняет ту же операцию...

«Да я бы застрелилась, — думала Лариса, — если бы двадцать пять лет просидела на одном месте и клеила абажуры».

— В дни ее трудового юбилея мы хотим пожелать ей счастья и здоровья и поздравить ее хорошей песней. Вот такое теплое письмо, — продолжала Лариса, — прислали к нам в редакцию товарищи Клавдии Филимоновны. Для вас, Клавдия Филимоновна, звучит песня «Когда я буду бабушкой» в исполнении Аллы Пугачевой.

А через некоторое время после выхода передачи в эфир в Ларисином тесном кабинете возникала разъяренная толпа женщин.

— Что вы включили? — кричали работницы. — Это хорошая песня?! Это издевательство над человеком, а не песня... Клавдия Филимоновна плачет... Она одинокий человек и бабушкой быть не может! Она не переносит эту лахудру Пугачеву!

— Так вы бы написали, какую песню хотите... — растерянно оправдывалась Лариса.

— А мы и написали — хорошую. Неужели непонятно?!

Пятница нередко заканчивалась для Ларисы таким вот скандалом, поэтому она приноровилась держать в письменном столе флакон валерьянки и предлагала ее кричащим женщинам, а заодно и пила сама.

А дома ждал Люсик в обвисших тренировочных штанах с очередной двойкой по русскому языку и вечно голодный муж Вадик. Лариса возвращалась со службы, плюхала тяжелые сумки с торчащей куриной ногой на пол в коридоре. Снимала пальто. Повязывала передник и становилась к плите.

Так текла жизнь.

Раньше в редакции работал Гоша. И тогда они говорили в микрофон на два голоса. Низким мужским:

— Говорит объединение «Свет»!

И высоким женским:

— Здравствуйте, товарищи!

Или наоборот. В зависимости от настроения.

У Ларисы с Гошей было нечто наподобие романа. Убежав из душной редакции, они шли пить кофе в Дом журналиста, или в Дом писателя, или, если была хорошая погода, отправлялись гулять на Каменный остров. Гоша был на четыре года младше Ларисы, холост и воспринимался Ларисой по-матерински.

По пятницам Гоша защищал Ларису от нападок возбужденных абажурщиц. А потом Гоша уехал в Москву, во ВГИК, учиться на режиссера. И Лариса осталась в редакции одна. Незащищенная.

Ларисе исполнилось двадцать девять. Она была образована, начитана, симпатична. И в свои годы четко поняла две вещи: первое — аромат юности уже улетел, и потому без толку жалеть о несбывшихся грезах и неиспользованных возможностях. И второе: счастье человеку могут принести только любовь и творчество. А все остальное — сиюминутное удовольствие. Не больше.

Ларисино творчество состояло из: «Здравствуйте, товарищи! Говорит объединение „Свет"» и из скандалов по пятницам. Что же касается любви, то тут дело обстояло достаточно сложным образом.

Лариса Вадика не любила.

Вадик был тихий, спокойный инженер кабинетного типа. Он получал 150 рублей в месяц, никуда не рвался, вечерами любил посмотреть телевизор и попить чай со сладкой булочкой на кухне. А Лариса все куда-то рвалась, чего-то хотела и искала, и Вадикова покорность доводила ее порой до исступления.

— Разведусь к чертовой матери! — кричала Лариса и швыряла на пол тарелку. — Надоело! Ты можешь, в конце концов, что-нибудь сделать для семьи?!

Что конкретно — Лариса ответить затруднялась. Ну, во-первых, зарабатывать побольше, во-вторых, достать путевку на юг летом, в-третьих, прибить вешалку в коридоре... А что еще?

Зарабатывать побольше Вадик не умел — он умел только честно работать на своей работе и честно ждать, когда освободится место и его переведут из младших научных сотрудников в старшие с повышением месячного оклада. Путевки на юг доставались более активным и нахрапистым. Вадик мог прибить вешалку в коридоре. Купив специальную дрель, шурупы и молоток, он провозился три дня. А через час вешалка упала, обвалив заодно и часть стены. Ликвидация последствий аварии стоила в пять раз дороже, чем вешалка и дрель с шурупами вместе взятые.

После семейных сцен Лариса, с красными пятнами на щеках, уходила к соседке Валентине. Валентина три года назад прогнала мужа за «малахольность» и с тех пор жила в двухкомнатной квартире с шестилетней дочкой Маруськой. У Валентины были поклонники — приходящие. Один из них даже подарил своей подруге цветной телевизор. Телевизор стоял на тумбочке у стены как символ мужской щедрости. Но однажды на тумбочке вместо телевизора Лариса увидела цветочный горшок с колючкой — кактусом.

— Это что такое? — спросила она у Валентины.

— Кактус.

— Вижу, что кактус... А где телевизор?

— Ушел.

— Куда?

— К другой.

Теперь Валентина делала ремонт в квартире. И новый поклонник покупал ей финские обои по 17 рублей кусок.

— Обои со стен не сдерет! — сказала Лариса.

— У женщины должен быть хозяин, — вздыхала Валентина. — Без хозяина баба сатанеет. Мы с тобой — бесхозные бабы...

В общем, со счастьем было, как у всех, — туго.

Кроме Гошки и Вадика существовал в Ларисиной жизни еще один человек. Некто Хрусталев. Художник.

Когда Лариса еще училась в университете и искала себя, она увлеклась живописью и познакомилась с Хрусталевым. Он написал Ларисин портрет «Молодая дама в черной шляпе». Портрет висел на выставке, и все Ларисины однокурсники ходили на него смотреть. Лариса была очень горда. Потом увлечение живописью прошло, а Хрусталев остался.

К Хрусталеву Лариса ездила разговаривать. Он слушал ее и давал мудрые советы.

Гоша был нужен для прогулки, Хрусталев для умных бесед, Вадик для стабильности и социального статуса — и только все трое они создавали единое целое. Как дольки апельсина. Сложишь дольки — получится целый апельсин.

В очередную пятницу Лариса назвала одну из абажурщиц «непроходимой идиоткой», выпила флакон валерьянки, пошла к начальству и выпросила командировку в Москву к Гоше.

Во ВГИКе Ларисе очень понравилось. Здесь царила атмосфера постоянного праздника. По коридорам ходили знаменитые артисты и режиссеры, а из аудиторий слышались пение и музыка. Гошу она нашла каким-то другим: похудевшим, и обуреваемым творческими сомнениями. Он повел Ларису обедать в Дом кино и весь обед рассказывал про своего мастера — режиссера Ключевского. Гоша взял Ларису на занятие творческой мастерской.

Этого делать было нельзя. Ключевский произвел на Ларису впечатление целого. Через пять дней Ключевский приехал в Ленинград, и Лариса произнесла ту судьбоносную фразу: «Он мне не хозяин», — дав Ключевскому шанс на то, чтобы распорядиться своей судьбой, а значит, и на свое счастье.

К моменту встречи с Ларисой Ключевский оказался разведен, широко известен и полон творческих планов. В Ленинград он приехал делать свой очередной фильм.

Ключевский снимал фильмы о спорте. И был в этом жанре первым. А это очень важно — быть в чем-то первым. Совсем другое самочувствие. Это как в песне поется — «человек проходит, как хозяин». Ключевский шел по жизни, как хозяин, и чувствовал, что цветы и улыбки женщин достаются ему заслуженно. Как спортсмену, одержавшему победу в результате долгих и тяжелых тренировок.

Когда Лариса была в Москве, то во ВГИКе посмотрела последнюю работу Ключевского — документальную ленту «Борец». Главный герой картины — тренер, мастер спорта по вольной борьбе Ивушкин — любил красивую и молодую женщину. А так как красивая и молодая женщина в некотором роде всегда добыча, то Ивушкину пришлось вступить за нее в борьбу в буквальном смысле этого слова.

К любимой женщине тренера Ивушкина приставал большой начальник, который, не затрудняя себя ухаживаниями и розами, предложил юной и неопытной сотруднице банальный выбор «или-или». О чем она рассказала своему другу-борцу. Ивушкин поступил как настоящий мужчина: поднялся к негодяю в кабинет и дал в ухо. Но не рассчитал сил — негодяй-начальник оказался в больнице с переломом челюсти, а Ивушкин — в колонии.

Если бы борец защищал честь своей дамы на улице, все было бы в порядке. Но он сделал то же самое в служебном кабинете, будучи мастером спорта по борьбе и воспитателем молодежи, и закон оказался не на его стороне.

Ларисе фильм понравился. Он был честен. Ключевский снял ленту о защите чести вообще, о вечной человеческой борьбе за чувство собственного достоинства, за свою бессмертную душу, которую нельзя унижать всяким там подлецам из служебных кабинетов. Все это он умудрился показать на примере нехитрой истории борца Ивушкина. А это и есть искусство: сквозь простую фабулу дать разглядеть бездну и то, что в ней скрыто. В конце концов, чеховская «Дама с собачкой» — банальный курортный роман. Но ведь это «Дама с собачкой».

Лариса поняла, что Ключевский талантлив и Гоша не зря восхищался своим мастером.

Это было важное открытие.

Лариса, как всякая женщина, была чувствительна к уму и таланту. Мужчина-хозяин должен обязательно быть интеллектуальным лидером. А иначе, зачем он нужен?

Ключевский был увлекающейся творческой натурой и захотел жениться на Ларисе на второй же день их знакомства. Он так и сказал редакторше на студии:

— Оля, наконец я встретил женщину, на которой хочу жениться.

— Жениться он любил, но не умел, — вздохнула редакторша, имея в виду две предыдущие женитьбы Ключевского. Она искренне желала Ключевскому счастья. А Ларисе Ключевский выдал и того похлеще:

— Хочу от тебя ребенка.

— А Люсик? — спросила испуганная Лариса.

— Люсика возьмешь с собой. Будем жить вчетвером — ты, я, Люсик и наш сын.

Ключевский уже все продумал.

Лариса сидела на тахте абсолютно голая и чистила розовыми пальцами оранжевый апельсин. Вся комната пропахла апельсином. Ничего не подозревающий Вадик уехал в командировку куда-то в Верхне-Туринск. Люсик был отправлен на каникулы к бабушке, а Лариса жгла костер любви, бросая в огонь все новые и новые охапки хвороста.

— Ты знаешь, я где-то читала, что каждый человек похож на какой-нибудь фрукт. Вот ты, например, апельсин. Яркий, вкусный, экзотический.

— А ты груша.

— Почему это груша?

— Похожа.

— Фигурой, что ли? — Лариса обиделась и подошла к зеркалу.

— Висит груша, нельзя скушать...

— Можно. — Лариса закрыла глаза и поцеловала Ключевского в губы.

Они встречались на Петроградской, в комнате с лепным потолком и низко свисающей хрустальной люстрой. Ночами по потолку бродили длинные тени, а в хрустальных подвесках вспыхивали и переливались разноцветными каплями огни проезжающих машин.

Большая тахта занимала центр комнаты. Как остров посреди океана. Они лежали, тесно обнявшись, и Ларисе казалось, что они медленно плывут на одном корабле среди изгибающихся, как морские водоросли, длинных теней и плавающих цветных бусинок света.

Акванавты на дне океана?

Безрассудные мореплаватели?

— Ты родишь от меня ребенка? — спросил Ключевский.

— Рожу, — пообещала Лариса.

— А почему ты вышла замуж за Вадика?

— Не знаю.

— Как так не знаешь?

— Мне было себя жалко.

В девятнадцать лет Лариса без памяти влюбилась в бородача-джазиста. Джазист запрокидывал голову, откидывался назад всем туловищем и играл «Караван» Дюка Эллингтона. Зал топал ногами и кричал «бис».

Кроме джаза и Дюка Эллингтона, саксофонист любил красивых женщин. Высокая и чернобровая Лариса вошла в их число. Джазист увлекался ею ровно четыре месяца, а на пятый увидел в первом ряду хрупкую маленькую блондинку, полную противоположность Ларисе, и увлекся ею.

— Все нормально, девочка, — сказал он, когда Лариса потребовала объяснений. — Человеческие отношения изнашиваются, любовные тем более. Их остается только выбросить на свалку, как старую одежду... Хоп! И выбросил. — Он показал рукой, как это делается.

Лариса проследила взглядом за его рукой, и по ее щекам покатились слезы. Она не хотела быть выброшенной из его жизни, как старая одежда. Ее любовь к нему вовсе не износилась, а была крепка, как дерюжная ткань, только что выпущенная за ворота текстильной фабрики.

— Нам незачем больше встречаться, — сказал джазист. Он не любил слез и долгих объяснений с женщинами. А через месяц Лариса вышла замуж за терпеливого, преданного Вадика, который стоял промозглыми осенними вечерами у ее подъезда, ждал Ларису и достоялся-таки до той минуты, когда побледневшая и подурневшая от переживаний Лариса расплакалась на его плече и прошептала в отчаянье:

— Да...

Джаз она не могла слышать и по сей день.

Вадик был хорошим человеком. Но хороший человек и хороший муж — это совсем разные понятия. Хороший человек должен быть честным, скромным и непритязательным в жизни. А хороший муж должен уметь зарабатывать деньги, уметь постоять за себя и свое потомство, чтобы обеспечить ему лучшие условия существования. Одни качества исключают другие, и потому все основные заботы их семьи лежали на Ларисе.

Лариса так не хотела, но ничего поделать не могла. И в этом противоречии был заложен драматический конфликт, как говорят драматурги.

Ключевский приехал в Ленинград снимать фильм о женской эмансипации. О женском каратэ, дзюдо, хоккее, о драках девочек подростков на танцплощадках, о женской колонии и женском вытрезвителе. Проблема выходила далеко за рамки спорта, давно став социальной болезнью. Сценарий фильма назывался «Мадонна с бицепсами».

Полтора года назад Лариса случайно попала на встречу с молодыми западногерманскими журналистами. Они сидели в кафе Дворца молодежи за уютными низенькими столиками, пили безалкогольные коктейли и разговаривали. Напротив Ларисы расположился голубоглазый блондин по имени Клаус, представитель коммунистического издания.

— Чего не хватает советской женщине? — спросил Клаус.

— Зависимости, — ответила Лариса.

Представитель был ей симпатичен, и она решила говорить правду. Немец подумал, что неправильно понял русское слово, и позвал переводчицу — маленькую вертлявую девицу.

— Зависимости, — подтвердила та и с опаской посмотрела на Ларису.

— Мы устали от равноправия, — продолжала свою мысль Лариса. — Женское счастье, на самом деле, — в хорошей зависимости от любимого человека, мужчины.

— Не понимаю, — развел руками немец. — Мои подруги по партии, коммунистки, много лет боролись за равноправие с мужчиной, за одинаковые права.

— А я не хочу одинаковых прав, — упрямо сказала Лариса. — Я хочу прав мужчины и женщины. Я хочу, чтоб он нес, по праву сильного, более тяжелую ношу, а не старался разделить ее со мной поровну, а то и вовсе переложить на мои плечи.

— О! — тонко улыбнулся немец. — Вы настоящая женщина! — Он похлопал Ларису по плечу. — Но мои подруги не поверят. Они скажут, что я им лгу. Советские женщины не могут быть против эмансипации. Если им рассказать это, они просто закидают меня огрызками...

«Пусть они кидают в вас чем угодно, — чуть было не сказала Лариса. — Но я остаюсь при своем мнении».

— Вы просто не так поняли, — затараторила по-немецки переводчица, выразительно глядя на Ларису. — Советские женщины гордятся своей независимостью и равными с мужчиной правами.

«Дура набитая, — подумала Лариса, — тебе точно больше гордиться нечем».

Десять дней слились в один и пролетели, как весенний майский ветер — теплый и легкий. Съемки заканчивались, Ключевского ждали дела в Москве, нужно было расставаться, и это казалось неправдоподобным. Утром Лариса встала, прошлепала босыми пятками по квадратам солнца на паркете и распахнула форточку. На улице чирикали воробьи.

Ключевский встал рядом с Ларисой и обнял ее. На стене соседнего дома был барельеф — каменная женщина в развевающихся одеждах, раскинув руки, летит над городом.

— Ты возьмешь Люсика и приедешь ко мне, — сказал Ключевский.

— Я приеду завтра же, — пообещала Лариса.

Лариса сидела в студии перед микрофоном и вспоминала глаза Ключевского. Ей нравилось смотреть в его глаза. Они были мягкими, добрыми и светились любовью.

— Это ничего, что я на семнадцать лет старше тебя? — с тревогой спрашивал он.

— Ничего, — отвечала Лариса. — Мужчина и должен быть старше. Иначе какой же он авторитет?

— А я для тебя авторитет?

— Ты авторитет для многих...

— А для тебя?

— Конечно, авторитет, самый большой и главный.

— Ты говоришь правду? — И он заглядывал ей в глаза.

— Чистейшую! — хохотала она и целовала его.

Звукооператор Дима постучал ногтем по стеклу. Она очнулась, нагнулась к микрофону:

— Говорит объединение «Свет»! — счастливым голосом произнесла Лариса. — Здравствуйте, товарищи!

Вадик приехал из командировки через три дня после отъезда Ключевского. Он привез из Верхнее-Туринска подарки: надувную ядовито-зеленую лягушку-круг для Люсика и розовые бусы для Ларисы.

Лариса взяла бусы, покрутила их на пальце и отложила в сторону.

— Не нравятся? — спросил Вадик.

— Нет, почему же... Просто... — Лариса запнулась. Просто приехавший Вадик был абсолютно ни при чем. Ни при чем, и все тут.

— Кстати, а сколько он получает? — Валентина помешивала ложкой суп, кипящий в кастрюле.

— Не знаю. — Лариса никогда не спрашивала у Ключевского, сколько он зарабатывает.

— Много, наверное, все режиссеры хорошо получают, — сделала вывод Валентина. — Это не мы, простые смертные... Будешь как сыр в масле кататься.

— Он мне духи французские подарил.

— Ну вот видишь! Он ей духи французские подарил, известный режиссер... А тут всякий докторишко, — Валентинин новый поклонник был дерматолог и работал в кожно-венерическом диспансере, — будет тебя попрекать, что обои купил. Как будто он мне колье бриллиантовое принес! А сам небось взятки с больных берет. Жмот несчастный!

— Прогони, — посоветовала Лариса.

— Прогоню. — Валентина махнула рукой. — А кто лучше? Они сейчас все такие...

— Не все.

— Ой, Ларисочка... Женщина если нужна, так нужна всем. А не нужна, так и не нужна никому, — горько усмехнулась она.

— Не прибедняйся.

— Чего уж там — утром к зеркалу подойдешь, на себя глянешь и думаешь: все, сыграна твоя партия, девочка... Уезжай Лариска. Конечно, уезжай. Используй свой шанс на счастье. Я вот в свое время проморгала.

Через два дня Лариса была в Москве и ходила по белому сверкающему паркету Дома кино под руку с Ключевским. Гоша смотрел на нее издали, и на его лице ясно читались обида и восхищение.

С Гошей Лариса объяснилась накануне.

— Почему так быстро? — недоумевал Гоша. — За какие-то десять дней...

«Потому что он — целое, — хотела сказать Лариса. — А ты только долька». Но ей не хотелось обидеть Гошу. В конце концов, это Гоша защищал ее от нападок абажурщиц и говорил на два голоса: «Говорит объединение „Свет“» это с ним она гуляла по Каменному острову и пила кофе в Доме журналиста.

Гоша был ее прошлое. А прошлое нельзя зачеркивать без вреда для настоящего.

— Ты, Гоша, молодой и перспективный, — сказала Лариса. — И Ключевский тебя хвалит. У тебя все еще впереди. Все еще будет.

Обиду в Гоше легко было понять, а вот восхищение... Для него Ключевский был Олег Константинович, мэтр, мастер, от слова которого зависела Гошкина творческая судьба, а для Ларисы — Алик, мужчина, с которым она спала в одной постели, ощущая свою женскую власть над его желаниями.

С Ключевским в Доме кино многие здоровались почтительно, а на Ларису смотрели с интересом и тайной завистью. Ей это нравилось.

— Рыночный механизм, — объяснил Гошка, — растет спрос на женщину — растет ее цена.

Лариса ходила по Дому кино с гордо поднятой головой и чувствовала себя дорогой женщиной. Дорогой во всех отношениях.

Лариса лежала на диване и рассеянно перелистывала последний номер толстого журнала, в соседней комнате Ключевский разговаривал по телефону:

— Летняя натура... Полномер... Пригласить научного консультанта... Пробу... — доносились до нее обрывки фраз.

Лариса лежала и думала, что Ключевский взял ее в свою жизнь. И ей нравится в его жизни. Она впервые за много лет чувствует себя спокойно и уверенно, как и должна себя чувствовать женщина рядом с мужчиной. И не надо бороться за существование, стоять на семи ветрах, отвоевывать себе место под солнцем. Тут просто — расти и цвети себе на здоровье.

Кроме того, Ключевский был творческим человеком и делал свое дело — фильмы, заставляющие нас увидеть бездну и содрогнуться. И выйти из темноты кинозала другими, чем вошли. Лариса хотела участвовать в этом большом деле, делать свою маленькую часть. Маленькую, но нужную. И реализовать себя.

Получилось, что Ключевский нес сразу два компонента счастья: любовь и творчество.

— Вот приеду и все скажу Вадику...

— Лара, — позвал Ключевский, — пошли обедать... Ключевский все умел делать сам. В том числе и готовить. На обед он сварил борщ, поджарил рыбу и даже испек пирог.

— Ты вполне можешь обойтись без женщины... — Лариса повязала передник и принялась мыть посуду.

— Должен же быть и от меня какой-то прок!

— «Кооператив „Эврика" принимает заказы на пошив свадебных платьев модных фасонов из тканей ателье и заказчика», — прочитал вслух Ключевский, он держал в руке рекламный выпуск вечерней газеты. — Ну, девушка, вы желаете шить платье из материала заказчика?

— А ты уверена, что он тебя не бросит? — спросила Валентина.

— А почему он меня должен бросить?

— А почему он бросил двух предыдущих жен?

— Он их разлюбил.

— А тебя не разлюбит?

— Меня не разлюбит.

— Мне все понятно. — Валентина принялась ходить по комнате и стирать с мебели пыль.

На тумбочке по-прежнему красовался горшок с кактусом. Валентина взяла его и повертела в руках.

— Слушай, а ты не знаешь, почему мы такие дуры? — спросила она задумчиво.

Хрусталев был в мастерской, сидел в кресле и смотрел в пространство. Думал о высоком.

— А-а-а, прелестное дитя! — обрадовался он, увидев Ларису. — Совсем забыла меня в последнее время! Что нового в жизни?

— Петр Петрович, — сказала Лариса и чмокнула художника в щеку, — а я замуж выхожу...

Хрусталев привстал с кресла и недоуменно посмотрел на Ларису:

— Так ты... если мне не изменяет память... замужем... в некотором роде...

Лариса рассмеялась.

— В некотором роде... А я за другого, Петр Петрович!

— Так, — художник задумчиво пожевал губами. — Садись, рассказывай.

Потом они шли по Университетской набережной. Хрусталев был грустен.

— Знаешь, — сказал он Ларисе на прощанье, — если бы я был не так стар, то тоже бы на тебе женился...

Лариса была ему благодарна.

— Что? — спросил Вадик, когда она вернулась из Москвы. Он стоял в коридоре побледневший и понурый.

— Плохо, — созналась Лариса.

— Совсем плохо?

— Совсем... — упавшим голосом сказала она.

— Ну и...

— Вадик, — сказала Лариса и почувствовала, что слезы стоят у нее в глазах. — Я тебя прошу... Я тебя очень прошу — отпусти меня! Ларисе было страшно поднять глаза на мужа.

— Куда же я тебя отпущу? Ты моя жена.

— Я плохая жена! — прокричала Лариса. — Меня надо вырвать, как больной зуб. Вырвал — и не больно...

— Ты не зуб, ты позвоночник, — медленно сказал Вадик.

Лариса опустилась на табурет, закрыла лицо руками и разрыдалась... Она лежала на диване лицом к стене в одной комнате, а Вадик — в другой. Между ними бегал ненакормленный и неумытый Люсик с чернильными кляксами на пальцах и внушал Ларисе:

— Я не дам вам развестись! Я свяжу вас веревками.

Когда они ссорились, а потом мирились, Люсик становился между ними, охватывал их руками, соединял и говорил:

— Не надо ссориться. Мы все любилки!

— Наша мама хочет от нас уйти, — сказал Вадик Люсику.

Он объединил себя и сына, а Лариса осталась в стороне — разрушительница, осквернительница семейного очага. Лариса лежала не шевелясь и рассматривала обои на стене. Они были розовые в красных крапинках. Голову будто сжимал тугой обруч.

Льдина разломилась на две части, и ее половинки уплывали в разные стороны. Лариса осталась посредине в ледяной черноте воды.

— Я не могу без тебя жить, — сказал Вадик и лег лицом к стене. Он был силен своей слабостью.

После тяжелого суматошного дня, проведенного на студии, Ключевский возвратился домой в состоянии крайней неудовлетворенности собой и окружающим миром. Проглотив таблетку от головной боли, он подошел к окну и задумался.

Напротив на ветке березы сидела большая носатая ворона. Птица наклонила голову набок, скосила глаза и испытующе посмотрела на Ключевского.

— Кар-р-р! — сказала ворона.

— Кар-р-р! — поздоровался Ключевский.

Птица, высоко задирая ноги, важно прошлась по ветке. «М-да, — подумал Ключевский, — какая-то ворона может прожить на свете около трехсот лет, а я только семьдесят пять. И то в лучшем случае... Большая половина жизни позади... А что успел сделать? Три хороших фильма из пятнадцати? Невелики итоги... Семьи нет. С Ларисой все как-то непонятно... Да и хочу ли я лишних забот? Новая жизнь, новые обязательства...»

Его мысли прервал звонок в дверь. На пороге в ослепительно белой блузке с просвечивающими узорчатыми дырочками стояла Людочка, ассистентка студии, давнишняя знакомая Ключевского.

— Здравствуй, дорогой! — сказала Людочка слегка опешившему Ключевскому и решительно вошла в прихожую. — Я смотрю, ты мне не очень рад? Ай-я-яй... А я прямо из Ялты. Мы там месяц с «Мосфильмом» проторчали. Видишь, какая загорелая? — Людочка распахнула ворот.

Ключевский посмотрел на нее не без удовольствия к подумал, что после тяжелого трудового дня совсем недурно было бы расслабиться...

— Выпить хочешь? — спросил он.

— Давай. — Людочка, покачивая бедрами, прошла в комнату и удобно устроилась в кресле.

Ключевсний достал из бара бутылку дорогого коньяка, две маленькие рюмочки, включил магнитофон, зашептавший что-то сладкими зарубежными голосами, и направился к креслу...

В прихожей зазвонил телефон.

— Привет! — сказал приглушенный расстоянием Ларисин голос.

— Привет... — растерянно ответил Ключевский.

— Как дела?

— Н-ничего, — промямлил он.

— Что делаешь?

Из комнаты босиком, в одних трусиках прокралась Людочка и обняла Ключевского за шею.

— М-м-м... отдыхаю... — выдавил из себя Ключевский, вращая головой и делая Людочке страшные глаза.

— Отдыхаешь? — неуверенно переспросила Лариса, чувствуя неладное.

— М-м-м... Да, устал тут... Понимаешь... Прилег...

— Я не вовремя? — расстроилась Лариса.

— Да, не совсем... — осипшим голосом пробубнил Ключевский, высвобождаясь из Людочкиных объятий.

В трубке коротко запикало. Людочка, надув губки, прошествовала в комнату. Ключевский постоял некоторое время с гудящей трубкой в руке, а затем швырнул ее на рычаг.

«Вот черт! — подумал он с досадой. — Все не вовремя!»

За окном по ветке березы по-прежнему прохаживалась ворона. Склонив голову набок, она нахально смотрела на Ключевского.

— Ах ты, подлая птица! — воскликнул он.

Ворона замерла, покачала головой, тяжело поднялась с ветки и улетела. Ключевский потер ладонями виски, вздохнул и нехотя поплелся в комнату. В кресле, блестя загорелыми коленками, сидела Людочка, цедила коньяк и насмешливо улыбалась.

Недоумевающая Лариса поднялась к Валентине и передала ей содержание разговора.

— Да не один он, — определила Валентина. — С новой девочкой договаривается о новом ребенке!

— Замолчи! — вздрогнула Лариса. — Как ты можешь? — И ушла, хлопнув дверью.

Валентина посмотрела ей вслед и пожала плечами.

Лариса сидела в редакции за рабочим столом и смотрела на кричащих абажурщиц.

— Мы будем жаловаться! — кричали абажурщицы. — Мы вам Адриано Челентано заказывали, а вы нам что поставили?

Лариса молчала и смотрела куда-то поверх голов, ничего не видя.

— А что это вы мимо нас смотрите? — спросила абажурщица. Работницы притихли. — Может, случилось у нее что? — спросила одна из них и участливо нагнулась над Ларисой. — Вы, Лариса Александровна, ничего плохого не подумайте. Мы не со зла. Мы ваши передачи очень даже слушаем... И любим. — Лариса молчала. Абажурщицы еще немного потоптались вокруг нее и ушли, тихо прикрыв дверь.

Лариса десять минут назад опустила телефонную трубку.

«Понимаешь, Ларочка, — звучал в ушах вкрадчивый голос Ключевского, — мы с тобой поторопились. Нельзя принимать такие ответственные решения на порыве. Нужно все взвесить...»

«Он от меня отказался», — поняла Лариса.

«Я по-прежнему очень нежно к тебе отношусь. Но нужно все обдумать более тщательно».

Воздух в комнате загустел и застыл. Алые паруса дрогнули и повисли серыми, бесформенными тряпками... Лариса нажала на рычаг.

«Он от меня отказался!»

Звукооператор Дима забарабанил кулаком по стеклу. Нужно было начинать передачу. Лариса подняла голову, придвинув микрофон:

— Говорит объединение «Тьма»! — прозвучало по заводу.

Новый Валентинин поклонник купил ей паркет. Штабеля паркета громоздились в комнате и коридоре. Довольная Валентина шныряла туда и обратно, что-то примеряя и рассчитывая.

— Сядь, — сказала Лариса. — Давай хоть чаю попьем. Валентина налила чаю и примостилась на краю табуретки.

— Нравится? — спросила она у Ларисы.

— Кто? — не поняла она. — Так я ж его не видела...

— Не кто, а что! Паркет, говорю, нравится?

— Нравится, — кивнула Лариса.

— Буду я теперь с буковым паркетом...

— Валь, — прервала ее Лариса, — а ты знаешь, у индусов считается, что мужчина восходит к Богу сам, а женщина только через мужчину...

Валентина поперхнулась чаем.

— Ключевский, что ли, звонил?

— Звонил...

— Господи... — нахмурилась Валентина. — И когда ты только эту дурь из головы окончательно выбросишь? К Богу она захотела! Да где эти мужчины-то, через которых к Богу? Глаза протри. Тут тебе паркет купят, и ты на седьмом небе... Хорошо, хоть ума хватило тогда не уехать. Он бы и тебя бросил...

Вчера после звонка Ключевского Лариса опять ездила на Петроградскую. На фасаде дома парила над городом в развевающихся одеждах каменная женщина...

Лариса постояла немного и заторопилась домой. По квартире в обвисших тренировочных штанах бродил Люсик, а Вадик хотел есть.

1987

ДАЧА

В пятницу мы поедем в Ропшу!

— Это уже не Ропша, а Гропша! Невозможно! Сделали из дачи трудовую колонию...

— Какая дача?! Это са-до-вод-ство. Совсем разные вещи? — Да старики только благодаря этому садоводству и живы!

— Я не понимаю, мы что — живем с этого участка? Почему надо надрываться? Все засадили, к дому пройти невозможно. Дача — чтоб отдыхать. Гамак, лужайка и две березы...

— У кого в Ропше ты две березы видел? У Марьи Трофимовны каждый клочок земли засажен, у Евсей Степановича...

Пошло-поехало... Сколько себя помню: Ропша, Ропша... Надо тащить пудовые сумки в Ропшу, надо сажать картошку в Ропше, надо копать грядки в Ропше, надо поливать, удобрять, прореживать... И так все выходные — с весны по осень. И это называется дача!

И ведь добровольно обрекли себя на эту каторгу. Мама с бабушкой взяли участок от институтского профкома для меня. Мне был годик, я сидела в одной распашонке на маминых коленях и терзала сахарным молочным зубом морковку первого ропшинского урожая. Так гласит семейное предание, запечатлевшее тот несравненный миг пожелтевшей от времени, йодистой фотографией.

Дед о садовом участке и слышать не хотел:

— Я, морской офицер, капитан первого ранга, буду огурцы разводить! Укроп сеять? — Хорошо представляю своего деда в гневе. — Я, боевой офицер, с навозом возиться?!

По прошествии времени все переменилось. Река дней унесла это в небытие, и сегодня в рассказываемое мамой и бабушкой плохо верится. Теперь достать машину хорошего навоза — предел мечтаний, неотложная дедушкина забота.

С раннего утра посылаются на пыльную проселочную дорогу дети и внуки: смотреть, не забрезжит ли на горизонте машина с дефицитным, пахучим грузом. Отсутствие ее грозит неисчислимыми бедами — не нальются яблоки, не вызреет клубника, смородину сожрет тля, а бабушка ляжет на диван с валидолом, потому как не выпустили в назначенный срок острые красные языки ее любимые гладиолусы.

Смотреть надо в оба, а то перехватит машину Марья Трофимовна или Евсей Степанович, конкурирующие фирмы. Куда моим старикам-теоретикам угнаться за своими соседями? У них нет практических навыков земледелия. Марья Трофимовна родом из деревни, а уж про Евсей Степановича и говорить нечего — семь поколений предков-землепашцев за плечами.

Дедушка с бабушкой сидят на летней кухне и читают толстый справочник по садоводству и огородничеству.

— Маша, — говорит дедушка, снимая очки в толстой роговой оправе, — а вот посмотри, тут написано, что смородину надо опылять раствором марганца.

— Где? — вскидывается бабушка. — А здесь сказано, что купоросом.

— Что будем делать? — сокрушается дед.

Вот так всегда. Умные справочники дают противоречивые советы, куст смородины хиреет и вянет на глазах, дедушка с бабушкой прыскают его марганцем и купоросом, выписывают из библиотек все новые и новые книги с советами для начинающих садоводов. В книгах яркие картинки невиданных плодов и ягод. Я люблю рассматривать их долгими летними вечерами, забравшись в старое кожаное кресло и подобрав под себя ноги.

Если закрыть глаза и погрузиться в сладкую воду воспоминаний, память выудит свежее июльское утро, звук радостно-бодрой воскресной радиопередачи, теплые квадраты солнца на крыльце и то несравненное ощущение холодка на босых пятках, когда, позевывая и потягиваясь, шлепаешь по мокрой траве к умывальнику. Умывальник висит на деревянной палке за сараем и издает тонкий, мелодичный звук.

Дедушка с бабушкой на веранде заняты серьезным делом. Бабушка всыпает в пятилитровую бутыль ядовито-желтый порошок, а дед помешивает его палкой. Готовится очередная порция отравы против тли. Честно говоря, ядохимикаты помогают из рук вон плохо: тля с них только жиреет, плодится и еще с большим ожесточением жрет смородину. На клубнику нападает гниль, на яблони парша, морковку и укроп душит мокрица... Дети и внуки съезжаются на дачу только в выходные и хотят есть плоды, а не растить их.

И вообще, работать на участке некому, потому как все — руководящие работники.

— Надо прополоть клубнику, — хорошо поставленным голосом морского командира говорит дедушка.

— Конечно, надо прополоть клубнику, — вторит бабушка, бывший руководитель кафедры.

— Надо прополоть клубнику, — соглашается их младшая дочь, начальник отдела.

— Неплохо бы прополоть клубнику, — тянет ее муж, пощипывая жидкую доцентскую бородку

— Да, клубника совсем заросла... — вздыхаю я и отправляюсь за письменный стол править очередной репортаж в номер.

— Сколько травы! — радостно восклицает внук Гошка и молниеносно уносится на велосипеде к речке, где его давно поджидают мальчишки. И бабушка, вооружившись тяпкой, энергично отдавая указания дедушке, отправляется воевать с сорняками. Дед рвет мокрицу с другого конца грядки.

— Физический труд на свежем воздухе, — говорит дед, — очень полезен. Вот я вчера в газете прочитал...

— Конечно, Миша, — вздыхает бабушка. — Мы и живы благодаря... — она с трудом разгибается и тяжело переводит дух. — Мы и живы благодаря этому участку...

Вечерами дед слушает радио. Он сидит в кухне, подперев голову кулаком, и крутит разноцветные ручки транзистора. Сквозь писк, треск и шелуху эфира прорываются в летнюю ночь разные зарубежные «голоса». Дед слушает их по принципиальным соображениям. Каждый день он в обязательном порядке читает газеты «Правда», ««Известия», смотрит по телевизору программу «Время» и лишь после этого включает транзистор. Дед, как бывший боевой офицер, считает, что надо быть бдительным и хорошо знать, что про нас думает враг. А враг, как известно, не дремлет.

Наслушавшись, он резко отодвигает от себя транзистор и начинает излагать бабушке ход международных событий. Бабушка внимательно слушает, кивает аккуратной седой головой и моет в эмалированном тазике грязную посуду, оставшуюся с вечера, посыпая в воду белые крупинки соли.

К середине июля поспевает клубника. В это время дача посещается без особых напоминаний. В выходные вся семья собирается в Ропше за круглым обеденным столом.

Мы едим нежно-рассыпчатую, пересыпанную тонкими ниточками укропа молодую картошку и, закатывая от блаженства глаза, погружаем ложки в божественную, налитую соком до пузырчатых красненьких верхушек клубнику со сливками.

— Дача держится на стариках, — говорим мы, когда стихает перезвон ложек и шум жевания. — Это никуда не годится. Подумать только — семидесятилетняя бабушка с ее сердцем, почками и отложением солей ползает по грядкам! А дедушка, который при его-то радикулите вынужден таскать такие тяжести! — Всем очень стыдно. Все полны праведного негодования. Что у нас, в самом деле, нет сердца? Или мы такие неблагодарные дети и не любим своих стариков?

— Пора в корне изменить ситуацию. — Гошка слезает с велосипеда и приносит пять ведер, колодезной воды. Младшая дочь с мужем-доцентом рвет сорняки на грядке с морковкой; попутно выдергивая и тощенькие стебельки самой огородной культуры. Оставшиеся тоже развивают бурную трудовую деятельность. Мой муж перетаскивает бочку с одного конца дома к другому, по дороге он ломает куст красной смородины и топчет плети огурцов, любовно взращиваемых бабушкой.

— Вадик! — всплескивает руками бабушка. — Умоляю! Осторожнее, Вадик!

Отец с дедушкой решают срубить березу возле колодца, оставшуюся еще с тех далеких времен, когда на участке стоял лес, росли грибы, а дед категорически отрицал саму возможность занятий садом и огородом. Березу хотят срубить, так как она «пьет соки» у яблони.

После трехчасовой возни с пилой, топорами и веревками ствол неожиданно рушится, едва не задев дедушку и порвав линию электропередач. Дом остается без света. Все начинают бегать, как в итальянском кино, отчаянно жестикулируя и давая друг другу советы, как лучше починить провода.

В конце концов, все утихомириваются. Трудовой энтузиазм иссякает, и мы расползаемся в разные концы: кто за газету, кто в гамак, кто на речку, а кто соснуть часок-другой на теплой, пропитанной солнцем и ароматом цветов веранде. На даче стоит тишина, и легкий ветер колышет ситцевые занавески на окнах.

На даче хорошо старикам и детям. Остальным скучно. Позагорав, надышавшись свежим воздухом, пощипав ягод и зелени, мы начинаем украдкой поглядывать на часы. И напрасно дед с бабушкой уговаривают повременить с отъездом, побыть еще часок-другой здесь, рядом с ними, у всех находятся неотложные дела. Одного ждет отчет, другого встреча с нужным человеком, третьего протекающий карбюратор в автомобиле. И все уезжают, оставив на попечение стариков своих маленьких детей.

— Что ж поделаешь, Маша, — вздыхает дед, — у них свои дела... До следующих выходных.

За краем крыши садится огромное, красное солнце и освещает своими косыми, теплыми лучами фигурки двух стариков. Они стоят рядом, совсем близко друг к другу и долго смотрят на дорогу, где медленно и плавно оседает золотая пыль.

1983

МАМА И ТИМОФЕЙ

На самом деле моя мама человек в высшей степени добрый и в высшей степени взбалмошный. Ладить с ней нет просто никакой возможности. Она может дать сто заданий одновременно, затем отменить их, затем снова задать, в конце концов переделать все самой, а меня отругать за неповиновение. Она может в субботу браниться из-за того, что похвалит в понедельник. Купить мне новый наряд, а затем, решив, что я недостаточно пылко изъявляю благодарность, засунуть обнову глубоко в шкаф, пообещав не выдать никогда. Словом, моя мама... Это моя мама.

Когда я училась в школе, мы часто ссорились, а когда я поступила в институт, то и вовсе перестали понимать друг друга. Периодически, когда чаша терпения переполнялась, я ретировалась к бабушке с дедушкой. Мудрый дед вел долгие разговоры с мамой. Коротко суть их сводилась к следующему — дед терпеливо внушал маме старую как мир истину: ее дочь уже выросла и являет собой самостоятельную личность, которая при желании в очень скором времени сама может стать матерью.

Последний довод действовал на маму, как красная тряпка на быка. Она немела от негодования, а затем начинала громко хохотать. Для мамы я пожизненно была ребенком на тонких, как две вермишелины, ногах с луковицами коленок и пышным белым бантом на голове — фотографией из семейного альбома. Но фотография от страницы к странице менялась, становясь то школьницей с толстой косой, то старшеклассницей с короткой по моде стрижкой, то рослой вполне симпатичной студенткой, — и моя мама, даже со своим характером, ничего не могла поделать с этой быстротечностью времени.

Свадебный марш Мендельсона над моей головой прозвучал в маминых ушах ударом грома.

А через год появился Он. Маленький, сморщенный, со старческим малиновым личиком, мягкой продолговатой головенкой с редкими кустиками пуха и вздутым животом, в центре которого торчал обрубок пупа (до чего же уродливы новорожденные!) Однако отныне он стал воплощением красоты, смысла и содержания жизни в нашем доме. И на него полился нерастраченный источник любви, заботы и нежности

— Теперь ты для меня не существуешь, — сказала мама, когда я вернулась из роддома. — Теперь у меня есть Он.

— Но почему же... — попытался возразить мой муж, — Это ведь наш ребенок.

— Не подходи, — холодно отчеканила мама, — Ты не стерилен, от тебя микробы.

Молодой отец растерялся, покрылся красными пятнами открыл в негодовании рот, чтобы... Но в этот момент из свертка, положенного на диван, раздалось невнятное покряхтывание, а затем громкий и требовательный крик.

— Ребенок хочет есть, — мама прижала сверток к груди.

— Может быть, вы его и покормите? — насмешливо спросил молодой отец. Мама задохнулась от возмущения и передала младенца в мои руки.

Впрочем, история, которую я хочу рассказать, вовсе не о том, и связана с этим пространным вступлением лишь косвенно. Дело в том, что в нашем доме проживало еще одно живое существо — толстый черный кот по прозвищу Тимофей.

Тимофей занимал в мамином сердце место исключительное. Обычно мама приходила с работы, открывала дверь и начиналось: «Ах, ты мой ненаглядный! Мой лапусик! Как же ты весь день без меня? Небось голодненький... Разве эта бездельница тебя накормит как надо? Ну, ничего — я свежей рыбки принесла, специально для тебя в очереди стояла...» И далее, уже вечером перед телевизором, лаская ненаглядного лапусика на коленях, мама обычно говорила, выразительно глядя в мою сторону: «Он единственный, кто меня не расстраивает!»

На это мне возразить было нечего. Кот имел передо мной два неоспоримых преимущества: во-первых, не умел разговаривать и потому всегда соглашался с тем, что сказала мама, а во-вторых, был все-таки мужского рода. Хотя сей факт, надо сказать, остался в прошлом...

Мама сама свезла Тимофея в ветлечебницу, так как по молодости лет жгучими мартовскими ночами кот начал уходить из дома. Причем, загуливал не на шутку, являясь через несколько суток с вырванными клочьями шерсти и подпухшим зеленым глазом. Мама это очень переживала, подозреваю, что в ней говорило чувство собственничества, так развитое у женщин. Поэтому постыдные загулы решено было прекратить.

Надо честно заметить, что поездка в ветлечебницу произвела неизгладимое впечатление не только на обреченного отныне на безбрачие Тимофея, но и на мою маму. Когда она вернулась, на ней не было лица.

— Он кричал нечеловечьим голосом, — сказала мама и налила себе валерьянки.

После описанных выше событий Тимофей перестал повиноваться низменным животным инстинктам и не обращал внимания на представительниц противоположного пола. Но на улицу продолжал ходить, очевидно, чтобы окончательно не потерять интерес к жизни.

С появлением младенца в доме неколебимые позиции Тимофея зашатались на глазах. О традиционной порции свежей рыбки не могло быть и речи, если младенец высосал на десять грамм молока меньше, чем написано в книге Спока, или, упаси Бог, не обмочил нужного количества пеленок.

Кот отощал. Канули безвозвратно теплые вечера у телевизора с нежным воркованием: «Тиша мой ненаглядный. Тиша мой единственный…». Увы, единственным может быть только один. И эту жестокую, но правдивую истину Тимофей очень скоро почувствовал на собственной шкуре.

Кот загрустил и стал чаще ходить на улицу и даже бывать на помойках. Стояла осень. Мокрый и грязный, кот возвращался домой и как-то, воспользовавшись всеобщей неразберихой и хаосом, улегся спать в детскую кроватку. Наверное, его привлек острый интерес к счастливому сопернику и молочный запах, обычно идущий от младенцев.

Поднялся сильный крик — младенца обмыли марганцевым раствором, поменяли пеленки, а кота побили веником по морде.

Но этот грустный опыт не произвел на Тимофея должного впечатления — через два дня его опять обнаружили спящим в кроватке младенца. В этот раз крик и принятые меры были еще сильнее. Но и в третий раз кот, это черное безобразие, вместилище бацилл, микробов и инфекций, которые он вполне мог подхватить, болтаясь по помойкам, улегся рядом с новорожденным.

Вечером состоялся семейный совет, где было решено отдать Тимофея в хорошие руки. Разумеется, временно, пока не подрастет маленький, а затем, естественно, взять назад.

Хорошие руки нашлись в образе уборщицы с работы моего мужа. Та любезно согласилась подержать кота, так как в ее доме завелись мыши. Тимофея посадили в кожаную большую сумку, закрыли молнией и увезли.

Муж, возвращаясь с работы, регулярно рассказывал маме о состоянии здоровья кота и даже брал с собой кусочки рыбы, чтобы передать их уборщице. Так продолжалось около трех недель, а потом разразилась буря — кот пропал.

Мама рыдала как сумасшедшая. Никакие доводы, никакие уговоры, просьбы и увещевания не могли остановить этот поток слез.

Мама упрекала всех — меня, мужа и даже младенца в чудовищном эгоизме, в желании отнять у нее единственное и самое дорогое, к чему она привязана, лишить ее опоры в жизни. Она обвиняла нас в заранее продуманном и тщательно подготовленном заговоре, в отсутствии любви к животным, в нежелании считаться с чьими-либо интересами, кроме своих, в негуманности и, наконец, в желании сжить ее с собственной квартиры вслед за котом.

В доме пахло валерьянкой и валидолом. Ребенок лежал в мокрых пеленках, кровати не стелились, в раковине копилась грязная посуда.

Муж, не выдержав нервных нагрузок, взял отгул и ушел на поиски кота.

А мама все плакала и плакала.

Посовещавшись, мы решили пойти на хитрость: муж принес маленького черного котенка. Однако операция «замена» с грохотом провалилась, вызвав лишь новый приступ рыданий, а муж вместе с котенком был выставлен за порог.

В квартире царило военное положение. Для успокоения мамы срочно были вызваны дед и подруга юности.

А мама все плакала и плакала. Правда, уже потише...

На седьмые сутки, когда уговоры деда и воспоминания подруги юности начали потихоньку оказывать свое воздействие, муж вернулся с работы в неурочное время.

— Тимофей нашелся! — провозгласил он срывающимся от счастья голосом. — К уборщице пришел.

И тут моя мама поразила всех, произнеся фразу почти классическую:

— Нет уж, потерялся так потерялся... — сказала она и обвела нас непреклонным взглядом.... Воистину, неисповедимы женские характеры.

1983

ГОНЩИК СЕРЕБРЯНОЙ МЕЧТЫ
(тетрадь неотправленных писем)

Письмо первое

— Женщину надо покорить и бросить, — сказал Олег. — Гусарский принцип!

— Отстань ты со своими принципами, — вскипела Ленка. — Человеку и без тебя тошно.

Я сидела на диване в Ленкиной комнате. Комнате, в которой я в первый раз увидела тебя, и плакала. Ленка, пригорюнившись, сидела рядом, как печальная нахохлившаяся ворона.

— Любовь надо переживать, как болезнь, — сказала Ленка. — Начало, расцвет, кризис и выздоровление...

У меня сейчас расцвет. Я постоянно думаю о тебе — утром, днем, вечером, на работе, дома. В толпе я ищу твои черты, твою походку, твой взгляд. Мне все напоминает о тебе.

Я решила писать тебе письма и не отправлять их. Со словами уходит смута и печаль, как будто бумага их впитывает вместе с чернилами. А потом, так я могу разговаривать с тобой.

У меня сейчас острый период болезни. И странное дело — мне совсем не хочется выздоравливать.

Письмо второе

Сегодня яркий и солнечный зимний день. Я вышла в магазин за продуктами и пока шагала по искрящейся зимней дороге, мимо проехали зеленые «Жигули». Я встала, как вкопанная. Сердце оборвалось и застучало где-то внизу в районе коленок или пяток. Я закрыла глаза и вспомнила.

...Машина неслась по ослепительно-сверкающему, высвечивающему миллионами зеркалец зимнему шоссе. И казалось, что мы не едем, а летим в этом ясно-прозрачном морозном воздухе холодного, солнечного, декабрьского дня. Потом мы свернули с шоссе, и дорога начала петлять и выгибаться, резко спускаясь вниз, или напротив, дыбясь, как спина разъяренной кошки. Автомобиль прыгал со склона на склон легко, как игрушечный я тихо ойкала и прижималась к твоему плечу.

— Не бойся, — сказал ты, не отрывая взгляда от ветрового стекла. — Все же едешь с бывшим гонщиком.

Есть виды спорта, которые формируют человека. В них не бывает случайных людей. Они диктуют образ жизни, круг общения, мышление, черты характера... Они забирают человека целиком. Таков альпинизм. И альпинисты — это целая каста, особая порода людей, исповедующих религию гор. Для них наша обычная жизнь — пища для диетчиков.

Автогонщики — тоже каста. Стремиться на автодром, разбившись в нескольких авариях, еще помня гипсы и бинты, как будто вся жизнь сузилась до кольца баранки, уперлась в гоночные круги, как будто без скорости и ее ощущения пьяняще-шального и нет больше радостей... В автогонках нужен характер! И какой — железобетона. Случайно видела фотографию — ты за рулем в гоночном шлеме. Человек из касты, гонщик серебряной мечты...

Если и стоит любить мужчину, так за мужественность. И этот железобетон в характере, перед которым только склониться, повинуясь безропотно, беспрекословно, глаз поднять не смея... Как надоело руководить и вести, быть независимой, образованной, самостоятельной, насмешливой, высокооплачиваемой, наконец! Когда в самой природе заложено — за мужем (мужчину в древности мужем называли), как за каменной стеной. Он — господин, повелитель, за ним не обидят, не уведут, за ним спрятаться можно от всех напастей, бед, огорчений... Он мужчина и он решает! Где такие сейчас?

Ленка сказала:

— Перевелись, вымерли.

А мне повезло — я тебя встретила...

Письмо третье

Давай все вспомним... Как познакомились, друг на друга посмотрели, чужие еще совсем, незнакомые, разные. Я все вспоминаю, кто на кого первый внимание обратил. У Ленки компания собиралась. И я тут случайно. Веселая, радостная, победительница — как же, завтра на поезд и в путешествие! И какое — позавидуешь. А здесь, это так: проездом.

Ленка у меня на свадьбе свидетельницей была. А потом Олег приехал и увез Ленку в Москву. В Ленинграде много подруг осталось, жили, учились вместе, работаем, а Ленки все равно не хватает. Ее место рядом со мной пусто. Была бы Ленка... Хожу ей звонить, когда совсем невмоготу. Автомат съедает горсть пятнадцатикопеечных кругляшек, а я выхожу из душной кабины с ощущением, что недоговорила самое главное.

— Ты, главное, перетерпи, — говорит Ленка. — Это сейчас трудно, а потом пройдет.

— Пройдет... — соглашаюсь я.

И опять вспоминаю:

Ты ведь с первого взгляда совсем обыкновенный. Не красавец там какой-нибудь с печатью романтического героя, не бабник со связкой ключиков к каждому женскому сердцу.

— Бабник — это ведь необъяснимое, а потому и манящее такое, — Ленка как-то сказала, еще в юности, когда я зеленая была, как горох. А она всегда старше казалась, не по возрасту, по зрелости внутренней.

Так вот, я — победительница в тот вечер, а на тебя — обыкновенного, в основном, в этой шумной компании молчавшего, внимание все же сразу обратила. Не сразу поняла почему, а обратила.

Хохотали заливисто, от души над Мишкиными анекдотами, индейку ели, а кости, как на древнем пиру, в большой глиняный горшок бросали — Ленка с Олегом из Средней Азии привезли, а потом (Мишка, что ли, начал?) принялись из игрушечного пистолетика стрелять по мишени. У моего соседа дома тоже такой пистолетик есть, резиновой присоской стреляющий. Дома я бы в жизни в руки его не взяла. А здесь, как с забором у Тома Сойера, гудящая, азартная очередь выстроилась — все стрелять хотят.

Я два раза промазала, а затем ты подошел. Встал рядом, вытянул мою руку с пистолетиком, прицелился — курок нажал.

— Десятка! — завопил Мишка.

— Еще один выстрел! Только без помощи, так нечестно... Ты мою руку отпустил, и я промазала.

Письмо четвертое

Я тебе объяснить попыталась, ты недослушал, отмахнулся. Глупостями женскими посчитал, придумками. А я знаю.

— Я верю в то, что вижу, — ты сказал.

— А я верю в то, что чувствую, — я ответила.

— Да разве можно чувствам верить? — ты продолжил. — Они сиюминутны. Пых! И нет, горстка пепла осталась...

Завидую — ты живешь действием, поступком, они всему у тебя мерило. А я чувством — типичная женщина...

— Так вот, ты недослушал. Я вокруг каждого человека биополе чувствую. Ощущаю мгновенно, всей кожей. Могу даже не разговаривать, в лицо не заглядывать — просто подойти и постоять рядом, и уже знать: нравится, не нравится, могу ли с ним общаться, дружить. У иных биополе слабенькое, чуть-чуть. С ними мне просто, но неинтересно. У других, как у меня — среднее, это мои друзья. И редко-редко, как у тебя, не биополе, а излучение настоящее. Магнит — а я гвоздик маленький в его силовое поле попавший...

Сидели за столиком в гриль-баре. Роскошном, со вкусом отделанном, где свой контингент, куда просто так, с улицы и не попасть вечером. Где в интерьере, как бы растворяешься — все глаз завораживает, радует, и музыка тихая, обволакивающая. В стены аквариумы вмурованы — разноцветные мирки: плавно изгибаются изумрудные водоросли, золотые рыбки, выпучив глаза, разевают рты, будто сказать что-то хотят.

Мы на машине подъехали — в этот бар зашли, гардеробщик пальто уважительно снял, метрдотель за столик провел, плечом повела, волосы по плечам рассыпала — королева! И вдруг здесь, в полумраке, средь музыки плавно-томительной, со мной что-то странное произошло: как будто волна накатила и закрыла с ног до головы, внутри струна натянулась и задрожала тонко, пронзительно. Не могла ни есть, ни говорить, ни глаз поднять... И это до головокружения, до боли, к обмороку близкое состояние счастья и несчастья одновременно, в одном миге слитого, как будто внутри тебя два маятника и оба на пиковых отметинах.

Ты (о, умница!) все понял, посмотрел внимательно, тарелку отодвинул и замолчал.

Ни до, ни после, никогда — так не ощущала пронзительно глубокую цену молчанья...

В стене из аквариума рыбка на нас смотрела, медленно шевелила ярко-розовыми плавниками, беззвучно рот разевала... Сказать что-то хотела?

Письмо пятое

Попробую объяснить — это как в фантастическом фильме, где космонавты попадают в зону особого излучения и начинают совершать поступки им не свойственные.

Опять тот вечер знакомства нашего вспомнила. Как вывалились всей гурьбой из Ленкиной комнаты на улицу — решили к Леле (что еще за Леля такая!) ехать на день рождения. Такси Мишка с Олегом ловили. Свистели, беспорядочно руками махали — машины мимо неслись, даже не притормаживая.

— Да что ж это такое! — Мишка сказал, нижнюю толстую губу оттопырив, шапка набок съехала, шарф из пальто выбился...

Милый, смешной, Мишка, весельчак, недотепа.

— Я попробую, — ты сказал. Руку поднял, и остановилось такси.

Полкомпании втиснулось, уехало.

— А мы пешком пойдем! — Ленка предложила. — Тут недалеко вовсе.

Через полчаса, возбужденные, румяные от мороза, в гости ввалились. Там дым коромыслом! Шум, музыка, танцы, на столе бутылки початые. А мне чего-то неуютно стало, чужая компания... Отошла в сторонку. Ты глаза вопросительно поднял и опустил. Подошел, решил что-то про себя важное и подошел. Танцевали долго, томительно, на диван сели:

— Пойдем, — сказал. Как о чем-то решенном, обговоренном давно. Не спросил, не приказал, не попросил смиренно, а просто:

— Пойдем.

Как будто иначе и быть не может.

А иначе и не могло. Шагнула, дверей не замечая, вокруг ничего не видя за ним, за ним, за ним! Безропотно, неудивленно, бесповоротно, куда — не спрашивая.

В коридоре вешалка сломалась — груда пальто на полу лежала. В куче нашли свои, отыскали, отрыли, вернее, шапки и шарфы, к дверям двинулись.

— Вы куда? — Олег после танцев распаренный, немножко пьяный из комнаты в коридор высунулся.

— Ко мне, — сказал. Спокойно так ответил, тут, мол, и удивляться нечего и скрывать.

Это потом думала лихорадочно, на верхней, жесткой полке вагона ворочаясь. Как это? Почему? С какой такой стати? Я — за чужим мужчиной, в первый же вечер, дверей не видя, без слов, без сомнений, без упрека себе?! И там в черноте ночи, в пустоте и незнакомости чужой квартиры — его дома — руки протянула и задохнулась от его близости, смятенности и острой, как боль, нежности своей...

Письмо шестое

Старый город ошеломил. Зазубренной, утонченной высотой шпилей, средневековыми замками, будто с картин сошедшими, улочками узкими, на старый Таллин похожими.

У нас конец ноября — зима. Снег, мороз, пушистые шапки, шубы, а здесь будто стрелки часов назад передвинули — сентябрь ленинградский. Ясный, спокойный, золотисто-величавый. Сухие листья под ногами шуршат, воздух тепл и прозрачен, в садах на деревьях яблоки поздних сортов не сняты... Все теплые вещи в гостинице на дне чемодана, а мы в плащах нараспашку и в туфельках...

Гуляли до одури, до темноты, до свинцовой усталости в ногах, когда, кажется, уже и шага не сделать, до гостиницы не доползти. Все вобрать в себя хотелось, запечатлеть в памяти. Фотоаппаратами щелкали непрерывно, модные джемперы покупали, так что в конце поездки вся группа как близняшки выглядела. Восхищались красотами, ели нежные, в высокие бокалы уложенные взбитые сливки. Вечерами дули пиво в знаменитых пивнушках Гашека и Флека. Танцевали в полумраке баров — отдыхали.

Хорошо было? Очень.

А я все думала: «Как странно, так хорошо здесь... А тебя нет». Тогда зачем?

Письмо седьмое

А потом вроде, как и забылось. Отошло. Вернее, свернулось что-то внутри, как росточек в зернышке, часа своего ждало.

Когда опять встретились — ты больше волновался. Торопился, машину на светофоры гнал, опоздать боялся. Подошел ко мне незаметно:

— Девушка, вы не меня ждете?

— Кого ж еще?

Дверцу открыл галантно, сели, друг на друга посмотрели с радостью, удивлением, с места тронулись — вперед! Перекрестки, огни, рекламы разноцветные — центр Москвы.

— Я, случайно, в твои планы не ворвалась, не очень их нарушила?

— Ворвалась, нарушила, — и посмотрел с улыбкой.

И ты ворвался. Все во мне перепутал, как порыв ветра листки бумажные со стола — поди собери. Два дня провела — всю жизнь помнить буду. Мои дни! Стану старенькой, сгорбленной, кожа, как пергамент, а вспомню. То шоссе снежное, сверкающее от солнца. То ощущение удивительное близости, какое тогда только и бывает, когда двое молоды, влюблены, беспечны и ночь позади — долгая, полная прикосновений, шепота, поцелуев томительных, страстных, нежных... Да за одно такое!..

Какое утро было прекрасное! Распахнутое, морозное. Вокруг снежные поля и шоссе пустое, но такая наполненность, радость такая, не нужен никто, одни на всем белом свете.

Чтоб так вот — сразу все — редко бывает. Может, и никогда. Это — как подарок судьбы, который принимать надо с благодарностью и не просить продолжения, продления его.

«В одну и ту же реку нельзя войти дважды...»

Оборвалось резко.

— Отношения «мужчина и женщина» всегда игра. С правилами довольно жесткими. Я правило нарушила, и не так все стало — в минуту! Как будто свет выключили, как будто ехали, неслись и — стоп! О, болтливость женская, глупая, когда язык длинен, а ум... Чего теперь! Не в кинофильме французском, где двое под пронзительную музыку едут, любят, разговаривают. Там в любой момент остановить можно по желанию, пленку назад открутить, кадр вырезать. Не остановишь, не открутишь — все мое...

Думаю, ты тогда, действительно, не смог вернуться, за мной заехать или не захотел просто? Ждала, сидя у Ленки на диване. Ленка с Олегом в гости ушли — званы были на вечер. Я осталась.

Из окна холодом дуло, телефон молчал, в комнате половицы ссохшиеся скрипели.

Оцепенела от ожидания. Съежилась, замерла — вся в ожидание превратилась. Как в далеком детстве, сидя комочком, на корточках под столом, в чужом доме, где на несколько часов оставили, маму ждала и дышать боялась, двигаться, чтоб не нашли, не вытащили.

И не знала, что так ждать могу! Будильник время показывал, не медлил, не жалел, жестяным нутром минуты считая...

Выпрямилась, с дивана вскочила, покидала вещи в сумку. В лифте ехала — надежда была, на мороз вышла, надежду ветер унес. Холодно на улице, пусто.

А день назад розы цвели, трава зеленела, птицы пели... Пусто внутри, холодно, ровно — снежная целина... А по ней ветер.

* * *

Здравствуй, милая Машенька!

Очень волнуюсь за тебя. В последний раз ты звонила и была очень грустна. Надеюсь, что жизнь постепенно входит в колею. Как здоровье твоих близких? Как дела на работе? Если все в порядке, то остальное это так — на уровне субъективных ощущений. Подумай, и увидишь, что я права. И вообще, прошло достаточно времени, чтобы образ твоего «гонщика серебряной мечты» начал постепенно бледнеть. Да и вся история, развернувшаяся на моих глазах, как хорошая мелодрама, терять для тебя свою остроту. (О нем речи нет. Это разговор особый и долгий.)

Кстати, сейчас он в отпуске и катается на горных лыжах по снежным вершинам Приэльбрусья. Как понимаешь, он там не скучает. Тем более, что сейчас сезон, время зимних студенческих каникул, и на турбазе полно симпатичных модненьких студенток.

Этого у него не отнимешь — умеет жить!

Не то, что ты.

А вообще, немедленно мне позвони — я за тебя очень волнуюсь. Ты ведь у меня дурочка и можешь наделать глупостей.

Жду звонка. Целую. Лена.

* * *

Здравствуй, Ленка!

У меня все нормально. Дома все здоровы и отношения у нас хорошие. И на работе все в порядке — так что зря за меня волнуешься.

Я, кажется, выздоравливаю. И уже реже вспоминаю Москву.

На днях была на творческом вечере любимой писательницы. Она сказала:

— Душа тоже болеет, как и плоть. Например, любовь можно сравнить с корью. Та же клиническая картина.

Пришла домой и залезла в медицинский справочник.

Корью болеют так: сначала появляется небольшая температура, кашель и насморк, и потому ее легко спутать с другим заболеванием, например, простудой. Потом появляется сыпь, первый день на лице, второй день на туловище и третий — на руках и ногах.

Ты весь покрыт сыпью, у тебя высокая температура и светобоязнь. Это острый период. Затем сыпь начинает исчезать в том же порядке, что и появилась — руки, ноги, туловище, лицо. Остается кожная пигментация. Она проходит, постепенно.

Правда, иногда корь дает осложнения — воспаление легких, менингит. Судя по всему, меня Бог миловал. Осталась только кожная пигментация. И она будет бледнеть, пока не исчезнет совсем. Но до этого еще далеко...

Целую.
Пиши мне.
Маша.

* * *

Машка, привет!

Наконец-то, чувствую в твоем голосе трезвые нотки, а в голове здравые мысли. А то все представляешься мне с тощей шеей, покрытой пупырышками, сидишь и слезы льешь на моем диване. Было ли о чем? Да в наши с тобой годы...

Согласись, двадцать шесть пусть и не зрелость женская, но взрослость-то уж точно, по крайней мере, не восемнадцать, когда влюбленность, как конец света, и ходишь будто с тебя кожу содрали и забыли приклеить.

Нарочно утрирую, чтоб поняла все, что сказать хочу.

Да пойми же — ты выдумала его! Давай отбросим эмоции и поговорим, как две современные, лишенные предрассудков наших бабушек, взрослые женщины.

Посмотри на все это его глазами.

Для него это и не история вовсе, а так... приключение. Довольно приятное, милое, легкое, каких пересчитать и пальцев не хватит. Он уже привык к легким победам. Молод, свободен, при деньгах, квартира, машина... Супермен!

Джентльменский набор, все атрибуты, и держаться умеет, неглуп, не развязен, немногословен... Одни «за». Конечно, девицы на шею вешаться будут. Обидно, что и ты в их число попала.

Ну ладно, хватило бы тебе ума отнестись к этому на равных, как к приключению, я б только одобрила. В конце концов, от быта, от повторяемости, уравновешенности серых будней и в самом деле захочется кровь оживить. Утром просыпаешься и ничего не ждешь... А так хочется праздника! Он для праздника вариант прекрасный. Но для недолгого праздника, необременительного... Как один умный человек сказал: «Современные поклонники при намеке на малейшую ответственность фантомами становятся, невидимками». Понимала б это — все было бы по-другому.

И еще.

Все-таки, Машка, мы сами свою жизнь делаем. Вот, например, твой милый гонщик, знаешь тебя еще чем притянул? Он сам своей судьбы хозяин. Не случай, не настроение, не каприз мимолетный, а он сам. Настойчив, азартен, работоспособен. На фоне нынешних робких, неуверенных, слабых, конечно, принц, завоеватель.

А почему тебе со всеми твоими данными хозяйкой жизни не быть? Характера не хватает?! Так ведь и ему в тебе характер нужен. А он его не увидел. Беспомощность, растерянность, влюбленность, все эти добродетели прошлого века увидел. А силу и характер нет. Ты подчинилась быстро, покорилась. Протяни руку и возьмешь. А где борьба, страсти, препятствия? Мужчина — существо азартное, ему за женщину надо когти рвать, на шпагах сражаться, по карнизу ходить. А ты? Раскисла, рассиропилась, нюни распустила...

Вот и пожинай плоды.

И тебя по-прежнему очень люблю.

Твоя Лена.

* * *

Леночка, здравствуй!

Получила твою проповедь, как ушат холодной воды, на мою воспаленную голову.

Ты зря на себя такой расчетливо-рациональный вид напускаешь. Все равно я тебя другую знаю и помню. И давай не отказываться от того лучшего, что в нас есть. Впечатлительности, эмоциональности женской, нерасчетливости. Тяжелее так? Конечно. Но ведь без этого мы не мы, а другие.

Отнимая у человека иллюзии, надо думать, что дашь ему взамен... От своих иллюзий не хочу отказываться. Одну вещь скажу, которая в тебе недоумение вызовет:

Не хочу сейчас знать, какой он на самом деле. Он во мне. И пусть выдумала, не это важно. Важно, что он дал, а значит, не нарушил, не отнял словом неосторожным, взглядом или поступком эту возможность выдумать. А ты мне: «А этот Бог такой ничтожный идол!..». Не хочу знать! Любовь — она не снаружи — она внутри, скапливается внутри потребность и прорывается...

Сидели недавно у Лариски на дне рождения. Лариску жалели: хорошая, мол, женщина, умная, красивая, добрая, Игнатия (мужа своего) как любит! Все для него, своей жизни нет. А он денег не приносит, выпить не дурак, за любой юбкой волочится.

Вздыхали, примеры приводили, Лариску жалели, пока одна из нас, самая умная, не сказала: «И чего Лариску жалеть? Она любит... Жалеть нас надо». Мы все разом рты закрыли, грустные стали. Что говорить? Женщина любить должна. Без любви она и не женщина вовсе, очаг без огня, цветок без запаха, день без солнца... Мы все только вид делаем, что наукой занимаемся, искусством, деятельностью всякой — на самом деле любви ждем. А все остальное — от ее отсутствия.

Можешь меня ругать, сколько угодно. Дурой называть, ископаемым доисторическим... Не стать мне жесткой, расчетливой, как бы ни старалась. Может, и слава Богу?...

Целую.
Маша.

* * *

Машенька, здравствуй!

В твоей дурости твое счастье. Не слушаешь меня, оставайся такой, как есть. Как будешь проводить лето? Я собираюсь ехать в Пицунду, обещали достать путевку в пансионат. Олегу отпуск не дают, так что буду одна.

Кстати, твой гонщик, по-моему, не прочь ухлестнуть за мной... И тоже собирается в Пицунду.

Ты мне пока не пиши, я устроюсь в пансионате и сообщу адрес. Думаю, что уеду со дня на день.

Целую. Лена

P. S. Я надеюсь, у тебя хватит благоразумия не воспринимать все близко к сердцу?

* * *

Привет, Машуня!

Отдых идет полным ходом. Солнце, море, кипарисы, ананасы... Шучу. Я загорела, хорошо выгляжу и в отличном настроении. Последнему в немалой степени способствует и наш общий знакомый. Он тоже здесь. Приехал на машине вместе с друзьями. У нас получилась неплохая компашка.

Пожалуй, Машенька, я начинаю тебя понимать — этот гонщик и в самом деле очень и очень... Была б, как говорится, помоложе, такая, как раньше, так влюбилась бы... Он просто чудо! Первоклассный экземпляр мужской породы.

Надеюсь, ты на меня не в обиде. Для тебя все равно это дело прошлое. Я с ним как-то о тебе говорила. Он плечами пожал, сказал, что ты мила, но со странностями.

В меня он, по-моему, влюблен по уши.

Увидимся, расскажу все подробнее. Пока!

Целую. Лена

«...И там, в черноте ночи, в пустоте и незнакомости чужой квартиры, его дома — руки протянула и задохнулась, от его близости, смятенности и острой, как боль, нежности своей...»

Ленинград
1984

ФРАНЦУЗСКИЕ ДУХИ

— Я номер его телефона из записной книжки вычеркнула, — говорит Люська, — чтоб ни цифирьки...

— Из себя надо вычеркнуть.

— Из себя... — соглашается Люська. — По живому.

«Прибежала тут коза, растопырила глаза», — поет Оленька. Она прыгает на одной ноге и смеется.

— Во-во, и я глаза растопырила, вот и осталась у разбитого корыта, — говорит Люська.

Она моет посуду, склонившись над раковиной. Волосы ее растрепались и свешиваются на лоб темными, некрасивыми сосульками.

— У разбитой раковины, — усмехается Рита.

— Никак водопроводчика не соберусь вызвать, — машет рукой Люська.

— Мужика в доме нет — одно слово.

— А у меня есть, а все равно все обваливается!

— Дуры мы с тобой, дуры... — Глаза у Люськи печальные, глубокие. — Ума нет — в аптеке не купишь.

На дворе вечер. За окнами темно и холодно. Фонари светятся тусклыми, желтыми пятнышками, создают иллюзию тепла и света. Стоит та пора поздней и слякотной осени, один вид которой порождает глухую тоску и безнадежность.

Женщины недавно вернулись с работы. Покормили детей ужином, наскоро приготовленным из полуфабрикатов, купленных в обеденный перерыв. Теперь отдыхают, пьют чай из красных в белый горох блюдечек и судачат.

— Ларку недавно видела. Выглядит! — Люська закатывает глаза, что означает высшую степень восхищения. — У нее одних французских духов дома пять банок. И все разные. — Лицо у Люськи от горячего чая раскраснелось и блестит.

— И что в Ларке? Тряпки дорогие сними — ни кожи, ни рожи. А вот ведь...

— Ларка умная, — говорит Рита.

— Да не умная она, а практичная!

— Для женщины, считай, это одно и то же.

— Французских духов хочется! — Люся аккуратно расставляет чашки на полке. — Ужас как! Мои старые уже давно кончились.

— А мои и не начинались.

— А хочется...

В прихожей низким, простуженным голосом звонит телефон. Рита берет трубку.

— Ритуль, — говорит Медведев. — Мы тут с Архангельским у прибора засиделись. Сейчас выезжаю.

Рита молчит.

— Ну что опять? — с досадой спрашивает Медведев.

— Ничего, — говорит Рита. — Оленька сильно кашляет, весь вечер бýхала, а я ее завтра в садик поведу.

— Возьми больничный, — сердится Медведев.

— А жить на что?

— Я у Архангельского десятку займу. До получки.

— Займи, — вяло говорит Рита и кладет трубку.

Она возвращается на кухню.

— Твой? — поджимает губы Люська. — Он скоро с прибором на работе и спать будет. Что ты с ним видишь?

— Наверно, ничего, — говорит Рита.

Вид у нее усталый и подавленный.

— А Ларка, — продолжает Люська, — в кожаном пальто. Сапожки замшевые на шпильках. Английские, что ли? Сама вся ухоженная — волосок к волоску. И французскими духами пахнет. Прямо облако вокруг нее. Рита сидит на тонконогой табуретке, широко расставив ноги в стоптанных войлочных шлепанцах, и медленно слизывает варенье с ложки.

— Ты на себя в зеркало посмотри. Мымра вылитая! Когда в парикмахерской последний раз была?

— Давно, — признается Рита.

— Давно... — передразнивает Ритину интонацию Люська. — А годы-то тю-тю! Прощай, молодость! Морщинки, килограммы лишние. Скоро никому не нужны будем. Если только внукам.

Рита улыбается невольно.

— Давай в театр сходим, — предлагает Люська, — И то развлечение.

— А дети?

— С детьми пусть Медведев посидит. Не развалится.

— Не развалится, — соглашается Рита. — Только давай лучше маму попросим.

— Кого ж еще просить, как не маму... — женщины вздыхают глубоко и сидят некоторое время задумавшись, молча.

— Не понимаю я тебя, — говорит Лара. — он же непрактичный такой, неприспособленный, недотепа. Ничего в жизни не добьется.

— Я люблю его, Лара.

— Замуж по любви только в романах выходят.

— А как надо? По расчету?

— По уму.

— По уму — это за Николаева? Деньги, карьера, квартира трехкомнатная.

— А что в этом плохого? Надежный тыл. Другая бы на твоем месте ни минуты не думала.

— А я и не думаю.

— Это и видно!

— Мам, ты одолжишь мне денег? Оленьке пальто зимнее мало, новое покупать надо. — Рита старается смотреть в сторону.

— Одолжу.

— Мам, ты не думай... Мы подзаработаем — отдадим. Юра прибор закончит, ему премию должны дать. И у меня тринадцатая скоро... Потом отдадим.

— А жить сейчас надо, дочка. Я не вечная. Муж он у тебя или кто? Почему не можешь заставить его зарабатывать на семью?

— Мама! Я прошу тебя!

Мать медленно идет к тумбочке, где хранится постельное белье, тяжело, с кряхтеньем нагибается, достает деньги.

— На. Пальто купите хорошее. Дорогое. Чтоб не хуже других была. Себе тоже что-нибудь купи. Здесь хватит.

Рита прижимается к материнской щеке. Молчит.

— Ты у меня такая красавица. Такие женихи у тебя были!

— Были да сплыли.

— И что бы ты без меня делала? — вздыхает мать. Оленька спит, дышит глубоко, ровно. Рита прислушивается — не закашляется ли? Но Оленька спит спокойно. У Риты теплеет на душе. Может и ничего, может обойдется. Молока горячего с медом попили, ноги в горчице погрели — отойдет простуда,

Она подходит к зеркалу, смотрится в его бесстрастную, серую глубину. Права Люська — морщинки, килограммы лишние. Годы идут. И сегодня она — уже не та Рита, красавица с ямочками на щеках, ослепительной белозубой улыбкой, королева студенческих балов. Сегодня королева Ларка. У той все было рассчитано, выверено... Еще в институте. Та твердо знала, что нужно для успеха, для благополучия, и не прогадала.

А она? Почему ее жизнь — это вечная тревога за непрактичного, неприспособленного Медведева, частые болезни дочки, постоянная нехватка денег — вся эта хроническая озабоченность и усталость? Неужели она, Рита, недостойна лучшего?! Лучшей судьбы, жизни без тяжелых забот, с модными нарядами... А как хочется быть красивой! Такси, вместо переполненного в час пик общественного транспорта, французских духов, наконец! Ведь все это могло быть... И контрамарки на премьеры, и путешествия на Золотые Пески, а не в вологодскую пустеющую деревеньку, где живет в избе-развалюхе старая тетка Медведева.

Могло... Если бы не Медведев.

Стрелка будильника пугливо замирает на без четверти одиннадцать. Щелкает «собачка» замка, и на пороге при тусклом свете лампочки возникает длинная фигура Медведева. Он начинает стягивать пальто.

— Замерз, — говорит Медведев и трет озябшими ладонями впалые щеки. — И голодный как собака. Покормишь?

Рита молчит и смотрит на мужа, и на мгновение его усталое и бледное лицо рождает в ней привычное чувство жалости и заботы, но она с усилием гонит его и заставляет себя вспомнить все то обидное и злое, что она только что думала и что с такой силой владело ею.

— Десятку взял? — осведомляется она сухим и холодным тоном.

— Взял, — немного испуганно глядя на нее, говорит Медведев.

— Давай. — Рита демонстративно засовывает хрустящую бумажку к себе в сумочку. Медведев, ссутулив плечи и зябко поеживаясь, идет на кухню.

— И вот еще что, — говорит Рита, в упор глядя на мужа, низко склонившегося над тарелкой. — Те деньги, что тебе на костюм отложили, придется израсходовать. Еще годик в старом походишь, ничего не случится.

Медведев отодвигает в сторону пустую тарелку и пожимает плечами.

— Как скажешь, Ритуль... Ты в доме хозяйка.

— Я хозяйка! Я хозяйка! — срывающимся на крик голосом начинает Рита. — А почему ты не хозяин? Повесил все на меня, от всего отгородился и доволен! Очень удобно. — Она тяжело дышит. — Кто везет, на того и грузят! Ты скоро со своим прибором и спать будешь! Хоть бы деньги за это платили. Я тут бьюсь, как рыба об лед, а ты...

Злые слезы закипают у нее в глазах.

— Тише, Рита! Оленьку разбудишь!

— Плевать ты хотел на Оленьку! Ты ее только спящую и видишь. Когда ты с ней гулял последний раз? Она скоро забудет, как отец родной выглядит!

— Рита!

— Двадцать восемь лет Рита!

— Ну, не могу я сейчас Архангельского бросить! Мы же с тобой говорили...

— Тебе Архангельский с его проклятым прибором жены дороже! Он же тобой, дураком, пользуется, твоими идеями. Когда тебе, наконец, зарплату прибавят?

— Рита, перестань!

Медведев встает, уходит из кухни и запирается в своей комнате.

— Ты только и можешь — уйти и запереться! — кричит ему вслед Рита. — Это проще всего. Гораздо труднее зарабатывать и заботиться о семье!

Раздраженная, с красными пятнами на щеках, она садится на диван. Жгучая, острая обида на мужа горит в ней. И в самом деле, права Люська, что она с ним видит? Заботы, кастрюли и безденежье. Чем она хуже Ларки? У Ларки духи французские! А у нее что? Кухня, стирка да едкие растворы, с которыми на работе возится изо дня в день по восемь часов.

Ну, ничего. Медведев как-нибудь без нового костюма обойдется. Много он думает о семье последнее время? Много заботится о жене и дочке? А французские духи она купит. Имеет право!

Рита выходит на лестничную площадку и стучится в соседнюю дверь. Люська высовывается в халате, теплая и растрепанная.

— Чего? — не понимает она. — Случилось что? У Ольги температура?

— Люсь, давай французских духов купим...

Люськины глаза делаются круглыми от испуга.

— С ума сошла, что ли?

— А хотя бы и так. Давай сложимся и купим.

Люська оторопело молчит.

— Напополам не так дорого будет, — торопливо объясняет Рита. — Всего по двадцатке. Сама же говорила, старые кончились...

— А пользоваться как? — ориентируется в ситуации Люська.

— В разные флаконы разольем.

— Это ты здорово придумала! — восхищенно крутит головой Люська.

— Завтра купим.

Рита с Люськой торжественно выходят из универмага. В Люськином кармане лежит бесценный груз — маленький, серебристый флакон.

— Мамочка, а ты мне понюхать дашь? — вертится под ногами Оленька.

Она морщит кнопку носа, предвкушая удовольствие.

Рита с Люськой смеются. Настроение у них приподнятое. У них праздник — они купили вещицу, о которой мечтает каждая женщина, которая, как им кажется, приближает их к той жизни, которой у них нет, в которой все легко и красиво, которой живет Ларка.

Флакон вынут из бархатного ложа коробки и, водружен на стол.

— А как делить будем? Флакон кому? — деловито осведомляется Люська.

Рита минуту колеблется. Ей тоже хочется иметь блестящую, витую бутылочку.

— Давай жребий бросим.

Люська берет два криво оторванных клочка бумаги и торопливо пишет на них огрызком карандаша: «флакон» и, на секунду задумавшись, «фига». Бумажки помещаются в старую фетровую шляпу. Рита запускает руку первая.

— Фи-га, — читает она по слогам и морщит в досаде губы. — Всегда так! Видно, мне на роду написано...

Люська радостно хлопает в ладоши, хохочет и хватает флакон. Рита смотрит на нее и тоже смеется.

Люська достает из шкафа склянку из-под старых духов и пытается перелить в нее голубоватую жидкость.

— Не льется чего-то, — озабоченно говорит Люська. — Дырочка маленькая.

Рита берет у нее из рук бутылочку и начинает трясти ею над другим флаконом. Однако склянка устроена таким хитрым образом, что выдает лишь микроскопические порции заключенной в ней влаги.

— Сразу видно, что французские, — с уважением говорит Люська.

— Так мы всю ночь переливать будем, — покраснев от натуги, выдыхает Рита.

— Вот так дела! — Люська хлопает себя по лбу, приносит из кухни табуретку и, взобравшись на нее, начинает рыться в куче хлама на антресолях. Через некоторое время оттуда извлекается маленькая коробка со шприцем.

— От тех времен осталось, когда я в больнице работала, — говорит Люська.

Игла точно входит в отверстие флакона.

— Ну вот, — причмокивает пухлыми губами Люська. — 17 миллиграммов. Фифти-фифти... — Рита радостно смеется, запрокинув голову.

— Давай музыку включим! — предлагает Люська. — И потанцуем!

— Там-пам-пам! Трам-пам-пам! — ревет магнитофон. Рита с Люськой танцуют и подпевают в такт.

— А чего, — запыхавшись, говорит Люська. — Мы теперь платье новое наденем, надушимся, да на каблуках! Да причесочку! Упадут все!

— Точно! — Рита размахивает руками в такт музыке.

— Мы же с тобой молодые, — кричит в ухо Рите Люська.

— И красивые! Французскими духами пахнуть будем. Всех затмим!

Медведев приходит поздно, когда Рита уже лежит в постели. Не заходя к ней, он проходит в свою комнату и закрывает дверь. Рита слышит, как он раздевается, шурша одеждой, ложится, но не спит, тяжело ворочается с боку на бок, вздыхает.

«Переживает, — грустно думает Рита. — Не простил...» Она встает с постели и, осторожно поправив сползшее одеяло на кроватке дочери, подходит к серванту. Достает серебристый флакон и кончиками пальцев слегка смачивает шею, виски, грудь.

Затем тихо, чтоб не скрипнула, приоткрывает дверь и ложится на краешек кровати, рядом с мужем.

— Правда, хорошо пахнет? — спрашивает Рита.

— Хорошо, — соглашается Медведев.

Рита кладет теплую ладонь на его лоб, и они молчат.

А в воздухе летает тонкий, нежный аромат — запах французских духов.

1984

ГРАФИНЯ

В то лето нам исполнилось по четырнадцать. Мы были рослые, симпатичные, развитые и носили короткие — по тогдашней моде — юбки. Мы занимались в литературном клубе при Дворце пионеров. Ленка писала стихи: «Нас потянуло на романтику, На незнакомые слова. Нас потянуло на ромашки, А вдоль дороги лишь трава».

Ленку хвалили. В ней находили проблески юного дарования.

В июне мы остались в городе. Наши одноклассники уехали в совхоз полоть сорняки, а нас с Ленкой по приказу классной дамы, Виконтессы, прозванной так за высокую прическу и очки в золотой оправе, решено было в совхоз не отправлять, а загрузить трудом более квалифицированным. Нам поручили оформить кабинет биологии.

С утра мы приходили в непривычно пустую и гулкую школу, где по коридорам неслось эхо наших шагов, поднимались на третий этаж и начинали рисовать всевозможных гусениц и инфузорий. Дни стояли теплые, солнечные. Окна были открыты, дул легкий ветер, и прозрачные занавески на окнах колыхались. В классе было солнечно и уединенно.

Мы с Ленкой ползали по кускам ватмана, разложенным на полу, и говорили о Казанцеве.

Казанцев — единственный из наших одноклассников — посещал литературный клуб. На поэтических вечерах он читал Блока:

> Миры летят. Года летят. Пустая
> Вселенная глядит в нас мраком глаз.
> А ты, душа, усталая, глухая,
> О счастии твердишь который раз?

Дворец пионеров размещался в роскошном, выстроенном в прошлом веке особняке. И наши поэтические вечера обычно проходили в дубовой гостиной, обтянутой темно-алым атласом, с тяжелыми креслами в завитушках резьбы, и расписным потолком, из углов которого летели навстречу друг другу пухлые, молочно-розовые амурчики. В этой гостиной Блок звучал в полную силу.

«Я Гамлет. Холодеет кровь...» — читал Казанцев, запрокинув голову и раскачиваясь на носках. И кровь в нас и впрямь холодела.

Или, так же откинув голову, глядя в упор зелеными, русалочьими глазами:

«Я помню нежность ваших плеч. Они задумчивы и чутки...»

Всем нашим девицам казалось в тот момент, что именно ее плечи будут нежны, чутки и задумчивы под пальцами Казанцева.

Впрочем, ни одна из нас не была Прекрасной Дамой, героиней его романа. Такой в природе не существовало. Героем его романа был он сам.

В то лето мы жаждали любви. Для Ленки она воплощалась в Казанцеве, а для меня в стихах Блока. Очевидно, до любви к кому-то конкретному я еще не доросла. Ленка всегда опережала меня в развитии.

В городе стояли белые ночи. Было ясно, тепло и красиво. К вечеру, освободившись от опостылевших гусениц, наскоро перекусив, мы шли гулять по городу. Ленка мечтала о филологическом, поэтому чаще всего мы оказывались на Университетской набережной. Вдоль Невы ходили студенты. Шла сессия, и лица их были бледные, озабоченные или, наоборот, радостно оживленные после удачно сданного экзамена. Мы смотрели на студентов с восторгом и завистью — в них материализовалось наше недалекое, но труднодостижимое будущее.

Иногда мы заходили в здание университета и бродили по длинному просторному коридору, где по бокам в высоких шкафах стояли старинные книги в тисненных золотом переплетах, а на портреты великих садилась невесомая академическая пыль. Коридор вызывал в нас экзальтированные чувства. Выходя из его полумрака на солнечный асфальт, мы казались себе не такими, какими вошли. Нам хотелось совершить что-то необыкновенное.

Из этого вышла игра в блоковскую незнакомку.

«И веют древними поверьями, — читала Ленка нараспев и полузакрыв глаза, — ее упругие шелка, и шляпа с траурными перьями, и в кольцах узкая рука...».

На Ленке было простенькое ситцевое платье — в горох, сшитое на уроках домоводства в школе. Но игра имела свои правила, ситец становился шелком и упруго обтекал Ленкины уже достаточно развившиеся формы. Голову она несла так, чтобы страусовые перья на шляпе, если бы она была, слегка покачивались — веяли. Колец на Ленкиной руке не было, да и руки, честно говоря, не были тонки и изящны: в Ленке ясно говорила здоровая сильная кровь бабушек-крестьянок. Но все это не имело к делу ровно никакого отношения. В тот момент Ленка была блоковской незнакомкой, роковой женщиной, завораживающей взор и душу красавицей.

Как четко и остро это впечаталось в память!

Стрелка Васильевского острова, гармония и точность гранитных набережных, острый шпиль Петропавловки, тяжелая роскошь Зимнего, белая бездонная ночь — и мы, две песчинки, затерянные в каменной, вековой красоте города. Две незнакомки...

Маршруты наших прогулок были довольно извилисты. Как-то к вечеру мы случайно забрели в небольшой дворик, образованный двумя глухими стенами домов. Дворик был зелен и уютен. Ленка села на скамейку, стоящую под развесистым старым тополем, сняла с ноги тесную туфлю и заложила руки за голову.

— Хорошо, — выдохнула Ленка и замолчала.

— Очень, — подтвердила я и тоже устроилась на скамейке.

Ленка, прищурившись, смотрела на заходящее солнце.

— А у Казанцева в волосах рыжинка есть, — сказала она. — Он как-то у окна стоял на солнце, и я увидела...

— Разве? — удивилась я и попыталась вспомнить волосы Казанцева, по-моему, он был просто брюнетом.

Но Ленка в то лето видела в Казанцеве то, чего не только окружающие, но и сам он в себе не подозревал. Зря говорят, что любовь ослепляет — любовь делает зрячей. Но... Это все из будущего опыта. А пока нам четырнадцать, мы беспечны, легковерны, влюбчивы — сидим в незнакомом дворе под кружевно-тенистым тополем. А на дворе лето...

Мне надоело сидеть на скамейке. Я встаю и иду в глубь двора. Окно на втором этаже распахнуто, и солнечный луч, косо падающий в оконный проем, ярко освещает диковинную обстановку комнаты. Старинный красного дерева буфет с высокими глухими дверцами, картина в золоченой раме на стене и массивный черный рояль, занимающий две трети помещения.

За роялем лицом ко мне сидит старая, но удивительно красивая женщина с тонкими чертами лица, с абсолютно белыми, просто белоснежными волосами, уложенными в сложный узел: так причесывались женщины еще в прошлом веке. Одета она в белую кружевную кофту со стоячим воротом (он скрывает ее шею), и в темную длинную юбку. Я разглядываю все это сосредоточенно и долго, и мне начинает казаться, что я уже видела и эту обстановку, и эту женщину с белоснежными волосами. Все это похоже на картину в Эрмитаже, куда мы часто ходим на экскурсии.

Около своего плеча я слышу прерывистое Ленкино дыхание и шепот:

— Это же графиня! Графиня из старого Петербурга...

Графиня открывает крышку рояля и начинает играть. Звуки бравурной мазурки звонкими, быстрыми каплями отлетают от стен дома. Они заполняют собой все пространство двора и, слившись в высоком и торжественном аккорде, замирают. Какое-то мгновение над нами повисает тишина, а затем плавно и грустно, как бы тая в тихом и прозрачном воздухе, начинает звучать новая, незнакомая нам мелодия, сжимающая сердце неизбывной печалью и нежностью. Мы стоим под окнами, завороженные, оцепеневшие. Со стены графининой комнаты из золоченой рамы на нас смотрит великий певец Прекрасной Дамы, создатель «Скифов» и «Двенадцати», моя безнадежная и страстная любовь — Александр Александрович Блок.

Вдруг музыка прекращается. Графиня подходит к окну и закрывает его. Плотные шторы опускаются на окно. Мы стоим на дне двора, недвижимые и ошеломленные.

— Она графиня, — говорит Ленка. — И ее любил Блок.

Я смотрю в Ленкины черные светящиеся глаза и боюсь тронуться с места. Толстая дворничиха поливает клумбу. Резиновый шланг тянется у наших ног.

— Чего встали? — подозрительно говорит дворничиха. — Надо что?

Ленка срывается с места:

— Пошли к Казанцеву. Мы должны ему рассказать...

Казанцев стоит перед раскрытой дверью в домашних стоптанных тапочках и синем тренировочном костюме. Горло у него замотано шарфом.

— Вам чего? — испуганно спрашивает он. — Я болею. Меня сама Виконтесса из совхоза отпустила. У меня температура! Тридцать восемь и шесть, — говорит Казанцев. — И горло красное. Во!

Он открывает рот и показывает нам горло. Ленка со страхом заглядывает туда:

— Очень больно, Сереженька?

— Не очень, — Казанцев смущается произведенным впечатлением. — Терпеть можно. Так вы чего пришли? — спрашивает он. — Вы разве не от Виконтессы?

— Мы от графини, — отвечает Ленка. — Ее Блок любил.

— От какой графини? — Казанцев вытаращивает глаза. — Ты что, Евдокимова, белены объелась?

— Она не объелась, — вступаюсь я за подругу. — Мы, правда, графиню нашли. Если не веришь, можешь с нами пойти и посмотреть.

— Кто вам сказал, что она графиня?

— Никто, — говорит Ленка. — Я сама поняла.

И она сбивчиво начинает рассказывать о женщине с белоснежными волосами, о красном буфете и портрете Блока на стене в золоченой раме.

— Во дуры-то, — говорит Казанцев. — Дурдом по вас плачет.

И захлопывает дверь. На Ленкиных глазах выступают круглые прозрачные слезы. Она отворачивается и начинает медленно спускаться по лестнице. Я вновь нажимаю кнопку звонка.

— Ладно уж, пойду, — говорит Казанцев и кривит рот в ухмылке...

Через несколько дней мы отправляемся к графине.

Казанцев делает вид, что абсолютно равнодушен, но по всему видно, что наше сообщение разожгло его любопытство. Он то и дело набавляет шаг. Ленка бежит за ним вприпрыжку.

— Может, она и не графиня вовсе, — бурчит Казанцев. — И портрет Блока у нее случайно. Мало ли... В комиссионке купила...

— Обязательно графиня, — крутит головой Ленка. — Знаешь, как она одета!

В знакомом дворе нас ждет разочарование. Окно у графини закрыто и занавешено шторами. Меж двух полотен ткани виднеется узкая щель.

— Полезли на дерево, — предлагает Ленка. — Тогда сам увидишь портрет.

Ленка с Казанцевым карабкаются по бугристым ветвям тополя. Я стою внизу и жду исхода событий.

— Вон, — указывает пальцем Ленка. — Видишь, Сереженька?

— Где? — крутит головой Казанцев.

— Да вон же, вон...

— Не вижу.

— Вон! — изо всех сил тянется к окну Ленка.

И тут происходит непредвиденное. Сук, на котором стоит Ленка, трещит, и она, потеряв равновесие, взмахивает руками, цепляется за дерево, но все же падает и, застряв между двух толстых веток, повисает в нелепой позе. Подол ее платья задирается и легким, колышущимся парашютом свешивается к плечам. В лучах солнца ярко переливаются голубые трусики. Казанцев остолбенело смотрит на Ленкин задранный подол и начинает громко хохотать. Ленка суматошно дергается между двух сучьев и с грохотом падает на землю. Затем встает и, припадая на одну ногу, с оглушительным ревом уносится на улицу.

— Дурак! Кретин несчастный! — кричу я на Казанцева и бегу вслед за подругой. Казанцев перестает хохотать, слезает с дерева и оскорбленно пожимает плечами…

Ленка сидит в своей комнате на плюшевой кушетке. Нос у нее покраснел и распух от слез, на щеке глубокая царапина, коленка обмотана толстым слоем бинта.

— Да не реви ты, — утешаю я. — Подумаешь!

— Ну да, — всхлипывает Ленка. — Это для тебя подумаешь. Он же все видел!

— Да что он видел? — говорю я. — Ну, ноги твои видел…

Ленка вытягивает губы в трубочку и ревет еще безутешнее.

— Да ты что? — продолжаю я свои увещевания. — Ну, были бы ноги у тебя какие-нибудь кривые или волосатые, тогда ясно. А так что? Хорошие ноги. Длинные.

Ленка вытягивает ноги и начинает их придирчиво осматривать.

— Думаешь? — спрашивает она с надеждой и перестает всхлипывать.

— Конечно, отличные ноги. Блеск!

— Тогда почему он так хохотал?

— Это от восторга.

Ленка сидит неподвижно и думает над моими словами.

— Никакая она не графиня вовсе, — говорит мне по телефону Казанцев. — Она музыкантша. В консерватории преподавала, а сейчас на пенсии. Портрет Блока ей один знакомый художник подарил. Она сама мне сказала. Художник Блока хорошо знал, дружил с ним…

— Ленка! — кричу я в комнату. — Художник с Блоком дружил! С живым Блоком, представляешь? Мне Казанцев сказал.

— А обо мне он ничего не сказал?

— Ничего.

— Совсем ничего?

— Совсем, — говорю я упавшим голосом.

— Ну и наплевать мне на ваших с ним художников! — кричит Ленка, и лицо у нее становится некрасивым и злым. — Знать никого не хочу! И тебя тоже! Что ты ко мне пристала?

Я стою, прислонившись к косяку двери, смотрю на ее красное, залитое слезами лицо и молчу. Мне Ленку жалко.

...Проходит время. И на поэтическом клубном вечере среди других выступает Ленка. Она появляется на сцене в короткой юбочке и белой кофте с отложным воротником. Густые волосы распущены по плечам и отливают в луче света перламутром. Блестят глаза, порозовели щеки. Она читает тонким, нежно дрожащим голосом: «Нас потянуло на романтику, На незнакомые слова. Нас потянуло на ромашки, А вдоль дороги лишь трава...»

_1985 г._

ТАКАЯ ДОЛГАЯ ЖИЗНЬ

Июнь выдался на редкость знойным. На улице плавится асфальт, и женские каблуки оставляют в нем круглые глубокие вмятины. Сверху кажется, что тротуар сплошь покрыт оспинами. У автоматов с газировкой очереди. В городском транспорте все стараются сесть на теневую сторону. Жара.

Мы стоим в прохладном вестибюле школы, около сваленных в кучу рюкзаков. Занятия окончены, табели с оценками — на руках, впереди три месяца последних летних каникул.

— Все в сборе? — оглядывает нас учитель физкультуры Николай Николаевич.

— Все! — нетерпеливо галдим мы.

Николай Николаевич, или сокращенно Кол Колыч, молод — всего два года назад закончил педагогический; сухощав, белобрыс и щедро покрыт веснушками, за что имеет вторую кличку — Рыжий. Ему поручено отвезти нас на туристский слет школ района.

Мимо, постукивая острыми каблучками, идет наша англичанка.

— З-з-драст, Валентина Андреевна! Поехали с нами!

Валентина замедляет шаги.

— С удовольствием, но мне экзамены у выпускников принимать надо.

— Жаль, — притворно сочувствуем мы, откровенно радуясь при этом, что нам ничего не надо сдавать.

Кол Колыч смотрит в сторону и поддевает носком ботинка рюкзак. Ленка Гаврюшова, первая сплетница класса, уже все уши прожужжала нам о том, что между Валентиной и Кол Колычем «что-то есть». Вот и смотрит наш учитель в сторону, пытаясь обмануть бдительность воспитанников.

— Счастливого пути! — машет рукой Валентина.

Кол Колыч, забыв о конспирации, завороженно смотрит на ее розовую ладошку и не трогается с места.

— Пойдемте, Николай Николаевич, — дергает его за рукав Витька Егоров. — На электричку опоздаем.

В дороге наш педагог поет под гитару песни, по большей части лирические, протяжные, и часто вздыхает. А мы смотрим на мелькающие за окном деревья, лужайки, кусты — ослепительно зеленые и свежие, на разноцветные домики за окном, болтаем и постоянно хохочем, не потому, что видим или говорим что-то очень смешное, а потому, что молоды, здоровы, счастливы и жизненная энергия бьет в нас ключом, как вода в горячем кавказском ключе. Впереди купание в озере, ночевка в палатках, танцы под репродуктор, укрепленный на сосне. А что еще в шестнадцать лет надо?

На соревнования по туристской технике нас с Морковкой не взяли. Морковка — моя одноклассница. Настоящее ее имя — Лариса Морковина но так она числится только по классному журналу. Мы же вспоминаем об этом только тогда, когда Ларису Морковину просят к доске. А так: Морковка и Морковка. Лариска, как все толстушки, добродушна и поэтому не обижается.

Морковку не взяли на соревнования из-за ее пышных форм.

— Под тобой веревка может оборваться, — сказал Витька Егоров, только что избранный капитаном нашей сборной. — Оставайся и вари с Дашковой суп. — Он солидно откашлялся. — Это тоже ответственно.

— Гусь лапчатый, — сказала Морковка, — это под тобой оборвется! Сам и вари.

— У меня пальцы, мне мама не разрешает...

— А у меня их нет, — рассердилась Морковка. — Я тоже не варила. Я только яичницу с колбасой, когда бабушка надолго уходит.

— В суп надо класть мясо и картошку, — сказала я не очень уверенно.

— Картошку чистить долго, — решила Морковка. — Лучше макароны, они еще полезнее.

Мы достали из рюкзака три больших пакета макарон и высыпали их в ведро с холодной водой. Затем подвесили ведро на палку над огнем и стали ждать, когда макароны сварятся. Прошло некоторое время — вода в ведре помутнела, и со дна начали идти большие лопающиеся пузыри.

— Смотри-ка, — опасливо сказала я, показывая на пузыри, — а это что?

— Это они варятся, — Морковка сосредоточенно мешала в ведре деревянной палкой. — Скоро тушенку положим, она уже сваренная.

Тут сам сваришься, — я сорвала ветку и стала махать ею вокруг себя, создавая таким образом вентиляцию. Морковка, перевернула рюкзак и высыпала на траву десять банок тушенки. Я вспарывала их ножом, передавала Морковке, а та вытряхивала их содержимое прямо в ведро. Пустая банка летела через ее плечо. Скоро вся поляна за Морковкиной спиной покрылась раскореженными жестянками.

— Послушай, — Морковка нагнулась над ведром. — А он вылезать начинает...

— Пихай его назад! — я бросилась к Морковке на выручку. С супом и в самом деле происходило что-то странное. Макароны сильно разбухли, слиплись в скользкий серый ком и шевелились как живые. Толкаясь и пыхтя, они поднимались все выше и выше к предательскому краю ведра, выталкивая на своем пути нежно-розовые куски тушенки!

Мы с Морковкой пытались затолкать их обратно, но наши попытки были малорезультативны. Взбунтовавшиеся макароны, пузырясь, выползали из ведра и всей своей мокрой и вязкой массой обрушивались на огонь, который шипел, изгибался многоцветными языками и отступал.

— Что же делать? — почему-то шепотом спросила Морковка. — Они ведь все вылезут!

— Может сорт не тот? Не для супа?

— А я почем знаю? — Морковка была готова зареветь.

Руки, щеки, голый живот ее были перепачканы сажей, я взглянула на Морковку и начала смеяться.

— Ну, девочки, я смотрю у вас тут весело. Значит дела идут, — услышали мы густой и бодрый бас Кол Колыча.

— Идут, — подтвердила я. — Только через ведро.

Кол Колыч подошел поближе, и выражение лица у него переменилось. С минуту он постоял, с недоумением глядя на то, что делается на костре, затем, как будто очнувшись, одним прыжком достиг ведра и схватил его за ручку. Обжегшись, он заскакал на одной ноге и выругался. Мы с Морковкой отвернулись и сделали вид, что оглохли.

— Ну вы и поварихи...— Кол Колыч, сидя на корточках, рассматривал черное от сажи ведро.— А еще женщины, девушки то есть...

Тем временем к костру начали подходить наши одноклассники. Во взмокших от пота футболках, уставшие и голодные, они обступали нас кольцом, жадно нюхая воздух. Дело грозило принять неприятный оборот.

Морковка первая оценила ситуацию и, продолжая приветливо улыбаться, незаметно отступала к кустам.

— Дура! — первым закричал Егоров.— Вредительница! — Его кулак угрожал Морковке.

— Тикаем быстро! — Морковка крепко схватила меня за руку.

...Отдышавшись, мы сели на траву. Морковка громко ревела, хлюпая носом и размазывая слезы по щекам.

— Сам он дурак! — рыдала Морковка.— Пускай ему Гаврюшова варит. Я сама видела, как он ее с вечера провожал...

— Ладно уж, — сказала я.— Не реви. Чего ревешь-то? Не тебя же провожал...

— Меня?! — Морковка яростно потрясла кулаками. — Да я бы!..

— Пошли лучше,— сказала я.— Мы к ним не вернемся. Рабы желудка.

И мы с Морковкой медленно побрели по тропе. День был чудесный. Солнце светило ярко. Птицы как ни в чем не бывало щебетали на деревьях, и, странное дело, наше настроение стало заметно улучшаться. А когда мы умылись и вдоволь напились холодной и чуть солоноватой воды из родника, набрали по букету свежих и пахучих ландышей, наши беды и несчастья вовсе съежились.

Мы повеселели и стали петь песни. Запевала их Морковка глубоким, грудным сопрано; в ней явно говорила малороссийская кровь ее певуний-бабушек, а я подпевала. Звучало это совсем неплохо. Птицы, не выдерживая соперничества, замолкали при нашем появлении.

Тропа, изогнувшись, вывела нас на песчаный карьер. Мы вскарабкались на его вершину и стали обозревать окрестности.

— Ух ты, красота-то какая... — выдохнула Морковка.

— Красота...

Мы стояли и смотрели, как воспаленно-красный лик солнца катится к краю неба, блестит нежным зеркалом гладкая поверхность озера, как вызывающе стройны корабельные сосны невдалеке и как величественно выглядят на их фоне старые гранитные валуны в неровных родинках лишайника.

Мы стояли на вершине песчаного холма, и целый мир простирался перед нами. И в этом мире можно было совершить все. Добиться исполнения всех желаний, выбрать самого достойного любимого, лучшую из всех профессий, вырастить красивых и талантливых детей, надеть самые модные платья... Этот мир был длиною в нашу еще не прожитую жизнь.

Мир, простирающийся перед нами, был полон надежд.

Мы молчали и впитывали в себя этот тихий белый июньский вечер.

— Айда вниз! — крикнула Морковка и первая понеслась по обрыву, хохоча и падая, катясь кубарем по мягким песчаным бокам карьера. Мы бежали вниз, крича, смеясь и падая с головокружительной высоты.

— Э-ге-гей! — кричала я, запрокинув голову так, что надо мной повисал весь голубой свод неба.

— Э-ге-ге-гей!!! — отвечало мне эхо, многократно усиленное и разноголосое.

— Мир прекрасен! — продолжала я.

— Мы будем счастливы!!! — вторила Морковка.

— Мир пре-кра-сен! — поддакивало эхо.— Вы будете счаст-ли-вы-ы-ы! ..

Затем мы, обнявшись, шли по шоссе, и молодые шоферы подмигивали нам со своих высоких сидений, предлагая подвезти. Мы улыбались, отрицательно качали головами и шли дальше.

С краю дороги показалось большое деревянное здание. Мы подошли поближе и сглотнули слюну — здание умопомрачительно пахло молоком. Рядом с нами притормозил грузовик с цистерной, из его кабины выскочил высокий и крепкий мужчина с черными усами. Он постучал в окно.

— Мария, открывай!

Из окошка выглянуло румяное лицо женщины:

— Сейчас, сейчас, только молока отолью.

Женщина вышла и вынесла черноусому большую алюминиевую кружку с молоком.

— Парное, — сказала она.— Только после вечерней дойки. Пей.

Мы с Морковкой переглянулись и опять сглотнули слюну.

Мужчина, не торопясь, достал из-за пазухи холщевый сверток, развернул его, достал аккуратно нарезанный хлеб, яйцо, сваренное вкрутую, и кусок розовой колбасы. Хлебнув из кружки, он положил кусок розовой колбасы на хлеб, почистил яйцо и стал есть.

Смотреть на все это стало выше наших сил. Рот был полон слюной, в животе предательски урчало, и есть хотелось так, как будто нас с Морковкой выпустили с голодного острова, где держали на одной воде не меньше месяца. Первой не выдержала Морковка.

— Ты как хочешь, а я пойду, попрошу.

— Неудобно, — я постаралась отвести глаза от куска колбасы, лежавшего на хлебе.

Морковка крупными шагами направилась к мужчине.

— Извините,— сказала она.— Но мы не ели с утра. Мы из лагеря.

Мужчина поднял на Морковку круглые глаза и, перестав жевать, испуганно спросил:

— Откуда?

— Из туристского лагеря, — пояснила Морковка. — Есть дадите?

— Пожалуйста, — смутился мужчина и подвинул нам бутерброд с колбасой.

Первой впилась в него своими крепкими зубами Морковка.

— Дай половину! — я ухватилась за хлеб.

— Маша, иди сюда! Тут дивчины прибились голодные!

— Что? — в окне вновь показалось румяное лицо. — Седина в голове, а все дивчины. Балагур!

— Да я серьезно.

— Надоел глупостями, — махнула рукой женщина, но увидев нас, еще гуще залилась румянцем.

— Я сейчас.

Через несколько минут мы с Морковкой сидели на траве и за обе щеки уплетали хлеб с маслом, сырые яйца, домашний деревенский сыр, запивая это восхитительное лакомство теплым, желтым молоком.

— Кушайте, дорогие, кушайте, — ласково говорила женщина.— Ишь, как проголодались. Сейчас еще молока вынесу.

Мужчина согласно кивал головой и с интересом поглядывал на Морковку.

— А почему вы от своих ушли? — спросила нас Мария, когда мы уже насытились и с наслаждением развалились на траве.

— Да так, — наморщила лоб Морковка.— Суп неудачно сварили. — И слово за слово рассказала всю нехитрую историю наших приключений.

Мария и шофер хохотали от души. Мария всплескивала руками, охала, стонала, почти всхлипывала уже и никак не могла успокоиться. А когда отсмеялась, то, вытирая мокрые от слез глаза тыльной стороной ладони, сказала:

— Вот так-то, девоньки. Ничего нет страшнее голодных мужиков. Вы это на всю жизнь запомните, пригодится еще.

— Ну, поехали, — сказал, вставая, черноусый. — Я вас до карьера доброшу, там пешком дойдете.

Мы с Морковкой сердечно попрощались с румяной Марией, забрались на мягкое кожаное сиденье машины и поехали.

С карьера свернули на знакомую тропу. В лесу пахло ландышем и вечерней свежестью. Мы немножко озябли.

— Ты знаешь, — Морковка повернула ко мне задумчивое лицо, — я поняла, почему у нас все макароны вылезли. Их надо было в кипяток бросать. Я вспомнила, как мама делает.— Нехорошо получилось. Мы с тобой сытые, а они голодные. Перед Кол Колычем стыдно, и Егоров задразнит.

— У Егорова глаза красивые, — неожиданно сказала Морковка.

— Красивые,— согласилась я.

— И плечи…

— И плечи.

— Дурак он, твой Егоров!— разозлилась Морковка. — И уши торчат.

— И уши торчат, — вновь подтвердила я.

В лагере нас уже хватились. Кол Колыч молчал, но смотрел не сердито, а, пожалуй, благодарно — за то, что мы пришли и не заставили всех волноваться.

Егоров принес нам по миске супа.

— Ешьте, — сказал он. — Нам Гаврюшкина с Кол Колычем сварили, когда вы ушли.

Морковка отложила ложку.

— Спасибо, — сказала она. — Мы сыты.

Над лагерем стояла белая ночь. С большой поляны доносилась музыка и смех. Там был большой костер и танцы.

Мы с Морковкой лежали в палатке. Нам было грустно.

— А Егоров с Ленкой Гаврюшкиной ушел, — сказала я.

Морковка долго крутилась с бока на бок, била комаров, бормотала что-то себе под нос, а потом вылезла из спального мешка и куда-то ушла. Наверное, на большую поляну, убедиться, что Егоров танцует с Ленкой Гаврюшкиной и смотрит на нее своими красивыми глазами. А может, Морковке просто захотелось поереветь в одиночестве.

Мне тоже не спалось. Над ухом тоненько пищал комар. Спальник пах костром и хвоей. Я начала считать размеренные, как ход будильника, унылые «ку-ку», но потом перестала. Зачем?

Впереди такая длинная жизнь…

1982

МОЯ ЛЮБИМАЯ ТЕТУШКА ПОЛИНА

Моя любимая тетушка Полина вечно что-то напевала и при этом ловко орудовала тряпкой, убирала, чистила, вылизывала свою и без того сверкающую квартиру. А в кухне между тем что-то уютно урчало на плите, аппетитно чавкало на сковородке, и по всем комнатам плыл дразнящий, ванильно-сладкий аромат пирога с корицей и яблоками. Ох, уж по части готовки она была мастерица! Рядом с Полиной — хозяйкой дома — я чувствовала себя полным ничтожеством.

В молодости Полина была очень хорошенькой, училась в музыкальном училище и недурно пела. Ей пророчили большое будущее, конкурсы в беломраморных залах, консерваторию... Но жизнь распорядилась иначе, и Полина осталась преподавать уроки пения и фортепьяно в обычной средней школе.

— Главное, петь весело! — говорила тетушка своим ученикам и азартно ударяла по клавишам. Взъерошенные пятиклассники переставали тузить друг друга кулаками и плеваться жеваными, обильно смоченными слюной комочками бумаги из трубочки. Набрав в легкие воздух, они начинали петь. Петь на Полининых уроках и в самом деле было весело.

Впрочем, я отвлеклась. И хочу рассказать совсем о другом. В конце концов, от чего зависит счастье женщины?

От мужа.

Мужа Полина привезла из Жмеринки.

Как это произошло? Полине было 20, она возвращалась из Одессы и на обратном пути заехала к своей жмеринской бабушке. Приезд оказался роковым.

— Моя московская внученька, — не могла нахвалиться соседям бабушка Полины. — Умница, красавица, поет, играет. Мишенька мой ничего для дочки не жалеет — деньги, наряды, квартиру кооперативную строит...

Жмеринские женихи сладко вздрагивали: эта девушка им не по карману... И вот ведь!

В тетушкиной интерпретации эта история звучит так:

Вовчик пригласил ее покататься на лодке, завез на необитаемый остров и... Дальше дело было в шляпе. Через девять месяцев после описанной выше лодочной прогулки родилась Юлька (моя троюродная? — вечно я путаюсь в родственных связях — сестра). А вероломный жених получил красавицу жену, кооперативную квартиру и московскую прописку.

Как вечно сонный, зевающий и почесывающий свой круглый, заросший черными курчавыми волосами живот, Вовчик мог затащить неприступную столичную красотку в кусты в какой-то там Жмеринке — остается для меня загадкой. Подозреваю, что для Полины тоже. Тем более, что по истечении полутора десятка лет Вовчик, хорошо одетый и подстриженный в модном салоне на Арбате, так и остался жмеринским. Справедливости ради надо сказать, что первое время Полина прилагала титанические усилия, повышая культурный уровень мужа. Она неутомимо носила книги из библиотек, водила его на вернисажи и филармонические залы. Не в коня корм! Книги Вовчик не читал, в картинных галереях зевал, а среди чинной публики филармонии выглядел, как пугало на гороховом поле — под музыку Вовчик засыпал намертво.

Почему же Полина не развелась? Это тоже было загадкой. В конце концов, Полина была еще молода, привлекательна, деятельна и, кто знает, могла бы еще устроить свое счастье даже с ребенком на руках. Но...

— К мужу надо относиться так, как относишься к своему ребенку, — говорила тетушка. — Бог мог послать другого — более способного и красивого, но мы любим свое дитя таким, каково оно есть. Так надо относиться и к мужу.

И она относилась.

Первые два-три года супружеской жизни Полина много плакала. Потом привыкла, взвалила Вовчикину сонливость и непробиваемую провинциальность себе на плечи и поволокла по жизни. И надо отдать должное тетушкиной выносливости, очень даже неплохо поволокла.

Так, может быть, Вовчик был (как бы это помягче выразиться) сильным мужчиной, прекрасным любовником? Судя по всему, нет. Скорее наоборот. А в тетушке пенилась, била ключом энергия. В общем, Полина была достаточно темпераментна. Так в чем же дело? — спросит нас догадливый читатель. Мало ли подобных историй предлагает нам жизнь, давайте не будем стыдливо прятать глаза — в таких случаях заводят любовника.

В девятнадцать лет Полина, студентка музыкального училища, была пылко влюблена в сына маминой приятельницы, аспиранта-физика. Феликс заканчивал университет, был худ, высок, мрачен и блестящ. Это неповторимое сочетание и свело с ума мою тетушку окончательно.

Молодые поехали на юг. Бог мой, какая свобода для развития любовного сюжета! Море, солнце, кипарисы (чуть не написала «баобабы», но вовремя спохватилась), хмельное вино, персики с нежной, покрытой белесыми волосками кожей, открытые платья, ночные купания... Даже банально. Молодые были вместе с раннего утра до позднего вечера. Ходили обнявшись, целовались в сумраке аллеи, Феликс нежно гладил тетушкино запястье, шептал что-то в ушко и... Они расходились в разные комнаты домика, где снимали у хозяев квартиру. Так продолжалось весь месяц. И ни о чем таком — ни-ни! Даже намека.

— Какой Феликс целомудренный, застенчивый, как он меня любит, — думала счастливая Полина, ворочаясь в жаркой постели. — Как он трогательно заботится обо мне, бережет.

Отпуск у Феликса закончился, и они вернулись в Москву. И тут полную сладких грез и ожиданий Полину ждало первое разочарование. Феликс, успешно защитив диссертацию, отбыл работать в Новосибирскую Академию наук. А своей возлюбленной слал нежные многостраничные послания, однако предложения руки и сердца не делал и к себе особенно не звал. Тетушка загоревала...

— А что у вас весь месяц так ничего и не было? — спросила сметливая подруга.

— Ничего, — грустно вздохнула тетя.

— У него другая, или ты не привлекаешь его как женщина, — сказала подруга.

У Полины больно сжалось сердце.

А тут пришла весна с кипением черемухи, теплое лето — жизнь закрутила, понесла, запенилась... Двадцатилетняя тетушка поехала в Одессу, а на обратном пути заехала к своей жмеринской бабушке... Впрочем, дальнейшее нам известно.

— Как же все это получилось? — опять спрашиваю я Полину.

— О, — машет она рукой, — на мне шкура горела... А время идет.

И вот еще один сентябрьский лист, плавно кружась, летит на землю, и еще один... Бегут годы. И подрастает Юлька, крутится перед зеркалом, поправляет пышные банты на голове, меряет мамины туфли на каблуках... Из Новосибирска под Новый год приходят яркие поздравительные открытки.

— Кто это? — лениво спрашивает Вовчик. Он опять зевает.

— Сын маминой приятельницы. Физик.

— А-а-а, — тянет муж. — Сын так сын, — он потягивается, лениво поводит плечами и, шлепая стоптанными домашними туфлями, отправляется в спальню.

За окном дождь. Полина сидит на кухне, смотрит в окно. Шумит в зябких ветвях ветер, срывает последние листья.

— Мама! Тебе письмо!

— Давай сюда, дочка.

Боже мой, Феликс приезжает! Скорей, скорей в комнату... Где же они? Куда запропастились? Да вот же — толстая пачка писем, перевязанная бечевкой: «Милая моя Полюшка... Целую тебя крепко...». Да вовсе она ничего не забыла! Вот он, человек, которого и любила все эти годы. Все эти длинные, тягучие дни, слившиеся, как серая бетонная стена забора напротив. О, господи. Она его увидит. Мама рассказывала недавно, что Феликс преподает, пишет докторскую, по-прежнему холост. Вот это последнее и волнует больше всего, наполняет душу смутной надеждой. А вдруг?

И опостылевший Вовчик все зевает, бродит в стоптанных шлепанцах по квартире, почесывает свой увеличивающийся, как при беременности, живот. А ведь все еще можно изменить!

И она еще сравнительно молода и... (быстрый взгляд в зеркало) недурна собой. В молодости она была наивна и многого не понимала. А сейчас... Еще не поздно все переменить.

Феликс появляется в вычищенной до парадного блеска тетушкиной квартире. Он приехал в командировку и остановился у нее. Все официально — зачем идти в гостиницу, когда здесь теплый дружеский дом, он гость, сын маминой покойной (да, уже покойной...) приятельницы.

Феликс слегка облысел, но по-прежнему мрачен и блестящ. Без пяти минут доктор наук, физик, золотая голова! Бог ты мой! Да неужели ей вечно жить с этим сторублевым начальником уборщиц и бегать по частным урокам! С этим (да простит ее Юлька, ну и отца она ей выбрала) жмеринским жлобом! Да, да, вот и найдено слово — именно жлобом, непробиваемым жлобом из Жмеринки.

Она садится за пианино и поет. Все свои любимые романсы. Сколько лет она их не пела? Феликс сидит завороженный, не сводит глаз. «Как ты чудно поешь...» Слушай, Феликс, слушай. Все для тебя. Они пьют чай на кухне под оранжевым абажуром. На Полине мягкий, уютный халат с глубоким вырезом.

— А ты все так же хороша, — щурит печальные глаза Феликс. — Совсем не изменилась.

Смотри, Феликс, смотри, понимай, от чего ты отказался в свое время... Но еще не поздно, еще все можно поправить. И Полина разливает свежий чай с душицей и мятой, невзначай задевая плечо Феликса высокой, тугой грудью... Уже поздно. Пора ложиться. Увы, опять надо идти в разные комнаты. В детской посапывает Юлька, гостю постелено в большой комнате, а она идет в супружескую спальню. Муж, как всегда спит, храпит во сне по обыкновению. Спи, Вовчик, спи. Завтра я с тобой за все расквитаюсь. Таких рогов наставлю: будешь ходить — все углы комнаты задевать. За ту лодочную прогулку, за клевание носом в филармонии и за твою мужскую несостоятельность (и как только умудрился тогда мне Юльку сделать?) За все эти тусклые годы, что с тобой рядом жила, а о другом думала. Завтра, все решится завтра...

Завтра наступает ранним ясным утром. Все уходят — Юлька в детский сад, муж командовать уборщицами, Полина остается в пустой квартире с Феликсом.

Полина идет в ванну, наполняет ее водой с благоухающим французским шампунем. Тело будет тонко им пахнуть. Достает прозрачный пеньюар (пригодился все-таки! А уж думала, моль съест), причесывается, подкрашивается, смачивает духами виски, грудь, запястья... Идет мимо его комнаты. Тихо стучит.

— Феликс, ты спишь?

— Просыпаюсь.

Заходит осторожно.

— Феликс, милый, я так рада, что ты приехал...

Феликс испуган.

— А помнишь то лето? — Полина садится на краешек постели. Ну почему он ее боится, почему так робок?

— Феликс, мы одни. Вова ушел и вернется только вечером. Юля в садике...

Никакой реакции — только глаза спрятал. Вот глупый! Придется самой, раз он такой трус. Полина протягивает руки:

— Феликс, я так долго ждала этой минуты. Столько лет... Милый, мы имеем право... Понимаешь? — Обнимает, шепчет Феликсу на ухо:

— Имеем право... Поцелуй же меня!

Моя бедная тетушка Полина! Увы, твой звездный час не состоялся. Обернулся жалким и глупым фарсом.

— Полина, зачем так? — бормочет Феликс и, споро перебирая тонкими синюшными ногами, ретируется в угол комнаты.

— Успокойся...

— Я не могу... Сегодня.

Сегодня? А вчера, позавчера, десять лет назад, тогда, в пору горячей молодости? Да ты никогда не мог! Боже, а она, дура, все эти годы мечтала, ждала, надеялась, представляла в горячечных снах. Как глупо и смешно! И как обидно.

Полина встала, пошла в ванную, сняла пеньюар, и, глядя на себя голую в зеркало, разрыдалась. Бог не посылает ей настоящих мужчин. Это судьба. Бедная она, несчастная. Бедный, несчастный Феликс.

Моя любимая тетушка Полина! Что тут скажешь? Надо было попробовать еще? Но груб и неуместен мой совет, хоть и справедлив отчасти. Увы, увы...

Летят твои годы, ложатся морщинки под глаза, тяжелеет, оплывает фигура... И праздник жизни, так щедро переполнявший тебя, постепенно тускнеет, убывает по капле, как вода из треснувшего кувшина.

Чем я могу тебе помочь, как утешить? Только надеждой — природа любит равновесие, и то, что недополучила ты, судьба должна воздать твоей дочери. Будем надеяться. Иначе как?

1988

САПОГИ ОТ ЖВАНЕЦКОГО

— Рита, так мы едем на Жванецкого? — Едем, едем, конечно, едем! Зал собирается медленно. Приветствия, возгласы, разговоры... Эмиграция съехалась со всей земли, со всех больших и малых городов Северной-Рейн-Вестфалии.

И вот наконец, все затихают, и он выходит на сцену. Маленький, толстый, живой со знаменитым потрепанным портфельчиком под мышкой. И зал выдыхает, замирает в мгновенье и взрывается аплодисментами. А он уже начинает говорить и зажигаются улыбки, и оживляются взгляды и светлеют лица...

— Какой прекрасный зал! — говорит Жванецкий. — Да, моих зрителей я могу встретить сегодня только в Америке, Израиле, а теперь и здесь в Германии.

—Да, и впрямь, какой зал, — отметила про себя Рита.

Как когда-то в Большом зале Филармонии, когда давали, к примеру, Спивакова с его «Виртуозами Москвы» и на концерт приходила вся интеллигенция Питера, или на концерте полузапрещенного барда, только-только начавшего свое восхождение. Какие лица! Какая атмосфера! Да, ей можно надышаться на много недель вперед, а потом вспоминать и смаковать медленно по глоточку в этих друг на друга похожих буднях сырой и сумрачной Германии, куда незнамо-негадано занесла ее с Петей судьба. Кто думал? Кто рассчитывал? Кто знал?.. А в том солнечном и ярком апреле конца восьмидесятых, когда все вокруг зашевелилось, забурлило, заговорило на разные голоса внезапно объявленной перестройки и гласности, они с Левкой Корецким оказались вдруг на Юморине в Одессе. И это, я вам скажу, было зрелище.

— Таки-да... — как громко восклицал бессменный фотокор их издания Левка, щелкая языком и комично закатывая глаза.

Их поселили в гостиницу на берегу моря с пышным названием «Аркадия», что в переводе с греческого означало — страна блаженства. В отеле жили все, кто имел хоть какое-то отношение к юмору в этой стране: завотделами сатиры газет и журналов, авторы эстрадных реприз, прославленные капитаны КВН, режиссеры всеми любимых комедий, сценаристы, телевизионщики, писатели... На девяносто процентов они были евреями. Риту этот факт поразил. И заставил задуматься. Получалось, что остроумно шутили в стране развитого социализма, говоря официальным языком, лишь «лица еврейской национальности». А что остальные — не имели чувства юмора?

И вся эта шумная, разношерстная, абсолютно неуправляемая публика с утра до ночи болталась по благодатно-теплой Одессе, отдыхала, флиртовала, вкусно ела, пила водку, посещала и давала концерты, завязывала знакомства, а также — сочиняла, ссорилась, хохотала, развратничала, шумела и пела песни, восхищалась, рукоплескала, напивалась и хлопала пробками шампанского — словом, гуляла от всей души, на всю катушку, как и полагается литературно-артистической богеме.

Толстый, бородатый Левка, шумно сопя, неуклюже топал рядом повсюду, бросая на Ритку влюбленные взгляды жертвенной коровы. Ее роман с Петей тогда был в самом разгаре, и она бегала ему звонить три раза на день, подробно пересказывая все произошедшее. Ее душа была с Петей в Питере. И та пьяно-терпкая, шальная атмосфера Одесской Юморины задевала ее лишь краем, как теплая летняя гроза, прошедшая стороной. Однако творческий вечер Жванецкого, проходивший в огромном, роскошном Оперном театре, запомнился Рите надолго.

Как этот толстенький, невысокий, лысый человек вышел на сцену, смешно взмахнул руками, и зал встал на едином дыхании и долго-долго хлопал, не давая ему сказать ни слова. Жванецкий кланялся, прижимал руки к сердцу, качал головой, призывая публику закончить овации, а люди все рукоплескали благодарно и не хотели занимать свои места.

— Вот это да! — восхищенно присвистнул Левка. — Рита, да он же национальный герой!

То был самый хмельной год перестройки, ее начало, когда вдруг поверилось, что и в самом деле все возможно изменить к лучшему, перестроить, наконец, для блага людей, и что железные, заржавевшие колеса государственной махины стали со скрипом разворачиваться, открывая окна для стремительных потоков свежего воздуха.

И Жванецкий рассказывал о своей первой поездке в Америку, о встречах со школьными друзьями, эмигрировавшими много лет назад, читал новые рассказы. И люди смеялись и плакали. Плакали и смеялись, очищаясь этими слезами и смехом от всего тяжелого и липкого, что скопилось в их душах. И были благодарны автору за это счастливое свойство его таланта.

После концерта Жванецкий вышел на улицу, и у театрального подъезда его окружила плотная толпа. Люди подходили, началась давка, и он просто чудом сумел протиснуться в дверцу новеньких «Жигулей», машину его приятелей. И тогда толпа подняла машину и пронесла по улице на руках вместе со всеми пассажирами.

— Народ чтит своего героя, — сказал тогда Левка. — Тебе не приходило в голову, что во времена застоя тоже была гласность? Она называлась Жванецкий.

Потом они вернулись в Питер, Рита написала вполне приличный репортаж, и его напечатали вместе с Левкиными снимками. Прошел год. Они с Петей поженились и жили в маленькой квартирке на Петроградской. Рита уже работала по договору в хорошем литературном журнале, куда привел ее добрая душа Левка. И жизнь пошла яркая, насыщенная, интересная.

Журнал только что напечатал повесть «Интердевочка», одного ставшего сразу же известным автора. Главной героиней повести была валютная проститутка. Это было открытием темы, и вещь произвела впечатление разорвавшейся бомбы. В образовавшуюся брешь хлынула лавина читательских откликов. И у Риты, трудившейся в отделе писем, и у ее начальницы Ариадны, стареющей красавицы с пепельными волосами и миниатюрной талией, начались сумасшедшие дни. Писали женщины и дети, студенты, пенсионеры, курсанты военных училищ и старые большевики. Кто бы мог подумать, что тема продажной любви за твердоконвертируемую так взволнует общество!

Письма читателей несли мешками. «Да если бы мы раньше знали, что проститутки за валюту так зарабатывают и так живут, то разве стали бы учиться в своем педагогическом?» — писала группа студенток педучилища. Автора проклинали и восхваляли, требовали наградить почетным званием и призвать к ответу по суду за оскорбление общественной нравственности. «Зачем я двадцать лет училась? — возмущалась одна дама, кандидат наук, — если за полгода в своем институте получаю столько, сколько эта девица за ночь?»

— Рехнуться можно, — подвела итоги Ариадна, распечатывая очередное письмо, — такое ощущение, что все наши бабы испытывают горькое сожаление лишь о том, что не стали валютными проститутками, а пошли в инженеры, учителя, врачи.

Их разговор прервал появившийся на пороге завотделом сатиры и юмора журнала Костик Натрухан. Костик был знаменит тем, что написал «джентельменский» кодекс: «Должен ли джентельмен держать вилку в левой руке, если в правой он держит котлету?» Или: «Должен ли джентельмен желать даме спокойной ночи, если дама спокойной ночи не желает?»

Костик относился к Рите своеобразно. Считая себя неотразимым сердцеедом, он никак не мог понять, почему Рита совсем не отвечает на оказываемые ей знаки внимания. «Неужели ты мне так никогда и не дашь?» — спросил он задумчиво, поймав Риту в редакционном коридоре.

С появлением Костика Рита внутренне напряглась.

— Старуха! — значительно проговорил он. — Еду встречать Жванецкого. От журнала нужна красивая женщина — беру тебя.

— Наглец! — сказала Рита и согласилась.

И они поехали в аэропорт встречать Жванецкого.

И когда Жванецкий сел рядом с Ритой в машину и с любопытством окинул ее взглядом, она сразу же отметила удивительное свойство его глаз — как бы вбирать в себя все окружающее, и еще их цвет — светло-серый. Жванецкий стал что-то рассказывать, и она поняла, что этот недоговаривающий, смещенный, как бы с «акцентом» язык его монологов и реприз, от которых публика на концертах валилась от хохота, органичен и присущ ему в жизни. Он говорил, как писал, и писал, как говорил.

Они ехали пыльными ленинградскими улицами, притормаживая у светофоров, и он рассказывал, как они с Ильченко и Карцевым жили в новостройке, приехав из Одессы. Как искали счастья в театре у Райкина. Как он был влюблен в одну красивую молодую женщину, а она, обидевшись на то, что он не торопится жениться, уехала в Америку. Тогда они были молоды, веселы, беспечны...

Рита слушала Жванецкого и чувствовала, что от него идет бодрящая энергия. Как сказал бы Левка Корецкий, последнее время увлекающийся всякими магиями и экстрасенсами: «Ритка, этот человек — мощный донор».

Наверное, это чувствовали и зрители на его концертах, заряжаясь животворящей энергией, а значит, любили его не зря.

Они высадили Жванецкого у дверей «Астории». Он торопился: его ждали встречи, друзья, заказанные столики в ресторане.

— А Жванецкому ты бы тоже не дала? — с ехидцей спросил Костик.

Рита промолчала.

А через неделю она заскочила по каким-то делам в Дом актера на Невском и когда уже собиралась уходить, то увидела, как навстречу ей по коридору, заполняя собой все пространство, движется улыбающийся Жванецкий.

— Ну вот, — сказал он, беря Риту за руку. — А я вас запомнил и очень рад встретить. Пообедаем вместе?

Рита замерла завороженно, порозовев, как школьница. И безоговорочно пошла вслед. За накрытым столом сидело несколько человек.

— Так, — сказал Жванецкий, галантным жестом усаживая Риту за стол. — Мы же не можем обедать без общества красивой женщины.

И обед начался. Рита ощущала себя королевой. В честь нее произносились тосты, рассказывались смешные истории, говорились речи. Этот обед Рита запомнила на всю жизнь. Казалось, что эти талантливые, неординарные мужчины соревнуются за право понравиться ей, и лидировал, конечно, Жванецкий.

— Яша, а сколько мы вчера заработали? — спросил Жванецкий у пухленького чернявого мужчины, коммерческого директора вновь созданного театрального кооператива. Тот глянул в засаленный блокнотик:

— Вчера? Восемьдесят тысяч.

Рита округлила глаза. Большинство ее знакомых тогда еще работали на государственных службах с окладом 100–150 рублей, кооперативы еще только-только появлялись первыми робкими росточками, и кооператоры с их баснословными заработками были редки, как экзотические птицы. Сама Рита в своем журнале получала 110 рублей, а ее муж Петя — 150.

— Риточка, — Жванецкий наклонился к уху. — Давайте выйдем на воздух. До моего концерта еще три часа.

И они вышли на солнечный многолюдный Невский и зашагали в сторону площади Восстания.

— Скажите, Рита, — вновь касаясь ее руки, проговорил Жванецкий. — Вы ведь замужем, да?

Рита кивнула.

— И муж наш человек?

Рита с улыбкой посмотрела на Жванецкого.

— Да.

Он слегка вздохнул и развел руками.

— И у вас все хорошо? Ну… Я рад… Знаете, Рита, друзья сказали мне, что здесь неподалеку открыт первый кооперативный рынок.

И они свернули на Лиговку в сторону Некрасовского рынка. Рынок гудел и разнообразно пах. Они поднялись на второй этаж, где кооператоры торговали одеждой и обувью. Жирный усатый грузин торжественно возвышался над прилавком с обувью. В центре прилавка стояли высокие красные сапожки из кожи с узким ладным каблучком — Ритина мечта. Рита остановилась, повертела сапоги в руках.

— Сколько стоит? — поинтересовалась она.

— 150, — процедил грузин, не удостаивая ее взглядом.

— Нравится? — спросил, вставший за ее спиной Жванецкий. — О чем речь! Я тебе их куплю. — И полез в карман за бумажником.

— Не надо! — вспыхнула Рита. — Я их не возьму. Одно дело женщину обедом покормить, другое...

— Слушай, дэвушка, — сказал грузин, поманив Риту пальцем. — Это кто такой рядом с тобой будет. Лицо что-то знакомое...

— Это Жванецкий, сатирик, — доверчиво разъяснила Рита.

— Жванецкий?! На бесплатно!

И прежде чем Рита успела опомниться, грузин ловко уложил сапоги в коробку, захлопнул крышку и всунул ей в руки. Далее произошла немая мимическая сцена. Смущенная Рита отпихивала коробку назад, в то время как Жванецкий безрезультатно пытался отдать деньги своему неожиданному поклоннику.

— Зачем не хочешь? Хочу подарок делать! — бил себя кулаком в грудь грузин. Напротив них стали останавливаться люди.

— Смотри, Жванецкий! — сказала молодая женщина своему мужу.

— И впрямь, — изумился тот.

— Жванецкий! Жванецкий! — закричало вокруг несколько голосов. Рита с пылающими щеками, так и не сумев отдать сапоги грузину, в сердцах бросила их на пол и, продравшись сквозь толпу, побежала к лестнице. Внизу на улице ее догнал запыхавшийся Жванецкий.

— Рита, к сожалению мне надо уходить. Скоро концерт. Дайте-ка, я запишу свой московский адрес и телефон. Будете в Москве — заходите.

Рита достала записную книжку. Крупным корявым почерком он написал: Мих. Мих. Жванецкий. Адрес, телефон. Чмокнул Риту в щеку и размашисто расписался.

Болтливая Ариадна на следующий день раззвонила по всей редакции историю о том, как Жванецкий сапоги Ритке дарил.

Заинтригованные сотрудницы прибегали с расспросами, охали и восклицали.

— Духи от Диора, сапоги от Жванецкого! — насмешничала полногрудая корректорша Машка. Но все женщины редакции были единодушны в одном — сапоги она не взяла зря. Особенно переживала Ариадна.

— Это ж твоя месячная зарплата, — сокрушалась она. — Так и проходишь всю жизнь с голым задом...

И сейчас, спустя десятилетие, сидя в полутемном зале рядом со своим мужем, здесь, в Германии, на концерте Жванецкого, Рита вспоминала себя и ту прежнюю жизнь и с грустью подумала, что Ариадна, пожалуй, была права. И вечером, засыпая, она еще раз восстановила эту историю в мельчайших подробностях.

— Надо бы ее кому-нибудь рассказать, — подумала она. — Да только кто ж теперь поверит?..

Дамские
штучки

ПРЕДИСЛОВИЕ

Очень люблю писать женские истории. Честно говоря, женщина мне всегда интереснее, чем мужчина. Может, все дело в том, что женщин я, что называется, вижу и понимаю. А вот с мужчинами проблемы — ну не умею я правильно описывать мужчин!

Еще в студенческие годы мой сосед по лестничной площадке Лешка водил мне «на смотрины» своих девушек. Я осматривала кандидатку и выдавала прогноз — относительно характера и глубины будущих отношений. Это было несложно, прекрасно зная любвеобильность своего соседа, я без труда вычисляла амплитуду и длительность их отношений, исходя из характера и темперамента девушки. И все, как правило, совпадало — за что мой сосед уверовал в исключительность моей редкой проницательности и знания женской натуры.

— Ты, Борисовна, как скажешь, так оно и бывает, — уважительно кивал головой Лешка. — И нечего зря время тратить… И деньги.

Деньги я соседу экономила, это точно. Леша был кавалер скуповатый и «без пользы дела» тратиться не любил.

Потом в мои способности, правда, не без долгой борьбы, серии пререканий и ряда довольно чувствительных ошибок, поверил и мой муж. Когда в его фирму приходила новая сотрудница, я неспешно пила с ней кофе, говорила ни о чем, а потом выдавала характеристику ее личных и деловых качеств. Ошибок почти не было. Муж стал меня слушать:

— Вы, бабы, лучше в друг друге разбираетесь, — со вздохом согласился он. — А для меня один черт…

Хотя смею вас уверить, черти очень даже разные. «Один черт» — выражение, скорей подходящее к мужчинам. Вот они всегда поражали меня своей прямолинейностью, простотой управления и примитивностью желаний. Мужчины в своей массе лишены загадки. Женщина же, будучи существом интуитивным, сложно и неповторимо устроенным, гибким и чувствительным — интересна мне всегда!

О том и пою.

СЕКРЕТ ХОРОШЕГО НАСТРОЕНИЯ

Одна моя знакомая вышла замуж за итальянца и уехала на заре перестройки в солнечную Италию. Лерке надоело жить в советской нищете и непритязательности быта, потому как сама она была достаточно притязательна, а класс «новых русских» еще не народился.

Я приехала ее навестить.

Лерка жила в просторном солнечном доме с подземным гаражом и огромным садом. Утром она просыпалась в своей шикарной спальне, потягивалась, накидывала пляжный халат и шла плескаться в бассейне. За завтраком, когда мы пили кофе, на террасу спускался ее муж, довольно симпатичный итальянец.

— Как дела? Как настроение? — смешно произнося русские слова, говорил он, с гордостью демонстрируя мне, что не забыл язык. Моя приятельница подцепила его, когда итальянец работал в русском представительстве «Фиата».

— О, мой милый! — отвечала Лерка, обвив его шею руками и ослепительно улыбаясь. — Прекрасно! Как всегда!

Счастливый муж удалялся.

— Вот бестолочь итальянская! — без паузы восклицала Лерка. — И что спрашивать? Со мной ведь так просто — с утра денег дал и у меня весь день хорошее настроение!

Когда класс новых русских уже народился и хорошо встал, моя знакомая вернулась в Москву. Теперь ее мужем был набирающий силу олигарх. Олигарх успешно продал газ, нефть и прочие стратегические запасы своей Родины и купил просторный особняк в Лондоне, личный самолет и завел футбольную команду. А Лерке дал золотую кредитную карточку.

Теперь она просыпается утром в своем лондонском особняке, плещется в бассейне, пьет принесенный горничной кофе и берет сколько хочет денег по карточке. И у нее с утра хорошее настроение.

ТОЛЬКО НИКОМУ НЕ ГОВОРИ

Алка была существом в высшей степени экзотическим и импульсивным. Одно слово — художница! Когда она плыла в своем экстравагантном оперении на какой-нибудь вечеринке, при этом грациозно выгибая свою лебединую шейку и покачивая бедром, все мужчины готовы были подписать для нее свои денежные чеки, ну минимум на тысячу долларов. И Алка этим пользовалась.

Вот уже несколько лет она была замужем за одним средней руки немцем, который открыл Алке небольшую галерейку. Галерейка довольно вяло функционировала. На раскрутку требовались деньги и еще раз деньги. А тут Алкина старая подруга позвонила из Москвы и сообщила, что в Берлин летит Митька, то есть Дмитрий Михайлович, их общий знакомый, друг юности, а на сегодня человек приближенный к президенту, влиятельный и очень богатый.

Алка встрепенулась, когда-то друг юности имел к ней сильные и довольно определенные чувства. И если напомнить ему пару бурных эпизодов их молодости, кто знает, что из этого может проистечь…

Митька прибыл личным самолетом в сопровождении манекенщиц и телохранителей. Они встретились в шикарных апартаментах «Адлона». За прошедшие годы Митька заматерел и приобрел тот особый лоск, который всегда сопутствует запаху денег и успеху. Но с ней он был очень мил, вручил Алке букет роз, они выпили бутылку шампанского, поговорили о днях их молодости и сегодняшней Москве, а затем распрощались. Алка была разочарована — на все расточаемые ею улыбки он никак не реагировал, без особого оптимизма пригласил в Москву и обещал как-нибудь на досуге подумать над предложением о совместной московско-берлинской галерее. Не помогло даже обнажение коленок, недвусмысленное покачивание стана и очень глубокое декольте.

— Чурбан несчастный! — в сердцах произнесла Алка, не в силах смириться с поражением, и позвонила подруге.

— Дорогая, да он давно уже импотент! — обнадежила та. Алке полегчало.

— Ну и как твой московский друг? — поинтересовалась я на нашем воскресном кофепитии.

— Ой, да он давно импотент, — махнула рукой Алка. — Только никому не говори... — серьезно произнесла она. — Клянись!

— Могила, — пообещала я.

А тут по случаю Алку пригласили на канал русского телевидения, поучаствовать в ток-шоу. На программе Алка разговорилась, да и тема была волнующей — современные женщины, современные мужчины в сегодняшнем постмодернистском обществе...

— Когда я два месяца назад была в Москве, — начала Алка, сделав лицо думающей женщины, — у меня возникло ощущение, что там все помешались на пластических операциях. Ну ладно, женщины, а то ведь и мужчины... И считается, если после сорока ты не убрал животик, морщины или не сделал укол ботекса, то у тебя либо нет денег, либо не все в порядке с головой...

— А я так не считаю, — ринулась в дискуссию другая дама. — Не в порядке с головой как раз у того, кто это делает... Надо уметь быть красивой старухой.

— Зачем старухой? — зашипела Алка. — Я вот собираюсь, как можно дольше быть молодой и красивой, если сегодня это позволяет пластическая хирургия. И нравиться мужчинам...

— И хватать за хвост уходящую молодость, — съехидничала дама-режиссер, — когда твои ровесницы уже нянчат внуков.

— Одно другому не мешает, — парировала Алка.

— Да вы знаете, как сегодня живут новые русские? Там отобранных молодых красоток специально обучают, как понравиться богатым мужчинам, обольстить их, но не сразу уступать, а так, чтобы вызвать у них инстинкт охотника...

— Я надеюсь, вы уже проверили эту тактику? — сладко улыбнулась поэтесса.

— А что вы знаете о современных московских мужиках? — взорвалась Алка. — Вот мой друг детства недавно прилетал на личном самолете с эскортом манекенщиц. И все это одна бутафория…

— Почему? — удивилась дама-режиссер.

— Да он давно импотент!

Коронная фраза пошла в эфир, из передачи ничего не вырезали. Редактор решил, что сейчас как раз в моде острые и актуальные дискуссии. Алка спохватилась, когда программа была уже смонтирована и запущена на 22 страны.

— Ой, что же мне делать? — в панике причитала Алка, бегая по комнате, на нашем общем совете. — Он же увидит…

— Да он вообще телевизор не смотрит, — утешала я. — А уж этот эмигрантский канал… Может и пронесет.

— А если смотрит? Или знакомые услышат и донесут… Жены его друзей сидят здесь в своих особняках и маются дурью. Ты что, не знаешь наших баб?

Мы наших баб знали.

— Что же мне делать? — в отчаянии заламывала руки Алка.

— Купить бронежилет, — вздохнула я.

Алка посмотрела на меня с ужасом и задумалась… Но, видно, моя приятельница родилась под счастливой звездой. Олигарх и в самом деле не смотрел телевизор, и никто из его приближенных тоже. В общем, пронесло… А недавно Алка позвонила мне и сказала, что Митя согласился финансировать ее галерею.

— А что, он сейчас в Москве на свои нефтедоллары и Третьяковку профинансировать может, — торжественным шепотом произнесла она. — Только никому не говори…

ВЕСЫ

Когда в очередной раз не застегнулась молния на платье, а брюки, чуть не лопнув по швам, обрисовали поистине рубенсовские округлости, Поля поняла, что дальше так продолжаться не может. Необходимо срочно похудеть.

Стопка всевозможных диет от кремлевской до берговской давно и прочно лежала на тумбочке перед кроватью, уже покрывшись нежным слоем пыли, вместе с учебниками немецкого языка.

— А ты мама их под подушку положи, — ехидничал сын. — Может эффект больше будет — и похудеешь и язык выучишь...

И уносился по своим делам — молодой, стройный, подтянутый, блестяще знающий немецкий.

Поля подходила к зеркалу и тяжело вздыхала: живот — фартуком, бедра «галифе», складки жира на... Да, что там — везде!

С понедельника (ну, какой еще день недели столь классически подходит для начала!) решено было начать худеть. Для чего денег не жалеть и купить самые точные весы, чтобы сразу видеть потерю каждых ста граммов живого веса, как у грудничков, и, худея, вдохновляться.

Поля пошла в большой магазин. На километровых прилавках лежали коробки со всевозможными модификациями весов, измеряющих вес, жир, воду, «соль и сахар», как опять-таки сыронизировал сын, в организме.

Она неторопливо прошлась вдоль.

— Вы не могли бы мне порекомендовать самые точные весы? — обратилась Поля к продавщице.

Высокая и презрительная девица с фигурой кинозвезды достала с полки самые дорогие. И неразборчиво тараторя понемецки, стала перечислять преимущества данной фирмы. Поля послушно слушала, половины не поняла, но покорно полезла в кошелек за деньгами — красота, как известно, требует жертв.

Весы были торжественно доставлены домой и установлены в центре гостиной на идеально ровной поверхности для точности измерения. Поля выгнала всех из комнаты, сняла одежду и абсолютно нагая торжественно взгромоздилась на это разрекламированное чудо техники.

Результат превзошел все ожидания. Выскочившая на дисплее цифра была так чудовищно велика и несоизмерима с тем, что в самом худшем варианте рассчитывала увидеть Поля, что она решила, что явно сделала что-то не так. «Пол, наверно, кривой», — решила она и перетащила весы в другую часть комнаты. Однако от перестановки мест слагаемых сумма не изменилась, и на экранчике опять замаячила катастрофическая цифра.

Через несколько минут в комнату были вызваны и по очереди поставлены на весы все члены семьи включая ни в чем не повинного персидского кота по прозвищу Васька.

— Ну как? — тревожно заглядывая в глаза вопрошала Поля. — Неправильно?

— Да, я так примерно и вешу... — индифферентно заметил муж и, позевывая, отправился досматривать телевизор.

— И я, — поддакнула десятилетняя дочь.

Поля схватилась за сердце.

— Мать, не нервничай, — примирительно сказал сын, проявив не свойственный ему такт и милосердие. — Может, они и в самом деле неправильные. Поди сдай их и купи новые.

Она пошла на кухню, накапала в стакан валерьянки и позвонила подруге. Та блестяще знала немецкий и тоже вела перманентные бои с излишним весом. В магазин для поддержки поехали вдвоем, надо было принять правильное решение.

— Эти весы слишком много показывают, — решительно сказала Поля презрительной девице. — Я столько не вешу.

— Да? — спросила продавщица и иронично окинула ее взглядом. Поля втянула живот.

— Да! — с вызовом ответила она. — Я хочу их сдать и взять другие.

— Видите ли, — мягко начала подруга, — моя знакомая сомневается в их точности... Они слишком много показали. Мы хотели бы попробовать другие. Возможно...

— Мой Бог, — сказала продавщица, — найдите те, что покажут меньше. — И стала швырять к их ногам коробки. Поля сняла пальто, туфли, теплую кофту и стала поочередно вставать на весы. Около нее уже выстроилась целая шеренга весов, их было уже около пятидесяти. Продавщица заметно нервничала.

Весы безбожно врали — они показывали то больше, то меньше, но в пределах той цифры, с которой ей так не хотелось смириться.

И вот, наконец, стрелка самых простых и дешевых механических весов качнулась — и показала результат на пять килограмм меньше.

— Беру, — сказала Поля. — Эти правильные!

И бегом побежала в кассу.

— Мама, но они же врут, — сказал бескомпромиссный сын.

— Они не врут, они вдохновляют! — ответила Поля и поняла, что сказала абсолютную правду.

НЕБО В АЛМАЗАХ ИЛИ ЖРИЦА ЛЮБВИ

Когда вокруг не было мужчин, их запаха, вспыхивающих желаньем взглядов, рук, губ и комплиментов Ирке становилось скучно.

Призвание дало себя знать еще в ранней юности. В шестнадцать лет она, дочка крупного дипломатического работника, работающего в одной из африканских стран, умудрилась закрутить жгучий роман с сыном местного царя. Ложе любви располагалось непосредственно в кустах в царском саду, куда она приникала через специально сделанный лаз. О! Вкус у нее был уже тогда недурен — и нежный, превосходно сложенный, темпераментный мулат сразу ввел ее в курс дела, заставив узнать, что такое истинная страсть, и еще очень долго не мог сравниться ни с одним из белых мужчин, претендовавшим на ее постель и сердце.

Столь яркое начало наложило, конечно, отпечаток на всю ее биографию…

Но тогда их застукала охрана, Ирку с позором привели в посольство, где начался бурный, под стать их темпераментам, скандал. Отец пил валерьянку, а мать трясущимися руками пыталась налить ему из графина воду и все проливала струйки на скатерть.

Решено было срочно увезти девочку в Москву, чтобы замять дело. А тут еще этот слезший с пальмы и совсем потерявший чувство реальности местный царек заслал в посольство сватов — взять бедную девочку пятнадцатой женой в местный гарем! Как отца тогда не хватил удар — одному Богу известно. История обросла немыслимыми слухами и подробностями, просочилась в министерство, после чего папочкина дипломатическая карьера стремительно пошла под откос.

В Москве Ирка быстро осмотрелась, поступила в Экономический институт и ринулась на покорение новых рубежей, благо молодость, внешность и огромное количество мужчин вокруг это позволяли. В 22 она зачем-то выскочила замуж за подающего надежды художника-грузина (нет, ее определенно тянуло на восточных мужчин, совсем другое обхожденье плюс южный темперамент), родила по его настоянию двух детей-погодков, мальчика и девочку и… заскучала.

Затем история развивалась, как в хорошем водевиле. Грузин застал ее в постели с одним джаз-музыкантом, не вовремя заглянув домой (а сказал, что ушел в мастерскую). Разгневался, устроил страшный беспорядок в доме, поломал мебель, хотел поколотить и ее, но она вовремя укрылась в ванной, и наконец ушел, громко хлопнув входной дверью. Когда шум затих, Ирка осторожно выползла из ванны, огляделась по сторонам, подошла большому зеркалу и расхохоталась… Она была еще очень молода и ослепительно хороша собой. Все только начиналось…

Оскорбленный муж отобрал сына, отправив его на воспитанье грузинским бабушкам, а ее выдворил вон. Ирка не очень переживала. Началась перестройка, время было бурное, под стать ее натуре, а кроме того в Москве появилось много богатых иностранцев, представителей разных фирм…

Захомутать одного из них, высокого, ухоженного, пахнущего дорогой парфюмерией Зигфрида, представителя «Сименса», было делом техники. А уж в технике любви равных ей было мало. Она была отработана ею до таких высот, таких нюансов и мелочей, что техникой назвать сей акт было бы грубо. Скорей искусством, призванием, дарованием — главным делом жизни, можно сказать.

В общем, в «науке страсти нежной», как сказал когда-то великий поэт, ей был свойственен творческий подход.

А все, что делается творчески, с выдумкой и фантазией — как известно, рано или поздно приносит свои щедрые плоды…

Через три месяца немец совершенно обалдел от «загадочной русской души», в данном случае правильно было бы сказать — тела, и увез Ирку в Мюнхен в трехэтажный дом в престижном районе города. Дочку решено было взять с собой.

В Мюнхене Ирке понравилось. После бурной московской жизни требовалась передышка, пауза — и она ее получила. Богатая, упорядоченная Германия по контрасту с Иркиным вулканическим темпераментом холодила душу и приводила в порядок мысли.

Да и время неумолимо катилось к тридцати… Надо было оглянуться и подумать, как жить дальше.

Три года (рекордный срок) она прожила с Зигфридом, почти не изменяя ему. Ну не считать же изменами стремительные и острые, как приправа, одно-двухразовые интрижки с тренером по фитнесу с фигурой Аполлона и симпатичным страховым агентом! Это не в счет.

Они с Зигфридом много путешествовали, он брал ее с собой в деловые поездки и она без преувеличения повидала мир. Какое-то время ей даже было интересно. Зигфрид был нежен, предупредителен, неутомим в постели, но… довольно предсказуем. И скорей походил на бесперебойно функционирующую поршневую машину. И Ирке опять стало скучно…

А тут они поехали на вечеринку, куда мужа пригласил его коллега. Модный пятизвездочный отель на берегу озера — шампанское, фейерверки, она в переливающемся платье с обнаженными плечами и шикарный Отто, хозяин фирмы… В одной из вспышек фейерверка она поймала его взгляд и все поняла.

Они ушли в лес за гостиницу, благо было тепло, стоял душный, напоенный ароматами цветения июнь, и трава мягким ковром стелилась под их спинами, и пьяно стрекотали цикады, и ветер качал деревья в такт их страсти, а звездное небо накрывало одеялом жаркой, незабываемой ночи…

Побледневший, осунувшийся Зигфрид встретил ее в холле гостиницы на рассвете, взглянул на них, все понял, стремительно вскочил в свой серебристый «Порше», и уехал.

Чемоданы с Иркиными вещами были доставлены в дом Отто через два дня без слез, угроз и истерик. И Ирка была ему благодарна.

С Отто они переехали в Берлин, который пришелся ей по душе. Масштаб города совпадал с привычным московским, а ей давно хотелось назад в большой город, музейный остров удивительно напоминал некоторые кусочки Петербурга, а главный проспект восточного Берлина точь-в-точь совпадал с Кутузовским, и вообще — это была столица с ее размахом, перспективами и воможностями.

Вот здесь мы с Иркой и познакомились. Она томилась в своем огромном уютно отделанном и красивом доме (здесь сказался ее вкус и художественные способности) и время от времени писала под гитару свои песенки. Да, я забыла сказать, Ирка замечательно пела под гитару и довольно симпатично сочиняла тексты, и ее низкий вибрирующий голос был одним из мощных инструментов многоликого арсенала обольщения. Все-таки талантливый человек талантлив во всем!

Дела Отто в то время уже шли не очень хорошо, оттого он был очень занят, редко бывал дома и стал давать меньше денег на домашние расходы (а раньше был щедр!). А главное, стал заниматься с ней любовью непростительно мало — самое время было подумать о любовнике.

Мы пили кофе, Ирка много курила и рассуждала о мужчинах. В отличие от подруги, я никогда не относилась к противоположному полу так серьезно.

— Мужчины, — вообще тупиковая ветвь развития человечества, — прихлебывая кофе, разглагольствовала я.

— Ну, не скажи! — горячо возражала она. — Да это же самое главное! Если мне ни с кем сейчас не хочется трахнуться — день считай прошел зря…

— Нимфоманка, — лениво укоряла я.

— Рыбина холодная, — отвечала Ирка, полируя и без того безукоризненные ногти.

Честно говоря, Иркины постельные подвиги вызывали у меня тайную зависть и внутреннее восхищение. Наверное, ко мне больше подходили слова снайперски точного Жванецкого: «Я уже давно ушел из большого секса…» А в Ирке неиссякаемым фонтаном бил такой вулканический темперамент, такой вдохновенный напор, что только по уши деревянный мужчина мог устоять перед его извержением.

Последнее Иркино приключение выглядело так. У Отто в Мюнхене был личный адвокат, давний друг семьи. Импозантный, подвижный, с внимательными серыми глазами и красиво очерченным ртом, он давно волновал Иркино воображение. Но адвокат был удачно женат и профессионально осторожен, и хоть и поглядывал на Ирку не без интереса, но рисковать выгодным клиентом и репутацией не решался. После переезда в Берлин многое поменялось, и Ирка, в один из дождливых ноябрьских дней, затосковав всерьез, по-настоящему, решила во что бы то ни стало развеяться, для чего съездить в Мюнхен как бы по делам, а заодно и навестить приятеля-адвоката. И повод нашелся сразу — какая-то юридическая закавыка в паспорте. Да мало ли причин может придумать женщина, если в ее крови возникло желание, а в очаровательной головке созрел гениальный план!

Адвокат звался Маркус.

— Можно, я вас буду Мариком называть? — лукаво осведомилась Ирка. — Как-то интереснее. На русский манер.

Адвокат не возражал. Его давно интересовали русские женщины. Перед отъездом Ирка позвонила ему и милым, но довольно официальным голоском, чтоб Отто ничего не заподозрил, сообщила милому Марику, что приезжает во вторник в Мюнхен и просить назначить ей аудиенцию на конец рабочего дня. По реакции на том конце трубки стало понятно, что ей, конечно же, рады и обещают принять, отодвинув другие важные встречи.

Наряд продумывался долго и довольно тщательно.

— Я должна его потрясти с первого взгляда. Просто пронзить, — сурово сказала Ирка. И открыла огромных размеров платяной шкаф. Гардероб отбирался при мне. Я уже окончательно потеряла ориентацию во времени и пространстве от бесконечных Иркиных примерок и перекладыванья вороха кружевных лифчиков, затейливых форм, едва видимых глазу прозрачных трусиков, блузочек, кофт и мини-юбок (о, ноги надо обязательно показывать, если хочешь задурить мужчине голову!), туфель на высоком каблуке и легкого, летящего при ходьбе плаща… Когда все это было много раз примерено и отобрано — Ирка бросила на себя последний взгляд в зеркало и покачиваясь на каблуках задумчиво произнесла:

— Как ты думаешь я могла бы быть жрицей любви… Ну, например, в древности?

Я уверила ее, что очень даже бы смогла и ретировалась. Дома ждала немытая посуда, несваренный борщ, несделанные уроки у ребенка… О каких тут жрицах любви речь, где и когда они жили?

Итак, Ирка умчалась в Мюнхен. И дальнейшую хронологию событий я вынуждена выстраивать по ее словам.

Моя подруга появилась в его кабинете в конце рабочего дня. Встала на пороге в боевой стойке, покачиваясь на высоких каблуках, грудь вперед, подбородок приподнят, и послала в безликое пространство делового офиса одну из своих самых неотразимых улыбок. Маркус оживился, расслабил узел галстука на шее и отослал на полчаса раньше срока, что было для него не совсем характерно, секретаршу.

Для начала они немного поговорили о делах. Ирка, нагибаясь и невзначай задевая его высокой грудью, передала нужные бумаги. Маркус вспотел. Однако осторожность профессионала брала свое.

И моя подруга поняла, что инициативу надо брать в свои руки. В буквальном смысле этого слова.

— Маркуся, ты мне сегодня снился, — своим низким, вибрирующим голосом проворковала Ирка и решительно скользнула ладонью под его брючный ремень… Через полчаса по кабинету известного в городе адвоката, уважаемого отца семейства летали деловые бумаги и огромный, покрытый зеленым сукном стол, обычно служащий для подписания всевозможных сделок и договоров, трещал, стонал и катался по всему кабинету то в быстром, то в замедляющемся, то в откровенно бешеном темпе.

Ирка показала адвокату все свое мастерство, продемонстрировав такой высокий класс, что бедный Маркус с вытаращенным и глазами еще час не мог отдышаться, никак не попадая босой ногой в штанину, и еще неделю разыскивал по всему кабинету разбросанные в горячке страсти контракты богатых клиентов.

Словом, поездка в Мюнхен удалась. И Ирка заметно повеселела. Жизнь опять приобретала объем, запах и движение. Ручной и пылающий страстью, а значит, и поглупевший адвокат звонил каждый день и в ожидании новых встреч произносил поистине гамлетовские монологи... Что стало, естественно, мою подругу немного утомлять. Потому как влюбленные мужчины удивительно похожи меж собой и достаточно предсказуемы.

В очередной свой приезд Маркус отвел ее в дорогой ювелирный магазин к своему приятелю итальянцу Марчелло. Высокий стройный итальянец с темными вьющимися волосами так ловко умудрился примерить дорогое кольцо на тонкий пальчик Ирки, что сразу после отбытия любовника-адвоката Ирка делилась со мной уже новыми планами, касающимися исключительно ювелира.

— А что, — все более оживляясь, фланировала по комнате Ирка. — Берем большой лимузин, он 350 евро в день стоит, совсем недорого... Я узнавала. В нем такие мягкие сиденья и плотная штора, так что шоферу ничего не видно... Окна затемнены.

— Ну и? — простодушно вопрошаю я, не понимая, к чему она клонит.

— Лимузин ставим у Брандербургских ворот. Там красиво, это место всегда меня возбуждает. А тебя?

Я мычу что-то неопределенное. Ирка с досадой машет на меня рукой.

— Мы с Марчелло берем этот лимузин и...

— Что? — оторопело спрашиваю я.

— И я показываю ему такое небо в алмазах! Такой класс любви, о каком он в своей ювелирной лавке и не мечтал.

— Да! — восхищаюсь я. — Лимузин у Брандербургских ворот, это круто... О таком он точно не мечтал.

— Вот и я говорю, — блестя глазами, смеется Ирка. — Главное в сексе неповторимость и элемент неожиданности. Он меня никогда не забудет и на смертном одре будет вспоминать...

— А как же Маркус? — бестактно спрашиваю я.

Ирка досадливо морщится.

— Никакого творческого подхода. Я ему говорю — давай снимем вертолет и займемся любовью на высоте полторы тысячи метров...

— А он?

— Да я ж говорю — никакой фантазии. Законник несчастный! Немцы вообще в своей массе так скучны!

— Заведи ради разнообразия русского.

— А что? — загорается Ирка. — К Отто в фирму прилетал один из Сибири, нефтяной король. Такой колорит! Надо будет...

И она, размахивая руками, излагает мне новый план... Ах, Ирка, Ирка — и когда ты успокоишься, когда утихнут твои ураганы страсти, отхлынут штормы, обмелеют моря и бурлящий, неподвластный обычным меркам вулкан утихнет, угомонится наконец? Годам к восьмидесяти? И какому счастливчику на суше, море или в бескрайнем космосе покажешь ты в очередной раз «небо в алмазах»?

Чтоб помнил и не забыл. До смертного одра.

ПСИХОТЕРАПИЯ
ДЛЯ ДАМ БАЛЬЗАКОВСКОГО ВОЗРАСТА

Полюбите себя, пожалуйста…

Дорогие мои, мы уже в том возрасте, когда начинаешь понимать, что к мужчинам надо относиться, как к капризным, плохо управляемым и упрямым детям. Ежесекундно нуждающимся в ласке, поддержке и одобрении.

Лучше не реже чем три раза в день подходить к нему, гладить голову, спину, животик и говорить: «Сема, Саша, Миша (список имен можно по желанию продолжить) хороший...»

Итак, ключевое слово запомнили — «ты мой хороший». Тогда мужчина становится почти ручным и необременительным в управлении.

Второй слоган, которому мы должны научить наших подрастающих дочерей и младших подруг — «только с тобой!» Если этому доверчивому существу с утра до вечера говорить, что только с ним у тебя так все так замечательно получается, только он способен доставить тебе немыслимые радости, о которых с другими ты просто не мечтала. Впрочем, о других вообще лучше не говорить. Запомни, их не было! Все началось с того момента, когда в твоей жизни появился он… А остальные? Но разве можно эти ничтожества, эти пустые места принимать всерьез! Итак, он единственный и только с ним.

Запомнили? Через месяц такой психотерапии ваш спутник окончательно становится только ваш. Совершает в постели подвиги и изо всех сил старается оправдать ваше доверие. Кроме того, его абсолютно перестают интересовать другие женщины. Зачем? Там ему, несмышленышу, никогда такое не скажут, а он уже привык — он самый–самый…

Третье, надо научить его зарабатывать деньги. Желательно большие. Нынче все дорого. Потому как если мужчина не кормилец — то зачем он вообще нужен? Как говорят наши особо продвинутые подруги — если мужчина мало зарабатывает, то быстро становится непопулярен.

Против природы не пойдешь. Женские особи всегда выбирали тех, кто мог обеспечить лучшие условия существования тебе и твоему потомству. Отбить у врага пещеру попросторней и принести более жирный кусок мяса. Надо сказать, что за прошедшие тысячелетия мало что изменилось, разве что форма. Вы и сегодня с большим энтузиазмом выдадите свою дочь за владельца фирмы и особняка, чем получателя социального пособия. Впрочем, мы сбились с темы... Итак, чтобы он зарабатывал, надо говорить ему, что он самый умный и самый талантливый. А временные неудачи — это происки завистливых коллег. Тогда он поверит в себя и станет приносить в дом больше денег.

Что еще? Ну, что мужчину надо вкусно и регулярно кормить, говорить просто неприлично. Это, мои подруги, такая же банальность, как «Волга впадает в Каспийское море...». Одевать в чистые рубашки, водить гулять на коротком поводке... Что мы еще забыли?

Женщина — это спринтер на короткой дистанции. Надо все успеть — выучиться и выйти замуж, родить ребенка и не потерять профессию. И все за очень короткий промежуток времени. А то останешься с дипломом, но без ребенка, или с ребенком, но без мужа, или с мужем и ребенком, но без диплома... Вариации бесконечны. Но в нашем возрасте мы, наконец, можем расслабиться. Нам некуда больше спешить — мы все успели.

А сейчас я скажу главное, полюбите себя, пожалуйста! Не мужа, не сына, не дочку, не маму, не свекровь... Полюбите, пожалуйста, себя! И в свои сорок пять, пятьдесят четыре, шестьдесят три (не будем смотреться в зеркало — оно врет!) мы по-прежнему достойны поклонения, нежности и восхищения, как это было в юности.

И нам по-прежнему хочется любви.

ЖЕНЩИНА И АВТОМОБИЛЬ

Меня опять позвали на телепередачу, как заслуженного автолюбителя, автолюбителя со стажем, человека, проехавшего сотни тысяч километров за рулем. Если я скажу, что раз пять ездила из Берлина в Питер на машине, одна за рулем, имея под боком мужа, у которого отродясь не водилось шоферских прав и несовершеннолетнюю дочь, то совершенно справедливо могу приписать все дорожные подвиги исключительно самой себе.

— Ты и машина?! — патетически восклицал один мой знакомый. — Прости, но это же самоубийство!

Мужчины никогда не верят в водительские таланты женщин.

Увы, так же повел себя и мой семнадцатилетний сын, когда я в Германии села за руль.

— Кто-то из семьи должен остаться в живых, — сформулировал он свое кредо. И ни за что не садился в машину. Доходило до смешного — муж, дочка и я ехали в гости на другой конец города на машине, а мой сынуля под проливным дождем с тремя пересадками трясся общественным транспортом. Сдался он года через три, когда знакомый автогонщик, проехав со мной полторы тысячи километров до Лазурного берега, сказал ему:

— А что, твоя мать вполне прилично водит машину...

Единственная специальность, которую я освоила в Германии — это профессия водителя. Поэтому смело сказала с телевизионного экрана своим подругам, проживающим сейчас на разных концах земного шара:

— Женщина и автомобиль — это прекрасно!

Но так было не всегда. Водить машину меня, можно сказать, заставила жизнь. В России я водить не умела, но года за два до отъезда пошла на курсы. Теорию я сдала легко, (сказались навыки сдачи экзаменов в университете), а вот с практикой вышла загвоздка. Когда я с инструктором села в машину и нажала на газ, то у меня было четкое ощущение, что все придорожные столбы и деревья едут прямо на меня. Я сделала просто — отпустила руль и закрыла лицо руками, чтоб было не так страшно. Мой первый инструктор справедливо решил, что случай безнадежен. Но во мне ожило фамильное упрямство и благодаря молодости и женским чарам я все-таки сумела уговорить его коллегу попробовать еще. Инструктор мужественно, с риском для собственной жизни в буквальном смысле этого слова, учил меня несколько месяцев. Однако экзамен по вождению я не сдала, проехав на красный свет. Ну что делать, если была так сосредоточена на переключении скоростей коробки передач, что не заметила светофора!

Потом я упорно тренировалась, но когда пришло время вновь сдавать на права, то по стечению обстоятельств я оказалась сильно «на сносях» и до родов оставалось не больше месяца. Моя родня была в ужасе, но я заявила, что во чтобы то ни стало должна получить права. Желание беременной — закон, и на свет божий были извлечены все телефоны людей, могущих пособить в столь важном житейском вопросе. Подозреваю, что моему экзаменатору позвонили откуда-то «с большого верха», поэтому он больше всего боялся, что «с дамочкой по блату» что-нибудь случится.

Минут двадцать он отодвигал сиденье от руля, чтобы вместить мое пузо.

Я положила руки на руль и включила зажигание.

— Вы тронуться можете?— опасливо произнес он.

— Могу, — гордо ответила я и проехала метров тридцать по прямой.

— А остановиться? — выдохнул экзаменатор, мечтая, чтобы все это благополучно закончилось. Я нажала на тормоз.

— Получайте права, — бросил он с облегчением и опрометью выскочил из машины.

Вот с такими водительскими правами я приехала в Германию. Но именно здесь со мной произошла чудесная метаморфоза. Мой муж, привыкший передвигаться в той прежней жизни исключительно на машине с личным шофером, через несколько месяцев нашего пребывания принес мне ключи от старенького авто и строго приказал:

— Води!

Как я ездила первое время! Только Бог и мастерство водителей справа, слева, спереди и сзади спасали меня от неминуемой аварии.

Я наклеила на заднее стекло все мыслимые предупредительные таблички — «Начинающий» и «Ребенок в машине». По-моему, окружающие меня водители просто старались объезжать мою машину за километр, и я их хорошо понимаю. Но я упорно ездила и старалась брать с собой своих соседей по общежитию, опытных водил, людей с крепкими нервами. Вот это и были настоящие уроки вождения! И через месяц-другой я поняла, что шоферы едущих рядом машин уже реже сигналят мне и уже не делают столь часто знаменитый немецкий жест, махая растопыренной ладонью пред вытаращенными глазами, и моя машина не глохнет на перекрестке, когда прямо на нее едет грохочущий трамвай, а я неправильно переключила скорости... И что я уже не так отчаянно трушу, выезжая на автобан и могу тормозить в зависимости от дорожной ситуации не так, чтобы все влетели носом в лобовое стекло, а плавно и заранее. Не боги горшки обжигают!

Поэтому через год, когда пришло время подтверждать мои русские права и держать экзамен перед немецкими инструкторами — я сдала с первого раза. И с этими уже честно заслуженными правами изъездила не только всю Германию, но и Европу.

Поэтому всем сомневающимся приятельницам говорю, машина — это другое качество жизни. Машина — это свобода.

И женщина за рулем — это так здорово!

ДОРОГУ ОСИЛИТ ИДУЩИЙ...

— Ну и как у вас с языком? — участливо спрашивает работница семью молодых переселенцев.

— Прекрасно, — отвечает высокий красивый парень. — С нашим языком только марки к конвертам приклеивать.

Эта реплика вспоминается мне каждый раз, когда жизнь выталкивает из уютного русскоязычья, в котором я (о, спасибо профессии) могу выразить себя на все сто и найти оттенки слов и интонаций, в чужой, труднодоступный мир языка немецкого. Каждый раз, когда, путаясь в глагольных формах, пытаюсь объясниться с немецким издателем — «я мол писательница» — и ощущаю, как выгляжу в его глазах, то прихожу в отчаяние. Знаю, жизнь преподносит мне урок за мое спесивое высокомерие и самодовольство в прошлом.

Сидя в редакции престижного литературного журнала в Петербурге, я, помнится, презрительно кривила губу, когда какой-нибудь автор из глубинки окал или неправильно ставил ударение в слове. И вот сейчас не то что ударение — предложение на немецком частенько не могу выстроить правильно.

Два года назад я попала на интеграционный семинар журналистов и писателей в Бад-Зонберхайме. «Еврейские писатели, пишущие по-русски, живущие в Германии» — заметил кто-то из наших острословов.

Так вот, одно наблюдение поразило: русские журналисты бойко стрекотали по-немецки и понимали все в речах заезжих ораторов, хотя те говорили на сложном литературном языке, а вот писатели ходили гордо, гоголем, но общаться могли только между собой, потому как по-немецки знали лишь, как их зовут...

— Чему ты удивляешься, — объяснил знакомый психолог-лингвист, для писателя слово — это что-то интимное, основа его мироздания, оно в нем глубоко-глубоко. А для журналиста просто рабочий инструмент. Журналистике грамотного человека выучить можно, а вот настоящими писателями рождаются.

Услышанное польстило самолюбию, но не сняло проблемы. Язык надо было учить. Нельзя быть глухой и немой в стране проживания.

— Мама, прошу, только не открывай рот, я все переведу сам, — говорит мой сын, идя со мной в немецкое учреждение.

Что там говорить, ситуация «дети-родители» в эмиграции напоминает забавный перевертыш. И теперь мы, вчерашние властелины, просительно заглядываем в глаза своих чад старшеклассников: а не сможешь ли ты, золотко мое, выкроить две минутки драгоценного времени и написать письмо в гезельшафт, амт, сходить на термин к врачу-специалисту... Кстати, об амтах, гезельшафтах и терминах. Только когда корректор из Петербурга позвонила мне и спросила, что означает фраза «утром я взяла термин к врачу», и я надолго замолкла у телефонной трубки в поиске слова-синонима, то поняла, как катастрофически засорился мой русский для питерского уха.

— Ну, в общем, доктор назначил мне время.

— А, так это значит «утром я взяла номерок к врачу»?

— Да, да, — обрадовалась я. Как говорила одна моя соседка: «Немецкий мы хорошо не выучим никогда, а русский начинаем забывать...» Хотя все годы моего пребывания в Германии я делала честные попытки учить язык. Начала с арбайтсамовских курсов, и сей опыт был неудачен, потому как меня невзлюбил за что-то педагог.

Мои тогдашние отношения с языком могла бы выразить крылатая фраза все той же соседки: «Когда заставляют учить немецкий, у меня полное ощущение, будто спаривают с мужчиной, которого я не хочу».

В общем, на занятия я старалась не ходить, а почаще брать больничные. Что у нас, болезней что ли мало?

Литература тем и хороша, что тебе дано право Господа Бога судить: одних выставить комическим персонажем, других — героем-любовником, третьих — злодеем-негодяем. Словом, я излила всю накопившуюся желчь на бумагу, и успокоилась. Языковые курсы и обида на вредного педагога остались позади.

И тут меня пригласили выступить перед славистами, учителями русского языка.

Я по простоте душевной зачитала главу «Изучение немецкого языка», решив, что им это будет интересно: сами-то — преподаватели. Что тут началось! Слависты после чтения окружили меня плотным кольцом и с праведным гневом в глазах стали требовать, чтобы я назвала настоящую фамилию педагога, говорили, что это оскорбление личности, и таким не место в славных радах учителей немецкого языка...

Я испугалась и подумала, что если назову фамилию преподавателя, то его точно лишат места. Слишком велико было возмущение славистов (о, великая сила искусства!). Я представила его нескладную фигуру, ехидные фразочки, так ранившие тогда, и решила фамилию учителя не называть. В конце концов, первая заповедь пишущего, как и клятва Гиппократа, — «Не навреди».

Потом я учила немецкий с чудесным преподавателем на курсах Гёте-института и даже сдала экзамен. Мне вручили глянцевый сертификат с круглыми печатями, и я, окрыленная, вновь окунулась в свою родную среду — русские газеты, книги, телевидение, соседи... Через полгода поняла, что без общения и ежедневной тренировки мой тонкий слой немецкого исчез. Будто корова языком слизала. Затем попробовала заниматься немецким со слависткой. Та с радостью болтала со мной по-русски, до немецкого мы так и не дошли.

— Как же ты, образованный человек, закончивший университет, не можешь выучить язык? — упрекают меня домашние. Я вздыхаю и опять ухожу на курсы. Дорогу осилит идущий?

УРОКИ ДОКТОРА СПОКА

В то время я была наивной желторотой студенткой первого курса факультета журналистики. Звучало это громко и довольно торжественно. Потому я раздувалась, как мыльный пузырь, от тщеславных надежд и амбиций юности, собираясь прославиться и служить всему человечеству. Словом, была глупа как пробка.

Благополучно сдав последний экзамен летней сессии, я отправилась на производственную практику в газету «Свет коммунизма». Газета обслуживала курортную зону Ленинграда — поселки и городки, разбросанные вдоль побережья Финского залива: Репино, Комарово, Солнечное… Названия этих мест всегда звучат сладким звуком в сердцах бывших питерцев, куда б ни занесла их судьба. Я до сих пор ловлю себя на том, что мысленно блуждаю по пахучим заросшим лесным тропам Солнечного, задумчиво стою у могилы Ахматовой на Комаровском кладбище, купаюсь в зеленовато-прохладной глубине Щучьего озера. Память упорно возвращает меня на берег Финского залива, к гостинице «Репинская», излюбленному месту тусовок питерской студенческой молодежи. Эти воспоминания пропитаны солнцем, ароматом хвои, Балтики, веселой и беспечной молодости и любви, а потому так дороги и так бережно хранятся в эмиграции, где без эмоциональной подпитки ссыхается, черствеет душа…

Так вот, в то лето я колесила по всей курортной округе с редакционным удостоверением практикантки в кармане и изо всех сил изображала из себя настоящего советского журналиста. Как сейчас помню, в основном писала всякую чушь про ремонт отопительной системы в доме отдыха «Свет коммунизма» и разрыв канализации в санатории «Старые большевики». Почему-то мне поручали исключительно сантехнические темы. А так как отопление систематически не работало и канализацию рвало исправно, то заданиями я была обеспечена всегда.

Так бы бесславно прошло, пролетело, унеслось, шелестя стрекозиными крыльями на пруду, это лето, если бы не приезд прославленного на весь мир педиатра Бенджиамина Спока.

Это потом, когда родились мои дети, я оценила это имя — Спок. Когда спустя годы я одной рукой прижимала к себе заходящегося в крике багрового младенца, своего сына, а другой судорожно листала выпрошенную у соседки книгу знаменитого доктора «Ребенок и уход за ним», то находила в ней утешительные ответы на все страхи молодой и неопытной матери, и успокаивалась — и между тем чудесным образом утихал и младенец, мирно почмокивая у моей груди… Но это было потом. А в те достопамятные времена имя Спока мне ничего не говорило. Ну, какой-то там американский доктор, специалист по детям, ну и что?

В конце семидесятых Спок приехал в Петербург и привез гуманитарную помощь — медикаменты и оборудование для одной из детских больниц. Как и полагается в таких случаях, гостю была предоставлена обширная программа. Начальство повезло Спока по накатанному маршруту — клиника, лучший роддом, показательный санаторий…

Вот тут-то мы и делаем паузу в повествовании, так как санаторий обслуживался нашей районной газетой и находился в курортном поселке Солнечное. Конечно, газета не могла пройти мимо такого знаменательного события. Но стояло жаркое лето, многие сотрудники находились в отпусках и писать репортаж отрядили запойного корреспондента отдела экономики сельского хозяйства Степанушкина и меня.

Утром, глянув в окно, я надела легкую майку с глубоким вырезом и юбку «до пупа», как ехидно говорила моя бабушка; справедливо решив, что не собираюсь изнывать от жары ни при каких журналистских обстоятельствах.

В назначенное время к воротам санатория подъехали три черные «Волги». Из первых двух, отирая пот и тяжело дыша, высадилось тучное районное начальство в темных твидовых костюмах, глухо повязанных галстуках, и выстроилось согласно рангу вдоль дорожки. Из третьей «Волги» пружинисто выпрыгнул худощавый великан с коротким седым ежиком волос и за ним — хрупкая женщина в светлом комбинезоне на лямках. Под комбинезоном светилось голое тело, лямочки пересекая плечи, крепились на поясе, едва прикрывая сосочки маленьких упругих грудей.

Корреспондент Степанушкин усиленно затряс головой.

— Это доктор Спок с женой, — шепнул он, отворачиваясь, чтобы не дышать перегаром. — Она без лифчика ходит, да?

Доктор Спок мне сразу понравился. В его лице, движениях, во всем облике было что-то юношеское, веселое и открытое. И хотя, если судить по дате рождения, ему давно уже перевалило за шестьдесят, он совсем не казался стариком рядом со своей молодой 27-летней женой Мэри. Все сведения о возрасте и именах мне сообщил Степанушкин, уже успевший пошептаться с тучной горздравовской дамой в кримпленовом платье с темными разводами пота под мышками.

Спок быстро пожал всем руки и, улыбнувшись, все той же пружинистой походкой пошел к воротам санатория. Однако дорогу ему преградил партийный начальник и принялся нудно по бумажке читать приветственную речь гостю. Доктор заскучал.

— А можно пойти к детям? — Спок учтиво наклонился к уху переводчика, когда первого оратора сменил второй, а третий перебирал пухлую пачку листов с перечислением всех достижений советского здравоохранения. Переводчик что-то застрекотал взопревшему начальнику, тот неопределенно помахал в воздухе руками.

Тем временем я, через плечо стоящего впереди Степанушкина с интересом наблюдала, как партийные боссы, изнемогая от жары в своих темных и глухих костюмах с галстуками, бросают знойные взгляды на молодое просвечивающее через комбинезон тело Мэри и ошалело трясут головой, стараясь сбросить наваждение. На фоне хрупкой жены Спока тучные горздравовские дамы казались еще многослойнее и толще.

Первой не выдержала Мэри, она, перестав слушать, повернулась и побежала в сторону зеленой лужайки, куда только что выпорхнула говорливая стайка детей во главе с воспитательницей. А затем и сам Спок, шепнув что-то переводчику, направился к детям. Партийный начальник недоуменно застыл, сделав знак выступающему, в просторечии обозначающий «заткнись», и поспешил за гостем. А доктор Спок тем временем водил хоровод с детьми, подпрыгивал, комично надувал щеки и хохотал от души вместе с малышами, поочередно изображая то клоуна, то акробата в цирке, то дрессированного льва.

— Вы говорите по-английски? — спросил он меня.

— Немножко, — ответила я, мысленно поблагодарив маму, заставившую меня в свое время ходить к репетитору.

— Я так и подумал, — сказал Спок, — У вас здесь у единственной живое лицо. Тогда вот что, переведите воспитательнице — что эти упражнения очень полезны при астме, а эти при… — И он стал подробно рассказывать о системе дыхательной гимнастики. Я по мере сил переводила, а начальство ело мою спину злобными глазами. Поведение Спока смешало их планы. Оно не вписывалось в сановную схему их взглядов о том, как положено вести себя высокому гостю.

Затем Спок, галантно взяв меня под локоть, отправился в спальню, где спят малыши, и обследовал ее. Затем уверенно двинулся на запах кухни, где к ужасу начальства, впавшего в состояние настоящего шока, попробовал суп из общего котла и пожевал кусочек котлеты. В соседней комнате у парадного накрытого стола с утонченными разносолами слонялись вышколенные на официальных приемах официантки.

Спок в парадную столовую заходить не стал, а вот по поводу съеденной котлеты что-то сказал через переводчика главврачу санатория, вытянувшемуся по струнке.

— Ну вот, навели порядок, — он дружески подмигнул мне. — А где Мэри?

Вся процессия кинулась искать жену Спока.

Мэри нигде не было. Мы обошли детскую площадку, корпус столовой, остановились на краю зеленой лужайки. Мэри спала на траве в тени куста жасмина, беззаботно, как дитя, положив ладошку под щеку и свернувшись калачиком.

— Мэри, солнышко мое, вставай! — Спок присел перед женой на корточки и ласково погладил ее щеку. Мэри встрепенулась, открыла глаза и радостно засмеявшись, обвила его шею руками.

Главврач застыл соляным столбом, не зная, как ему на все это реагировать. Эти двое нарушили все правила, которые он так усердно соблюдал и которые так же старательно соблюдало все его окружение, справедливо полагая, что именно в них кроется залог служебного успеха. А Спок с женой вели себя так, как будто вокруг них никаких таких правил не было. Они были естественны, дружелюбны и открыты миру, и мир открывался рядом с ними своей радостной лучезарной стороной.

На прощание Спок пожал мне руку.

— Вы мне очень понравились и помогли. Спасибо за перевод.

— Попроси у него автограф! — ткнул меня Степанушкин в бок. Я протянула глянцевый буклет санатория, то что оказалось под рукой. Он чиркнул пару строк и размашисто расписался.

«Оставайтесь собой!» — написал мне доктор.

Уроки доктора Спока... Быть или казаться, по-настоящему что-то представлять из себя или надувать щеки... Как часто я вспоминаю это, особенно здесь, в эмиграции, где так важно не казаться, а быть.

_2000_

ПОЧТИ РОЖДЕСТВЕНСКАЯ ИСТОРИЯ

Под новый год (обычно это утро 31 декабря, когда все домашние находятся в предпраздничной суете) в моей квартире раздается традиционный телефонный звонок из Бостона.

— Ты жива еще, моя старушка? — спрашивает приглушенный расстоянием Маринкин голос.

— Жив и я, привет тебе, привет! — радостно откликаюсь я словами нашего давнего пароля.

— Скрипишь потихоньку? — привычно вопрошает она. И мы всласть около часа взахлеб рассказываем друг другу все, что произошло за год. С годами темы меняются, как впрочем, меняемся и мы. Чего уж там, хоть друг для друга мы по-прежнему «девочки», после сорока пяти жизнь в основном уже сделана — и дети выращены и профессии состоялись. И менять что-либо поздно… Горький и хороший возраст одновременно, хотя как посмотреть…

Еще в той питерской поре существовал в моей жизни астролог, с которым мы любили беседовать о превратностях судьбы. Благо, это было его профессией. Поколдует что-то над своим расчерченным на двенадцать домов кругом и выдаст прогноз. Все мы живем под звездами. Согласно его теории человек рождается на свет с записанным высшими силами сценарием судьбы. Только у одних внутри этого сценария есть множество вариантов — направо пойдешь, счастливым станешь, налево — беда случится, прямо — так себе, серенько проживешь. И главное, что на каждом отрезке судьбы надо принять правильное решение и выбрать лучший для себя путь. Вот только количество этих судьбоносных перекрестков у каждого человека строго индивидуально. Проскочил — значит опоздал… Тук-тук, стучат колеса судьбы, и дни, месяцы, недели летят с оглушающей скоростью. Вот только туда ли летит твой жизненный поезд — по тому ли пути?

Маринкина, без сомнения, счастливая судьба решилась именно в ту новогоднюю ночь, без малого почти тридцать лет назад, когда мы учились на третьем курсе и застряли в лифте одного высотного дома. Впрочем, все по порядку…

Новый год решили справлять у Димки Гришина, его родители как раз получили новую квартиру на тринадцатом этаже нового дома на окраине города. По укоренившейся традиции мальчишки во главе с Максудом варили большую кастрюлю плова и котел обжигающего глинтвейна со всякими специями. Девочки делали торты и салаты.

Компания была шумная, безалаберная и веселая — пели, пили, танцевали, дурачились. Димка в полтретьего ночи за что-то обиделся на Максуда, надел, перепутав, в шуме и суматохе его ботинки сорок третьего размера и ушел на улицу. Максуд оставленный без обуви, как ни старался, не смог влезть в Димкины туфли на два размера меньше, и поневоле остался сидеть дома. А наше шумное разгоряченное сообщество вывалилось на лестничную площадку — вызывать лифт. Внизу на морозе решено было продолжить веселье — стрелять из хлопушек и жечь бенгальские огни.

В лифт втиснулось человек восемь, вместо положенных шести по инструкции. Я с Маринкой, еще три девочки, Игорь, Яшка и Марк.

Яшка, невысокий, худенький и носатый был давно и безнадежно влюблен в Маринку. И это было не удивительно. В принципе, в той или иной степени влюблены в нее были все. И как было противостоять ее неотразимым чарам — эти русалочьи глаза и вьющиеся русые волосы, эти плавные изгибы тела, грация движений… Да что там, когда она шла, вернее плыла, по институтскому коридору — все мужское население выворачивало головы и смотрело вслед пока ее стройный силуэт арфы не исчезал за какой-нибудь некстати закрывшейся дверью.

— Свято место пусто не бывает, — любила приговаривать моя бабушка и была права. Кто только не добивался ее руки и сердца! Свое предпочтение красавица отдала рослому и блестящему во многих отношениях Алику, сыну институтского декана, и в марте должна была состояться их свадьба. Об этом знали все и предстоящее бракосочетание «звездной пары» шумно обсуждалось во всех институтских курилках и кулуарах.

— Так, девочки, вдохнуть! И не выдыхать, пока не доедем, — руководил нашей компанией Марик.

Мы стояли в тесной кабинке лифта притиснутые к друг другу как сельди в бочке и в самом деле не могли не то что пошевелиться, а просто выдохнуть. Лифт плавно проехал три проема и наглухо встал, зависнув между небом и землей в районе девятого этажа. Весь драматизм ситуации мы осознали не сразу. Галдели, давая друг другу советы, тщетно нажимая все кнопки,и колотили кулаками в дверь. Это не помогало — лифт стоял намертво.

— Приехали! — сказал Марик. — С новым годом!

— С новым счастьем! — громко завопили мы. А теперь представьте себе — веселая компания в новогоднюю ночь сидит, вернее, стоит в застрявшем лифте многоэтажного дома в страшной тесноте и духоте и громко кричит о счастье! Нет, мы все-таки были неисправимо, ослепительно молоды…

Вплотную к Маринке, не спуская с нее влюбленных глаз, стоял Яша, а оставленный на лестничной площадке жених в это время тщетно метался по этажам, пытаясь понять, что же в самом деле произошло и как вызволить из злополучного лифта свою красавицу-невесту.

Можно ли найти лифтового мастера в новогоднюю ночь в новостройке на окраине города в те брежневские времена вопрос попросту риторический.

Однако наши мальчики, надо отдать им должное, пытались кое-что предпринять. Максуд в носках, потому что его ботинки по ошибке надел некстати обидевшейся Димка, суматошно бегал по всем этажам, рыча восточные проклятья и пытаясь стамеской открыть дверь лифта. У него ничего не выходило, в результате он поранил себе палец и окровавленный был срочно транспортирован назад в квартиру и перевязан нашими сердобольными подружками... Алик, час висевший на телефоне, понял тщетность своих попыток кому-либо дозвониться и побежал на улицу в мороз в тщетной надежде найти кого-то из

толпы, кто разбирается в лифтах. На улице его обступила под-
выпившая разгоряченная компания, немедленно предложив-
шая выпить. Все громко горланили песни и пытались вовлечь
Алика в хоровод. Какие проблемы, начальник? У людей праздник в конце концов!

А у нас в лифте в страшной тесноте и духоте по очереди рассказывались анекдоты и стоял громогласный хохот. Новый год
из нас никто еще так не встречал, будет что вспомнить! Хотя
дышать становилось все труднее…

А Яшка, все говорил что-то страстно Маринке, нашептывал
в ее розовое прозрачное ушко, и она все кивала головой. А он
смотрел так пронзительно-нежно, что казалось, его любовь
сейчас растопит железную коробку лифта и просто вынесет нас
всех наверх, на свежий воздух, прямо к звездам…

Не зря все гадания устраивают в новогоднюю ночь, и все
желания загадываются. Что-то происходит с алхимией неба на
этом стыке прошлого и будущего, уже состоявшегося и только
грядущего…

А в нашей кабинке и в самом деле что-то происходило…

Через четыре часа, уже в полседьмого утра, нас все-таки вытащили. Полупьяная диспетчерша, чудом найденная уже впав-
шим в состояние отчаяния Аликом, нажала три заветные кнопки и лифт дернулся, доехал до девятого этажа и раскрыл двери… Мы выпали на лестничную площадку в буквальном смысле этого слова.

Отдышались, выпили три бутылки шампанского, сплясали
танец радости и освобождения, съели плов и пошли пешком
на улицу… Больше никаких лифтов, упаси Боже, никакой этой
сногсшибательной техники, только ножками. Во дворе на свежем воздухе торжественно выстрелили в уже начавшее розо-
веть небо хлопушками и громогласно прокричали «Ура». Маринка и Яша держались вместе.

А еще через месяц Маринка объявила, что помолвку с декан-
ским сыном разрывает, выходит замуж за Яшку и уезжает с ним
в Америку…

Сейчас Яшка, Якоб Бергман, богат и знаменит. Он руководит крупной лабораторией Гарвардского университета и был в списке ученых, представленных на Нобелевскую премию. И еще он по-прежнему нежно и трогательно любит Маринку, у них двое замечательных детей.

А в один из своих питерских приездов я случайно встретила Алика. От бывшего рослого и породистого красавца мало что осталось. Он ничего не достиг, сменил уже трех жен, обрюзг и фактически спился.

— Ах, если бы тогда лифт не застрял, — говорит Маринка, холеная, слегка располневшая дама в элегантном дорогом платье от Кардена. Мы сидим с ней и ее мужем в шикарной гостиной их огромного бостонского дома и пьем шампанское. — Если бы ты не стоял ко мне в такой близости, я б, может, никогда и не разглядела…

Маринка, насмешливо сощурившись, смотрит на меня, мысленно погружаясь в прошлое:

— Словом, если б не тот застрявший, воистину судьбоносный лифт, я бы, наверняка, прожила другую жизнь, не вышла бы замуж за Яшу и не была бы так счастлива! Правда, мой дорогой?

И Яша, убеленный сединами и научными степенями, согласно кивает головой. Ну чем не рождественская история?

2005

ЭКСПЕРТ ПО ВОСПИТАНИЮ

— Более педагогически бездарного человека, чем ты, найти трудно, — сказала как-то моя кузина. — Но почему-то у тебя растут хорошие дети…

По иронии судьбы знакомая тележурналистка позвонила мне на днях и пригласила участвовать в программе на тему воспитания. Почему из многих тем, о которых я могла говорить сколь угодно долго, цветасто и красиво, была выбрана именно эта тема? Вот так всегда — импотенты говорят о любви, слепые учат зрячих.

Отказаться было неудобно. Я вяло пыталась отнекиваться:

— Вот если бы что-нибудь про любовь…

— Про любовь будет в следующей передаче, а сейчас про воспитание.

Я пришла к указанному времени. Меня с группой других продвинутых родителей усадили в мягкие кресла и осветили со всех сторон юпитерами. Ведущая задавала вопросы, я надувала щеки и пыталась изобразить что-то умное. В конце съемки все остались довольны, а я поплелась домой, ужасно ругая себя за ту банальщину, которую несла в эфире.

На следующий день дочка принесла из школы четверку за контрольную по математике и пятерку за диктант, что по русским меркам, кто не знает, обозначает двойку и единицу.

Потрясая тетрадками над ее головой, я орала в лучших традициях одесского привоза:

— Бестолочь! Тупица! Бездельница! — кричала я, багровея от праведного гнева. — И в кого ты только такая выродилась? Горшки пойдешь мыть, больше никуда не возьмут! В Германии как раз не хватает тех, кто моет горшки!

Дочь беззвучно рыдала, сотрясаясь всем телом и размазывая слезы с соплями по щекам. В самый разгар моих громких воплей в квартиру ввалилась съемочная группа с телевидения — снимать показательную мать и ребенка в счастливой семейной обстановке.

Через неделю передача вышла в эфир и ее посмотрели мои многочисленные друзья и родственники в Израиле, Америке и Канаде. Канал был популярен и транслировался по всему русскоязычному эмигрантскому пространству. Тетки и кузины позвонили мне и сказали, что я, дочка и, особенно, наш кот выглядели на экране очень убедительно. Я, же увидев себя в телевизоре, ужаснулась своей толстоте, с расстройства съела коробку шоколадных конфет, а затем села на диван и задумалась.

Так отчего же вырастают хорошие дети?

Я абсолютно не умею возиться с малышней, и они, чувствуя это, никогда меня не слушаются. Когда мы въехали в кооперативный дом, а дело было в Ленинграде в восьмидесятые годы, то соседки по лестничной площадке договорились сидеть с детьми по очереди. Выяснилось, что у всей нашей компании дети примерно одного возраста. Разгадка была проста — на очередь на жилье в те Брежневские времена ставили, когда в семье рождался ребенок. И через определенное количество лет молодая семья, конечно же с помощью родителей, могла построить себе кооперативную квартиру. Я и сегодня с нежностью вспоминаю наше женское соседское братство — мы все были молоды, дружны, открыты, и у нас у всех дети пяти-шести лет.

Когда приходила моя очередь сидеть с детьми — я загоняла их всех в большую комнату, привозила большой ящик игрушек на колесах, закрывала дверь и удалялась на кухню с телефоном и книжкой. Через пару часов эта резвая компания разносила в клочья всю детскую («как после погрома» — обычно говорила моя соседка Дуся, оглядываясь по сторонам), но оставалась довольна друг другом и проведенным вместе временем. Слава Богу, обходилось без травм…

— Тебя надо лишить материнства! — кричала мне моя мать, однажды совершенно некстати приехавшая в разгар детского веселья. — Ты совершенно не умеешь обращаться с детьми!

Сына я родила еще в розовой юности, едва исполнилось двадцать, учась на втором курсе университета. Сидела с ним вся родня по очереди. «Мать-кукушка» — дразнила меня бабушка.

Я сцеживала грудное молоко в рожки и убегала на лекции, а семидесятилетний дед, бывший военный офицер, оставался с полугодовалым правнуком. И хорошо с ним справлялся, сказывалась военная выправка — все у него было по часам, и кормление и пеленание. О, мой дед был удивительным человеком!

— Вахту сдал! — говорил он прибежавшей на смену от другой внучки бабушке. — Порядок в танковых частях, правда, малыш?

Мой шестимесячный сын таращил младенчески-голубые глазенки и улыбался беззубым ртом. С сыном мне повезло. Я была молода, все куда-то рвалась и металась, всегда у меня находились дела поважнее и, честно говоря, смотря с сегодняшних позиций, совсем не занималась ребенком.

— Твой бегает во дворе в одном ботинке, — звонила мне на работу встревоженная соседка. Я срывалась с редакционной летучки и мчалась домой. Стоял зябкий и мокрый питерский октябрь.

— А где второй ботинок? — риторически восклицала я, увидев во дворе сына бегающего с мальчишками в одном ботинке, на второй ноге у него был просто носок.

— Петька отобрал и забросил, — радостно кричал сын, продолжая свой бег.

Так он и рос. Честно говоря, так и пробегал все свое детство с ключом на шее и в одном ботинке. А вырос замечательным — умным, добрым, ответственным и образованным человеком. Самым любимым мужчиной в моей жизни.

— Дети рождаются под звездами, — сказала мне моя кузина в том давнем разговоре. — Воспитывай, не воспитывай… Все одно. Вот мой пошел в мужнину породу — и хоть кол на голове чеши, не хочет учиться.

С учебой сына у меня никогда не было никаких проблем. У Илюши была одна общая расхристанная тетрадь, служившая ему по всем предметам. Ее с ужасом двумя пальцами извлекала из портфеля моя свекровь, приезжая с бабушкиными визитами.

Удивительное дело — отметки у него всегда были хорошие. По молодости и вечной своей включенности в совсем другие дела, я никогда не заглядывала в его дневник, и так уверенная — с учебой у него все хорошо. Моя соседка Машка Петрова, сын которой учился с Ильей в одном классе, пошла в школу сетовать на плохие оценки своего отпрыска.

— Уж и сижу с ним за уроками день и ночь, и репетитора нанимала, а все двойки да тройки. А Анькин сын весь день во дворе носится, уроки практически не делает, а все контрольные на отлично.

— Ну что вы сравниваете с золотой головой Ильи, — вздохнула учительница.

Он и в эмиграции как-то быстро освоился, выучил язык, сдал экзамены на аттестат и поступил в университет на хорошую специальность.

— Мама, какие у тебя проблемы? — строго спрашивает он меня по телефону. — Ты опять не занимаешься немецким?

Я что-то жалко и оправдательно бормочу. Мол, его сестра занимает у меня много времени, сижу, делаю с ней уроки, а толку никакого, оценки плохие… Сын по-взрослому грустно вздыхает. Ему уже 25. Я на двадцать лет старше.

— Потому что ты с ней слишком много возишься.

Он, кстати, и ходит на все родительские собрания, так как лучше всех в семье знает немецкий.

— И как у такой безалаберной матери вырос такой замечательный сын? — в сердцах воскликнула моя кузина.

— Сама не знаю, — честно созналась я.

На книжной ярмарке во Франкфурте, где я встретила многих друзей моей юности, ставших сегодня большими именитыми писателями (кто бы мог подумать об этом в нашей ветреной безалаберной юности) — я случайно получила ответ.

С писательницей Леной N мы столкнулись у стенда одного из питерских издательств и страшно обрадовались друг другу. Мы не виделись 13 лет. Эмиграция разнесла нас по разным странам и только по разрозненным публикациям и отрывкам из рецензий я могла догадываться о ее судьбе. И вот она передо мной. После долгого щебетания — что ты? где ты? как ты? ну и?.. Лена сказала:

— Слушай, а сын у меня вырос какой замечательный. Помнишь Мишку? Он же ровесник твоему Илье. Он у меня живет в Израиле, ученый-лингвист, диссертацию защищает. Недавно ко мне со своей невестой приезжал, чудная девушка…

— И у меня замечательный. Но он программист.

— Ой, а я помню, как он у тебя в восемь лет сам курицу жарил. Достал из морозильника ногу, покосился на тебя, ты плотно на телефоне висела, налил в сковородку масла и жарил. Меня это так поразило. Такой самостоятельный.

— А как твой ездил через весь город к бабушке на дачу и возил ей молоко в бидончике…

И почему у нас такие удачные сыновья?

Лена знакомым мне еще с юности жестом потерла переносицу.

— Во-первых, мы жили в плотной интеллектуальной и творческой атмосфере, и она естественно на них влияла, даже если мы с обывательской точки зрения мало занимались детьми. Во-вторых, сами были, как ни скажи, личностями и вокруг нас были незаурядные люди… Что тоже значимо. А в-третьих, наверное, родив наших детей в юности, мы были еще так молоды и не загрязнены душой… Души детей — выбирают родителей. А у нас еще были чистые души.

Я долго думала над ее словами, все ворочалась ночью, а утром позвонила знакомой тележурналистке и попросила:

— Не приглашайте меня больше экспертом по воспитанию. Я в этом ничего не понимаю. Вот, если что-нибудь о любви.

— А что ты понимаешь в любви? — быстро осведомилась она. Я задумалась…

ГОЛИЦЫНА И КОРОЛЕВСКИЙ БАЛ

По иронии судьбы всю предыдущую неделю я просидела на редакционном телефоне, задавая читателям один и тот же набивший оскомину вопрос:

— Была ли в вашей жизни история, больше похожая на сказку?

Шла подготовка новогоднего номера «ЗОЛУШКА».

— Какие сказки! — восклицали читатели газеты, в основном собратья эмигранты. — Работы нет, языка не знаем, социала хватает только на неделю. И тут вы со своими глупостями.

— Но ведь Новый год,— уныло возражала я,— хочется чего-то волшебного.

— Хотеть-то хочется, — раздавалось с другого конца трубки. — А только где его взять?

Поднапрягшись, я все-таки собрала пару-тройку забавных историй, но все они были из прошлой жизни. Получалось, что эмиграция к сказкам не располагала. Одни серые будни — хоть плачь.

Но жизнь, как известно, любопытная штука и имеет обыкновение преподносить свои назидательные уроки, когда их меньше всего ждешь.

Итак, все по порядку. Сижу я в кабинете Стаса Городулина (по законам жанра имена моих героев изменены). Этот человек, владелец концертного агентства, надумал организовать некое шоу. Куда собрал бы богатеньких немецких потомков Екатерины Великой и «новых русских», которые в основном, как в том известном анекдоте, старые евреи. Хотя, как утверждает моя приятельница Аська, сейчас выросло новое поколение «новых русских» — «вот с такими зубами, когтями и молодых».

У Аськи вообще своеобразный критерий оценки личности всякого мужчины:

— Наличка у него есть? — строго спрашивает она, грациозно переступая на длинных каблучках и надув губки. — Налички нет? Тогда что ты с ним разговариваешь?

Стас сидит усталый и небритый и обречено смотрит на остервенело звонящий телефон, такое впечатление, что телефон звонит и со снятой трубкой. До дня королевского бала осталось три дня. Еще за месяц до старого нового года русские газеты Берлина вышли с рекламой на целые полосы: «Королевский бал, сказка роскоши, изысканности, красоты. Волшебная ночь, театрализованное представление. Новогодняя лотерея, в которой вы можете выиграть автомобиль, изделия Фаберже, а также царские подарки!» И далее мелким шрифтом: «Стоимость билета — 500 марок».

Конечно же, такой бал не по карману нашему брату, как говорит Аська, эмигранту «нового разлива», он для тех, кто, говоря ее же словами, «поднялся и хорошо стоит». Моя задача — взять у Стаса интервью и расписать все дело так, чтоб народ валом повалил на «сказку роскоши, изысканности, красоты».

Стас сидит, набычившись, за огромным столом, заваленным бумагами, и, багровея, орет что-то в телефонную трубку понемецки, перемежая сочными русскими ругательствами.

— Без ножа режут, — разводит он руками, извиняясь передо мной за свою экспансию, — три бочки черной икры задержали на таможне. Жулье...

Где-то в дороге на подступах к шикарному залу, где будет проходить действо, едут, плавно покачиваясь трехметровые осетры и молочные поросята, семга и икорка, позвякивает в специальных ящиках русская водочка со слезой и отборные армянские коньяки. Все будет приготовлено отличными поварами, уложено в серебряные блюда, украшено зеленью, полито затейливыми соусами и внесено в парадную залу с факелами. Что там еще откушивали цари на своих пирах?

Открывается дверь, входит холеная секретарша и вносит большой пакет с почтой. Стас вскрывает конверт, достает свежий номер газеты с рекламой бала и просматривает его. Небольшая открытка, выпавшая из газеты, привлекает его внимание.

— Прочитай, пожалуйста! — просит он. — Я не могу мелкие буквы разобрать.

— «Дорогая редакция! — читаю я вслух. — Очень прошу передать мое письмо человеку, устраивающему царский бал. Я художница, приехала из Москвы и моя фамилия Голицына. Я молода, мне еще нет тридцати и красива, и мне очень хочется оказаться на королевском балу. Правда, в моей жизни сейчас не лучшие времена. Живу в пригороде Берлина одна с маленьким ребенком. И, конечно, у меня нет таких денег, чтобы купить билет и просто прийти. Сделайте царский жест и пригласите Голицыну на бал. Мне так этого хочется. Надеюсь на Вас». Телефон и подпись.

Недолгая пауза висит в комнате. Я задумчиво приподнимаю бровь.

— Забавно, — говорю я. — Золушка Голицына...

— Пригласим девочку на бал? — спрашивает меня Алекс. — А что, она искренне написала. — И воодушевляясь, пододвигает к себе открытку с телефоном.

— Это Марина Голицына? — ласково воркует он в трубку. — Я Стас Городулин. Приглашаю вас на королевский бал.

И удовлетворенный произведенным эффектом включает громкую связь, чтобы я тоже участвовала в разговоре.

— Как в сказке, — изумленно шепчет девичий голос с того конца трубки. — Я просто не знаю, как благодарить вас...

— Вы художница? — спрашивает он. — Вот и приносите свои работы. Вы пишете маслом?

— Да, в основном пейзажи.

— Чудненько! — радуется Стас. — Как видите, я не бескорыстен. Захватите свои работы и приезжайте ко мне. Я возьму ваши картины для лотереи. Вам это может помочь, это хорошая реклама. Так я вас жду. — И, положив трубку, окидывает меня победным взором, — Мы ей еще карьеру сделаем, помяни мое слово, — заключает он.

Я улыбаюсь и легонько качаю головой.

Меня за особые заслуги в области изящной словесности в последний момент включили в гостевой список бесплатно. И тут со всей остротой встал вопрос гардероба. Накануне после придирчивых примерок, долгой беготни и переругиваний с Аськой я все-таки купила настоящее бальное платье с открытой спиной и блестками. Дома я примерила наряд, нацепила имеющиеся в моем распоряжении весьма скромные фамильные драгоценности, накрасила глаза и губы и, посмотрев в зеркало, осталась довольна. Теперь можно посещать балы, не комплексуя. В комнате зазвонил телефон.

— Что делаешь? — спросила скучающая подруга.

— Собираюсь на бал, — скромненько ответила я, заранее наслаждаясь реакцией на той стороне трубки.

— Куда?! — ошеломленно выдохнула она.

— Первый бал Наташи Ростовой... Надо чтить классиков милая моя. В общем, на пятом десятке лет, я — старая вешалка, мать двоих детей, женщина, пережившая разные жизненные коллизии, в том числе и эмиграцию, — собираюсь на королевский бал. На свой первый в жизни бал, надо сказать. Если не называть балами новогодние маскарады в школе, но это не в счет. Ну как? А что у нас еще в жизни было?

— Ничего, — грустно согласилась подруга.

— Сами виноваты, — парировала я. — Надо было писать письма в газету.

— Чего? — не поняла она.

— Некогда объяснять, уже опаздываю...

И грянул бал. И все было, как обещалось в рекламе — «праздник роскоши, изысканности, красоты». Обнаженные плечи дам, сверкание драгоценностей, жареные поросята на блюдах с факелами, икра ложками и изысканная музыка. Стас летал по залу в черном фраке, с бабочкой и отдавал распоряжения. Как он все успевал, оставаясь при этом светским, элегантным и свежим, уму непостижимо. Но бал шел широко, слаженно, как по маслу.

Прогуливаясь в толпе гостей, я мысленно сочиняла репортаж. Не тот вылизанный и парадный, который должна была написать по долгу службы. А совсем другой. Например под скандальным заголовком — «В чьих руках деньги?» Глядя на «новых русских», я размышляла о природе богатства. Большие деньги по моим наблюдениям почему-то всегда оказываются в руках не самых образованных и умных, а самых бескомплексных и агрессивных. Хотя что собственно называть умом? Деньги не простая штука. Как справедливо говорит та же Аська: «Если ты такой умный, то почему ты такой бедный?» Разглядывая гостей и слушая обрывки фраз, в основном на темы «что, где и почем» я решила, что с интеллигенцией в привычном мне смысле этого слова здесь не густо, и поговорить на интересующие меня темы здесь не с кем. А рассуждать на тему «жемчуг нынче мелкий» не мое амплуа. У меня никакого жемчуга нет.

Два здоровых молодых парня, радостно гогоча и матерясь, азартно играли в рулетку, вытаскивая из кармана пухлые пачки тысячемарочных купюр. Мне вдруг на какой-то момент тоже остро захотелось стать богатой, и я купила билет лотереи за пятьдесят марок, решив выиграть, если не автомобиль, то хотя бы изделия Фаберже.

В лотерее участвовали работы московской художницы Голицыной. Сама Голицына — молодая, стройная и красивая — вышла на сцену в луче прожектора и была представлена публике.

Богатые потомки русской императрицы, холеные немцы сидели за отдельным столом совсем рядом со сценой и щурились на молодость и красоту. Только в России рождается так много красивых и талантливых женщин! Голицыной тут же заинтересовался какой-то именитый граф и весь вечер танцевал с ней. Говорили они, по-моему, по-английски.

Ко мне тоже подвалил какой-то екатерининский потомок пенсионного возраста и после подробного описания своего генеалогического дерева стал тиранить меня вопросом «Что будет в будущем в России?» Я ответила, что если б знала, то не уезжала бы из страны. Тогда он перешел на пылкие комплименты по поводу красоты и удивительной неприхотливости русских женщин, чем разозлил меня окончательно. Я сказала, что лично я довольно прихотлива, и потому в кулинарии предпочитаю икру, а в общении умных мужчин. Потомок не заподозрил подвоха, тогда я, давясь, съела четыре больших ложки икры и, подняв бокал шампанского, со словами:

— Так выпьем же за советских женщин — самых неприхотливых женщин в мире! — отвалила. В микрофон стали объявлять выигравшие номера лотереи, и я к своему удивлению поняла, что выиграла «гутшайн» на тысячу марок для изготовления фотопортрета в лучшей фотомастерской на Кудаме.

Домой приехала, как и описывается в русских романах про дворянскую жизнь, в шесть утра и, перебудив всех домашних, до восьми обсуждала, как бы обменять этот «гутшайн» на что-нибудь более полезное. Например, если на деньги нельзя, то на какую-нибудь захудалую путевку на море, хотя бы в Турцию.

Через пару дней по немецкому телевидению показали художницу Голицыну и ее работы. Рядом стоял улыбающийся и, по-моему, влюбленный по уши граф... Знай наших женщин! Я думаю, что жизнь одинокой художницы сделала блестящий поворот и в ней наступили другие времена.

Что я могу сказать в заключение? Не робейте, мои дорогие, и даже находясь на чужбине, пишите письма в редакцию. Потому что в жизни всегда, как это ни странно, есть место для сказок.

АЛИ-БАБА И БЕЛЛА МИХАЙЛОВНА

Ах, Белла Михайловна, она-таки была на редкость трезвомыслящим человеком, как это видится по прошествии стольких лет. Рано потеряв мужа и одна воспитывая дочь на скромную зарплату учительницы биологии в старших классах, Белла Михайловна хорошо представляла себе простые и вечные формулы жизни.

И пока в наших ветреных головках клубились розовые туманы юности, Белла Михайловна мягко и без нажима, как делала она все, внушала нам житейские истины. Под желтым абажуром ее кухоньки, за чаем с неизменным овсяным печеньем (как это врезалось в память, как будто было вчера) с мягким вздохом, врастяжку, нам говорилось о том, что юность — товар скоропортящийся, что романтические грезы быстро улетают и что остается? А остается жизнь. И главное, что должна девушка в этой жизни сделать — это правильно выбрать мужа. Ну и профессию, конечно. Слава Богу, не в каменном веке живем. Правда, мужа все-таки важнее...

Эти наставления касались нас троих — ее дочери Лизы, меня и Элки Вербицкой, первой красавицы нашего факультета. По прошествии времени, мне кажется, что Белла Михайловна обладала не только ясным и трезвым умом, но и даром предвидения. Это она предсказала нескладную Элкину судьбу, когда, казалось бы, все складывалось прекрасно.

— Девочка моя, — покачала головой Белла Михайловна, когда Элка появилась рядом с белозубым, усатым, сводящим с ума все женское окружение Борькой Красницким. — Но это же не муж. Это мужчина типа — «давай любить меня вместе». А ты знаешь, что это такое?

Ее дочь Лиза — толстенькая, кареглазая, невысокая, словом, ничего особенного, обладала однако добродушным нравом, симпатичными ямочками на щеках и умела говорить приятные вещи, а потому многим моим однокурсникам нравилась. И когда у Лизы появился первый претендент на ее руку и сердце, Белла Михайловна, придирчиво осмотрев юношу, вздохнув, сказала:

— Лиза, ты хочешь всю жизнь жить в коммунальной квартире с зарплатой в 100 рублей — выходи за него замуж...

И ухажер получил отставку.

А мы с Элкой Вербицкой, зеленоглазой, пышноволосой, и впрямь первой красавицей, обморочно влюблялись каждую весну и вытаращив глаза бегали на свидания, отмахиваясь от советов мам. Да и какую такую мудрость могли преподнести нам наши матери — хронически усталые инженерши советского периода, замордованные работой, бытом и безденежьем. Чему научить? А Белла Михайловна могла.

А тут у Лизы образовался второй ухажер. И Белла Михайловна, задумчиво посмотрев на него серыми близорукими глазами, сказала:

— Лиза, ты хочешь всю жизнь жить в однокомнатной квартире с зарплатой в 120 рублей — выходи за него замуж...

И Лиза вновь послушалась маму.

Нескладный, веснушчатый Фима появился в нашей компании случайно. По-моему, привела его по случаю Элка, как своего обожателя. Мы шумно праздновали окончание сессии, и раскрасневшаяся Белла Михайловна весьма лихо станцевала с нами чарльстон, танец своей юности, запыхалась и помолодела. В разгар веселья сломался магнитофон, чинить его вызвался Фима.

А на следующий день за завтраком, неторопливо размешивая чай серебряной ложечкой, Белла Михайловна сказала дочери:

— Фима — это то, что тебе надо. Этот юноша должен на тебе жениться.

— Хорошо, мама, — только и сказала Лиза и опустила круглые глаза. Свадьбу назначили на осень. И судьба, эта строгая дама в дымчатых очках, сразу дала им знак своей благосклонности, словно говоря мягким голосом Беллы Михайловны слегка врастяжку: «Все идет как надо, все идет хорошо»

А все и в самом деле шло хорошо. Молодые любили друг друга, это светилось на их лицах и было видно невооруженным глазом, а тут еще этот невероятный, почти фантастический случай... Но все по порядку. Дело в том, что Фиме в качестве общественной нагрузки на кафедре поручили распространять билеты лотереи ДОСААФ (помните такую?) Фима, погруженный в свою любовь, науки и предстоящие хлопоты о свадьбе, об этом попросту забыл и не продал ни одного билета. И ко дню тиража все 35 штук остались у Фимы на руках. Билеты по своей тщательности накануне свадьбы проверила Белла Михайловна. И, долго сверяясь близорукими глазами с колонками цифр, нашарила дрогнувшей рукой таблетку валидола — Фима выиграл «Волгу».

На Лизиной свадьбе пили много шампанского, а растроганная родня пела «Ломир алле ин ейнем...» и произносила тосты типа: «Если Фима у нас золото, то Лизочка — брильянт». Элка взасос целовалась с Фимой и Борькой, вызывая ревность последнего...

А через полгода Лиза, Фима и Белла Михайловна на деньги, вырученные от продажи машины, эмигрировали в Америку. Получилось, что Фима первым сообразил, что этот шаг все равно когда-нибудь придется сделать всей нашей компании. Так если уж суждено уехать из страны, то лучше это сделать вовремя, пока ты молод и уверен в себе.

Да, много воды с тех пор утекло... Длинноногая красавица Элка спустя пятнадцать лет осела в Израиле. От ее былой красоты остались лишь фотографии студенческих лет и два сына от разных браков. А я — я оказалась в Германии.

И вот однажды... (Да, да, мой уважаемый читатель, вы, конечно скажете, что такое бывает только в сказках и, естественно, будете правы). Словом, в один прекрасный день Лиза разыскала нас и прислала красочное приглашение на годовщину свадьбы. В письмо был вложен солидный денежный чек на билет и оплату всех дорожных расходов. А также краткое, взволнованное письмо и фотография сегодняшней Лизы — холеной, располневшей с двумя веснушчатыми кареглазыми дочерьми на фоне собственной трехэтажной виллы в Калифорнии.

Мы с Элкой испуганно-радостно перезвонились, поохали, взвесили все «за» и «против», а затем купили билеты и полетели в Америку.

Что толку описывать нашу встречу — всхлипы, поцелуи, возгласы и бесконечные разговоры до полночи, праздник и роскошь огромной виллы. Скажу только, что близорукая, но все подмечающая Белла Михайловна, не ошиблась. Фима оправдал ее надежды, оказался — что надо. Спустя пару лет после приезда он с другом основал маленькую компьютерную фирму, которая в скором времени разрослась, стала всемирно известна, принося славу и деньги своим хозяевам. И семьянином он был замечательным.

И если меня спрашивают, что такое счастье, я сразу представляю себе Лизу с Фимой, с детьми, их всех — толстеньких, конопатых, смеющихся на фоне виллы и океана... Да что там говорить — состоялась жизнь!

В Лизином доме нам прислуживал черный слуга по имени Али-Баба.

— Даже имена у слуг сказочные, — вздохнула загрустившая Элка. — Вот это да!

— Али-Баба, — хорошо поставленным голосом школьной учительницы зовет слугу старенькая, поседевшая, съежившаяся как воробышек, но по-прежнему ясно мыслящая Белла Михайловна, — а принеси-ка нам сюда кофе со сливками. И роскошный, шоколадный Али-Баба, скользя по комнатам с кошачьей грацией, несет на серебряном подносе тонко подрагивающие кофейные чашки...

— Ну что?! — спросили меня по возвращении из Америки сгорающие от любопытства домашние. — Ну что? Понравилось?

— Али-Бабу хочу, — ответила я и, повязав фартук, принялась за уборку порядком запущенной квартиры, — очень хочу Али-Бабу.

1995

ФРАУ КАЦ И ФРАУ ФОГЕЛЬ

По пятницам фрау Кац ходила мыть полы в особняке фрау Фогель.

Еще пять лет назад в Питере фрау Кац звалась Кирой Львовной и была начальницей отдела снабжения одного строительного треста. Сидела в большой комнате с лепными потолками (учреждение размещалось в старинном петербургском особняке), «с тремя телефонными трубками на голове одновременно», как выражалась ее секретарша Верочка. И ором, ласковым убедительным шепотом, начальственной интонацией с нотками металла, просьбами и угрозами выбивала столь необходимые тресту кирпичи и цемент. Объекты строились постоянно, и поставки должны были идти сплошным потоком без простоя. День был спрессован до отказа. Вечером слипались глаза.

— Оленька, что в институте? — спрашивала она дочь. — Сеня, у тебя все в порядке? — привычно окликала мужа. И, не дослушав ответа, засыпала. Но тут грянули годы перестройки. В управлении подули новые ветры, трест с треском развалился за пару месяцев, словно выстроен был из песка и соломы, как в известной сказке про трех поросят. И Клара из солидной влиятельной дамы враз стала никем.

А муж Сеня напротив «поднялся». Из заводского инженера превратился вдруг «в нового русского», сколотил свое дело, посадил в приемной молодую длинноногую секретаршу, крашенную под блондинку. Стал часто задерживаться допоздна, что-то сбивчиво объясняя, а затем и вовсе не ночевать дома. Дальше больше — через полгода выяснилось, что секретарша беременна и почти на сносях, а Сеня мечтает о сыне.

— Я всю жизнь тебя о сыне молил! Ты меня слышала? — кричал он побелевшей от ужаса Кире. — Да у меня жены никогда не было. И что тебя кроме твоих кирпичей и цемента волновало?

Словом, 23 года семейной жизни полетели коту под хвост со свистом, словно и не было семьи, дома, а так, театральная декорация. Три месяца она пролежала, глядя в потолок, почти без движения. Жизнь проносилась перед глазами кадрами заношенной кинопленки. Институт, молодость, свадьба с Сеней, рождение Оленьки и работа, работа, работа... Искрошилась, рассыпалась, истаяла жизнь бледной тенью на стене — словно и не было ничего.

Оленька приходила с очередным кавалером, стояла у постели матери, покачиваясь на высоких каблуках:

— Мам, тебе чего-нибудь надо?

— Ничего дочка...

Зашла как-то секретарша Верочка, притащила полную сумку оранжевых апельсинов. Рассказала, что знакомая докторша организовала специальную группу психотренинга и психологической поддержки.

— «Клуб покинутых жен» называется... — сказала Верочка и помахала в воздухе рукой. — Ой, да там все такие, как вы...

«Клуб покинутых жен» помещался в старом здании больницы, в ветхом, требующем ремонта флигельке. Кира зашла, посидела, послушала и осталась. Посетительницами оказались сплошь жены «новых русских», в основном женщины за пятьдесят. И история появления шальных денег и как следствия — блондинки-секретарши была до неприличия банальна. Словно кто-то сыграл с ними всеми расписанный по нотам голливудский сюжет, один на всех, без изменений.

Докторша-психотерапевт была симпатичная молодая женщина с ямочками на щеках. Занятие начиналось одинаково:

— Полюбите себя, пожалуйста, — строгим голосом говорила доктор. — Не мужа, не детей, не работу... Полюбите, пожалуйста, себя.

Хождение в клуб странным образом помогло, и в жизни начали появляться какие-то краски. Сперва легкие пастельные оттенки, а затем и яркие, густые тона.

— Полюбите себя, пожалуйста, — копируя интонацию докторши уже говорила в телефонную трубку Кира своим замужним подругам, находящимся в состоянии частого уныния. — Никто о тебе не позаботится, если ты сам о себе не позаботишься.

Оленька разругалась со своим очередным кавалером, сходила в немецкое консульство и подала документы на отъезд.

— Начнем, мам, новую жизнь с новыми людьми и новыми планами. Тебе здесь все равно на пенсию не прожить, только в нищете сдохнуть, а наш папочка теперь «молодой отец». Его секретутка все к рукам прибрала.

Денег и впрямь катастрофически не хватало, змеились трещинами и осыпались потемневшие потолки, ветшала мебель, зимнее пальто, когда-то такое дорогое и модное, всем на зависть — «ах, Кира Львовна, как вы умеете одеваться!» — залоснилось до неприличия, стыдно выйти. Заходя в магазин, считала мелочь — купить лимон к чаю или кулек печенья, его Оленька любит. Но последней точкой, заставившей страстно захотеть уехать, стала сцена в магазине. Кира, купив полкило сосисок, неловко завернула пакет и розовый довесок покатился по полу и лег под батарею. Высокая худая старуха с морщинистым, когда-то красивым лицом в чем-то старом и обтрепанном, с надеждой уставилась на Киру — будет ли нагибаться и подбирать? Кира торопливо достала из пакета связку сосисок, сунула их старухе. А потом весь вечер терзалась ужасом и страхом — не ждет ли ее та же участь. Вглядывалась с пристрастием в черную гладь зеркала — сеть морщинок, седая прядь...

Разрешение на выезд пришло довольно скоро. И началась лихорадка отъезда. Выяснилось, что из вещей продавать почти нечего, кроме маминых серебряных ложек, доставшихся по наследству — за столько лет и не нажили ничего. С трудом наскребли денег на билеты, Оленьке 800 долларов дал отец, расщедрился напоследок. Даже провожать пришел. Кира посмотрела на него, и ничего не отозвалось в сердце, чужой, поседевший и погрузневший человек пришел попрощаться перед дорогой.

В Дюссельдорфском чистеньком и сверкающем аэропорту — вот он Запад, с его запахом богатства и благополучия — их встретила Кирина подруга, два года назад эмигрировавшая в Германию.

Был вечер, машина неслась по автобану, мигало, переливаясь, разноцветное марево огней. Сытая, богатая, благополучная и чужая жизнь расстилалась за окнами автомобиля...

А через год Кира пошла мыть полы к фрау Фогель.

— Германия все же поставила меня на колени... Пол мою на коленях, иначе спина болит, — говорила она по телефону своей новой приятельнице, инженерше из Львова.— Зато 15 марок в час.

Жизнь медленно, но устраивалась. Кира получила отдельную социальную квартиру, Оленька училась в университете и завела себе бойфренда, студента, черноглазого парня из Марокко, араба.

— Прадедушка раввин в гробу бы перевернулся, — вздохнув, подумала Кира. — Да что уж теперь, мы и сами в Германии... Время и место все меняет.

Да, время и место поменяло многое. На массу вещей Кира научилась смотреть иными глазами. Первые полгода тосковала ужасно, уносилась в снах каждую ночь в родной Питер, бродила там по набережным, просыпалась в слезах. Потом привыкла, оценила комфорт и удобство западного быта, съездила на недельку в Париж, на три дня в Люксембург. Появились новые знакомые, такие же эмигранты, как она сама. И выяснилось, что жить, пожалуй, можно и что количество забот и радостей везде примерно одинаково.

Фрау Фогель, хозяйка особняка, ухоженная, аккуратно причесанная женщина под шестьдесят, с поджатыми губами, сперва Кире не понравилась. Провела в дом, показала, что надо вымыть, предупредила, чтобы была осторожна, вытирая пыль — в комнатах много ценных фарфоровых статуэток. И все три часа уборки маячила за Кириной спиной, следила придирчиво, что та делает.

— Интересно, она одна живет в этих хоромах? — подумалось Кире. Прополоскав мокрую тряпку в ведре и тяжело разогнувшись, Кира на мгновенье замерла рассматривая картину на стене. — Это копия Моне? — произнесла она вопросительно. Фрау Фогель удивленно изогнула бровь:

— Вы разбираетесь в живописи?

— Да, — ответила Кира.— И неплохо. Я люблю живопись, — и продолжила мыть полы.

Через пару дней она пошла с приятельницей, все той же инженершей из Львова, в филармонию. Приехал Ростропович с Лондонским оркестром, и в зале то и дело слышалась русская речь. На концерт пришло много нашей эмиграции, тех интеллигентных сеньких старушек, которые имели многолетнюю привычку посещать филармонию в Москве и Питере, а сейчас выстояли трехчасовую очередь, чтобы купить дешевый билет из отложенных со скудного социального пособия денег.

В антракте, прогуливаясь в вестибюле, Кира столкнулась с фрау Фогель. Та замерла ошеломленно, округлив глаза.

— Вы любите музыку? — насмешливо спросила Кира. А в следующую пятницу, когда Кира уже собиралась надеть свой рабочий халат и приступить к уборке, фрау Фогель встала у дверей и жестом остановила ее.

— Расскажите мне о себе, — предложила она и провела Киру в столовую, где на красиво сервированном подносе дымился в тонком фарфоре кофе. Какой там разговор на Кирином немецком! Однако, как ни странно, через пять минут они отлично понимали друг друга. Рассказывала, в основном, фрау Фогель.

— Вот уже пять летя живу одна, а все никак не могу привыкнуть, — подперев щеку, пожаловалась она.

— А муж умер? — посочувствовала Кира.

— Нет, жив-здоров и живет с другой женщиной.

— И у меня муж ушел жить к другой женщине, — созналась Кира. — Но у меня есть дочь.

— А у меня сын, — и фрау Фогель ушла в другую комнату и принесла альбом с фотографиями, со страниц которого, меняясь и взрослея, смотрело лицо худосочного блондинистого юноши. — Он сейчас серьезный специалист, у него в Гамбурге своя фирма, — с гордостью сказала фрау Фогель. — Петер очень занят и приезжает ко мне только два раза в году. Что делать, у детей своя жизнь, — покачала головой она.

— У детей своя жизнь, — рефреном откликнулась Кира. И возникла пауза, когда обе женщины вздохнули и посмотрели друг на друга, задумавшись, молча…

— Ну мне пора работать… — произнесла Кира в некоторой растерянности.

— Постойте, у вас же болит спина. Не надо сегодня пылесосить в большой комнате. Я вам дам хорошую мазь, будете натирать поясницу, и станет лучше. Я знаю, у меня тоже проблемы с позвоночником.

Теперь они каждый раз после уборки пили вместе кофе, и их беседы все затягивались и затягивались. Фрау Фогель рассказывала Кире по кусочкам историю своей жизни. По иронии судьбы ее муж тоже, получив продвижение по службе, ушел к секретарше, которая родила.

— Я слишком много работала и была увлечена своей карьерой, и ему, наверное, не хватало моего внимания…— призналась она. — Но когда я поняла это, было уже поздно.

— Смешно, — подумалось Кире, когда она вечером возвращалась домой в плавно покачивающемся трамвае. — Я — «социальщица», «пуцфрау» из России, эмигрантка без гроша за душой, а она холеная немка, хозяйка особняка… И так все одинаково. Такая же брошенная одинокая женщина.

Ныла спина, маняще светились витрины дорогих магазинов на центральной улице, Кира вышла на остановку раньше и решила немного пройтись пешком.

Странно, как человек быстро ко всему привыкает. Раньше казалось — заграница, шикарные тряпки, чистота, порядок… А одиночество также остро и одинаково везде. А Фрау Фогель все больше привязывалась к Кире. Ждала с нетерпением на пороге, обнимала радостно, пыталась дарить ей свои вещи из обширного гардероба. А в одну из пятниц заговорщицки поманила ее пальцем и вручила билет на концерт — выступал хор донских казаков.

— Приезжают твои земляки, — торжественно произнесла она. — Они тоже из России. Тебе будет приятно. Мы пойдем вместе.

— Они тоже из России, — с иронией подтвердила Кира — Спасибо. Но фрау Фогель ее иронию не поняла. Казаки пели и плясали на совесть, дробно и слаженно топотали каблуками на сцене, и зал долго аплодировал им стоя. Немцы вообще, как заметила Кира, всегда бурно реагировали на темперамент и открытое проявление чувств.

— Потому что сами малохольные, — подумала Кира. После концерта она с фрау Фогель прогуливалась по набережной Рейна. Было тепло и многолюдно. По реке взад и вперед, как стрекозы на пруду, скользили прогулочные пароходики с нарядной публикой, развевались на ветру разноцветные флаги, играла музыка.

— Почему ты работаешь Кира? — спросила фрау Фогель. — Я понимаю, что пособия не хватает...

— Дочь учится, хочу ей помочь, кроме того, планирую осенью поехать к сестре в Израиль.

— Ты «юде»? — замедлила шаг фрау Фогель.

— Да, а я думала, вы знаете. — Кира с интересом посмотрела на нее, ожидая реакцию. Фрау Фогель порывисто пожала ей руку.

— Знаешь, мой отец в годы войны спас одну еврейскую женщину. Она ждала ребенка и была дочерью его коллеги. Он прятал ее в подвале нашего дома, а потом помог переправиться в Швейцарию. Он рассказывал нам об этом с гордостью после войны. Мой отец был очень добрым.

— А мой отец погиб где-то под Берлином за месяц до окончания войны, и я не знаю, где он похоронен.

— О! — взволнованно воскликнула фрау Фогель. — Мы обязательно найдем его могилу!

Прошел месяц, фрау Фогель сосредоточенно писала куда-то письма и звонила. И настал день, когда она торжественно поманила Киру и вручила ей длинный конверт с затейливым штемпелем:

— Это ответ из архива. Твой отец похоронен под Дрезденом, на воинском кладбище в братской могиле.

Кире даже нехорошо стало, застучала в висках кровь, закружилась голова. Вспомнилась мать, сидящая на кровати незадолго до смерти, сухонькая, седая:

— А папа тебя очень любил. Ножки, ручки целовал тебе маленькой. А где могилка его мы даже не знаем... И как нам это узнать?

Кирин отец ушел на фронт, когда ей было четыре года. А в самом конце войны пришла похоронка — пал смертью храбрых. Где захоронен — советский архив отвечал туманно, на территории Германии... Где они, а где эта Германия? Не до того было, после войны жили голодно, бедно, едва концы с концами сводили.

Фрау Фогель хлопотала рядом. Принесла валерьяновых капель, усадила Киру в мягкое кресло.

— Мы обязательно туда поедем. Я тебе помогу, под Дрезденом у моего кузена есть дом. Вот станет потеплее и поедем...

Вечером Кира первым делом позвонила дочери, та прореагировала бодро:

— Повезло тебе с немкой, а то знаешь, какие стервы попадаются... — и стала рассказывать про хозяйку ночного бара, где подрабатывала официанткой.

— Я же могилу твоего дедушки нашла, — пыталась остановить ее Кира.

Черствые они выросли, неродственные какие-то. А кого винить кроме себя?

Поездку в Дрезден решили отложить до лета. Надвигалось другое путешествие, давно задуманное и желанное к двоюродной сестре Сонечке в Израиль. С Сонечкой они росли вместе и когда-то были очень близки.

Сонечкины пылкие объятья в вечернем тельавивском аэропорту и жара, в которую окунулась сразу же, сойдя с трапа самолета, и то ощущение радости и тепла сопутствовали ей всю израильскую поездку. Виной ли тому была повсюду слышащаяся русская речь и какая-то домашность этой страны, где ее ждали, возили, расспрашивали и вкусно кормили многочисленные друзья и родственники, но только в Израиле Кирина душа странным образом обогрелась и воспряла, как в лучшие времена. И назад она возвращалась совсем другой Кирой — помолодевшей, загорелой, полной планов и оптимизма. А в Германии ее ждали новости. Оленька потыкалась ей носом в ключицу, что означало у нее высшую степень привязанности и, набрав в легкие воздуха сказала:

— Мамочка, ты только не волнуйся, но я беременна. Выхожу замуж, и мы уезжаем в Марокко. У Ахмета там дом, а у его отца крупная фирма, — выпалила она залпом, словно боясь, что мать прервет ее и не даст договорить до конца. У Киры даже дыхание остановилось, судорогой свело горло.

Как же так? Оленька уезжает. А как же она?

— Мамусик! Ну не переживай! Мы будем часто приезжать, вот увидишь... И ты ко мне приедешь, — она виновато заглядывала ей в глаза, как когда-то в детстве маленькой девочкой, провинившись и желая загладить сделанное. У Киры все поплыло перед глазами.

— Ну, мамочка... Внук у тебя будет или внучка, ты будешь нянчиться, мне помогать...

Кира устало опустилась на стул, ноги не держали.

— Где я, а где это Марокко...

— Ну, все устроится, вот увидишь... Ты только потерпи.

На следующий день Кира пошла к фрау Фогель. Фрау Фогель сидела у окна в своем любимом кресле и смотрела в сад, где пылали ярким пламенем цветения кусты пиона. И когда она повернула голову Кира увидела опухшие заплаканные глаза.

— Кира! Наконец-то! Я так тебя ждала. — Фрау Фогель почти бежала ей навстречу — Петер женится и уезжает в Америку. У него контракт на пять лет. А я уже не доживу... Я и так его редко вижу, — она закрыла лицо руками.

— А у меня, — проговорила Кира, ахнув и вновь мысленно поразившись странной схожести их судеб, — а у меня Оленька уезжает...

Фрау Фогель порывисто обняла ее и они заплакали, не сговариваясь, вместе.

Так они и просидели весь этот вечер на исходе лета, две одинокие казалось бы совершенно чужие друг другу женщины — одна, хозяйка особняка, богатая ухоженная немка, другая ее «пуцфрау», бывшая инженерша, еврейка из России, случайная щепка, занесенная в страну шальным ветром перемен.

— Ну, ничего, мы проживем... — фрау Фогель все поглаживала Киру по руке. — Теперь не страшно, теперь у меня есть ты...

О ПОЛЬЗЕ ВКУСНОЙ И ЗДОРОВОЙ ПИЩИ

— В Виннице подробно и тщательно ели... О, вы не знаете, как умеют готовить форшмак и кнейдлихи украинские еврейки! Это надо один раз попробовать, чтобы помнить всю жизнь...

Обрывок разговора, услышанного за столом в одной шумной, безалаберной эмигрантской компании, зацепил меня своим краешком и потащил за собой сумбурный хоровод ассоциаций, разноцветных картинок моей жизни. В основном, все это комичное и весело-приплясывающее действо крутилось вокруг моей двоюродной сестры Маринки.

Маринкин муж был родом из Винницы.

А там (редкая удача при сумрачном анемичном ленинградском климате), в том солнечном благодатном краю недалеко от Южного Буга, у свекрови имелся дом и сад. А потому Маринка с ее маленьким сыном Виталиком была ежегодно ссылаема на лето в Винницу к родителям мужа, где проходила, как она выражалась «курс усиленного питания».

Еще в самом начале, когда молодая жена была представлена перед строгим родительским оком, свекровь сокрушенно покачала головой:

— Уж больно худа... — и через паузу с воодушевлением: — Ну ничего, подкормим!

Хотя на наш просвещенный питерский взгляд Маринка была абсолютна нормальна и все необходимое очень даже присутствовало в ее ладной и очень женской фигурке.

Летнее утро в Виннице по Маринкиной версии выглядело так. Свекор со свекровью поднимались, умывались и обильно завтракали.

Холодильник ломился от еды, в многометровых оборудованных, как «бункер Гитлера», по едкому Маринкиному замечанию, погребах стройными рядами покрывались нежным слоем пыли необхватные бочонки, пузатые бутылки и разнокалиберные банки со всеми видами солений, перчений и варений.

— Что мы будем завтракать, Поля? — шумно дыша, обращался стодвадцатикилограммовый свекор Зяма к своей стокилограммовой жене. — Завтракать нечем...

На скатерти-самобранке в одно мгновенье возникали яства, описывать которые я не возьмусь. У меня, увы, не так утонченно развиты вкусовые ощущения, а при пересказе подобной трапезы нужен совершенный, законченный гурман.

В общем, в саду завтракали, неспешно пили чай и отправлялись на рынок. Здесь следует заметить, что рынок вообще-то питерское слово, в Виннице обычно говорили — базар. Так вот с базара в огромных авоськах приносили кровавые трескающиеся от спелости помидоры, невиданных размеров лакированные «синенькие», три вида брынзы, творог и сметану, охапки зелени, парную телятину, черешню и обязательных куриц.

Куриц щипали в туалете. По всему дому медленно кружились перья, пух плыл, как снег в замедленной киносъемке, а гарь и чад жарки щипали глаза. Проходило три-четыре часа.

— Что мы будем обедать, Поля? — говорил Зяма. — Обедать нечем...

Через час после обеда, отдуваясь, вновь неспешно пили чай с пирогами... Мыли посуду. Солнце медленно катилось к краю неба.

— Что мы будем ужинать, Поля? Ужинать нечем.

Естественно, Маринка, образованная и эмансипированная ленинградская женщина, в эту жизнь не вписалась. На Маринку махнули рукой.

— Мне такой режим жизни не выдержать, — твердо сказала она свекрови. — Только если вы хотите внука сиротой сделать, тогда пожалуйста...

И та отступила, чувствуя крепость Маринкиного характера.

Сложнее было с Виталиком. Как только Маринка отлучалась, или, не дай Бог, уезжала по крайне неотложным делам — ребенка кормили каждые полчаса. Для раскрывания клюва бедного детеныша, единственной и ненаглядной кровиночки, изобретались самые изощренные методы. Что там хрестоматийное — ложечку за папу, ложечку за маму, и за мое, бабушкино здоровье...

Маринка как-то описала следующую сцену, которую застала случайно, во внеурочное время вернувшись домой. Свекровь стоит на коленях перед пунцовым от крика, уворачивающимся от занесенной ложки Виталиком, в то время как свекор, стоя на стуле, качает люстру. Ребенок замирает на мгновение от волшебного звона хрусталинок, отвлекается на секунду и... Победа! Бабушке удается впихнуть в него еще одну ложку каши. Через несколько минут от перекорма ребенка рвет. Здоровый организм все-таки защищается.

— Ну, вырвало ребеночка, ничего... Через полчаса опять можно покормить, — спокойно говорит свекровь и выразительно смотрит на Маринку. Если в любое время суток в дом заходит гость, неважно, сосед ли, родственник, или просто малознакомый человек, его первым делом не спрашивают — как дела, как ваше здоровье? Ему говорят: «Садись, покушай». И он кушает и в сытом экстазе закатывает глаза...

Сама Маринка готовить не умела.

— Я женщина не для кухни, а для гостиной, — иронично парировала она горестные восклицания мужа.

К слову, с мужем Маринке повезло. Сын винницких родителей, он не унаследовал их всепоглощающей обеденной страсти. Алик обладал чувством юмора и прогрессивным для советского мужчины мировоззрением.

— Лучше культ еды, чем культ личности, — обычно говорил он, стоя в кухонном фартуке у плиты и помешивая что-то в кастрюле. Маринкин муж умел прекрасно готовить. В их ленинградском доме приготовлением пищи занимался только он.

— Ты, Мариш, лучше чем-нибудь интеллектуальным займись. Твой обед — это просто перевод продуктов.

И все это без злобы, с завидным добродушием.

В общем, как говорит одна моя знакомая, — где такого мужа найти?

Но и у Маринки были свои большие достоинства. Например, она была блистательным рассказчиком и умело тонко подмечать характерные детали окружающей ее жизни.

Вот одна из ее историй про Винницу. Лето. Свекровь стоит на своей бессменной вахте у плиты и варит, жарит и тушит. Свекор возвращается с работы с зарплатой. Вот уже тридцать лет он работает на швейной фабрике, где чинит швейные машинки.

— Зяма, сколько ты принес? — строго спрашивает Полина.

— Восемьдесят.

— А почему не девяносто?

В следующем месяце Зяма приносит девяносто.

— А почему не сто? — удивляется свекровь.

Или возвращается свекровь из магазина с большой сеткой апельсинов.

— Хорошо, — говорит она домашним, — если эти апельсины из Марокко. А то на прошлой неделе купила я пять кило грузинских. Так то — такая кислятина, такая кислятина... Отдала брату. Слава Богу, у него сахарный диабет...

Мы от души смеялись, когда Маринка описывала следующую сцену: Свекровь долго ругает за провинность своего младшего сына Борю, редкого шалопая:

— Ах ты, бездельник, негодяй, тунеядец, скотина!..

— Да, — отвечает тот. — И кто это ценит?

В общем, по осени к Маринкиному возвращению в Питер мы обычно собирались за обильно накрытым винницкими разносолами столом, вкусно ели, провозглашали тосты за здравие стариков и за искусные руки Полины, и хохотали над Маринкиными историями.

А потом свекрови не стало. Она умерла в одночасье, стоя у плиты, помешивая ложкой очередное свое яство... Схватилась за сердце, осела мягко на пол, а когда приехала неторопливая винницкая скорая, помочь уже ничем было нельзя.

Маринка вернулась с похорон почерневшая.

— Знаешь, а дом без нее совсем опустел. И Виталика никто теперь так не накормит и к столу не позовет... — Маринка подняла на меня посерьезневшие глаза. — Я все думаю, что же заставляло ее все время готовить, стоять на своей кухонной вахте и раскрывать наши непокорные рты, клювы ее детенышей. Может, эта впитанная генами еврейская необходимость выжить? Выжить физически, во что бы то не стало, как род?.. А я готовить не умею. Бабушка не обучила маму, а мама меня. Поэтому, когда мой сын еще там, в Ленинграде, на вопрос воспитательницы в детском саду «Какое блюдо, вы дети больше всего любите?», ответил: «Грибенкес». А дети хором: «Такого нет!» В их словах была частичная правда. Все ее рецепты ушли в небытие. Когда бабушки не стало, в нашем доме не стало и грибенкес.

Если есть жестокая необходимость, я открываю книгу «О вкусной и здоровой пище» с красивыми картинками и мучительно пытаюсь из нее что-то изобразить. Здесь, в Германии, к ней по иронии судьбы добавилась брошюрка «Еврейская кухня». Но это ничего не меняет. Готовить я так и не научилась. В общем, как говорила Маринка, женщина не для кухни, а для гостиной.

А жаль...

Еврейские
миниатюры

ДОРОГИЕ МОИ СТАРИКИ

Наши старики приехали сюда, привезя свои тощие чемоданы, воспоминания и букет болезней.

— Вэй из мир! Кто бы мне, старому еврею, пять лет назад сказал: «Зяма, ты едешь жить в Германию»... В лицо бы плюнул...

— А куда бы ты со своей русской невесткой поехал? В Израиль?

— Вот-вот, только ради сына и тронулись. Как говорит Розочка: «Разве она покормит его как следует?»

Наши старики... Погоревали, покручинились, привыкли. Взвалили на себя заботы и хозяйство. И пока наши мужья лежат на диванах, исполненные чувства собственного достоинства, старики стирают и варят, ходят за покупками и учат уроки с детьми.

— Гаренька, что ты там написал в тетрадке по-немецки? Я проверю. — Как это не знаю немецкий? Ну и что?

«Соня стирает, я выкручиваю...» — эта универсальная райкинская формула остается без изменений, на какой бы части суши мы сегодня не жили.

Наши старики приободрились, осмотрелись, решили наконец одеться по-человечески. И, вообще, где встретишь наших людей в воскресный день? На блошином рынке. Здесь они встречаются, раскланиваются, обмениваются впечатлениями о жизни.

— Фира себе пальто купила за две марки, так еще хуже, чем твое!

— Циля, что это такое желтое ты на себя надеваешь? Это на твой-то бюст?

— Белла Ароновна, где вы это платье брали? Где! В «Херти»?* А я думала, в «Каритасе» **.

---

* «Herti» — система универмагов одежды.

** «Karitas» — благотворительная организация, где бедным раздают одежду

Клара Борисовна в первый раз составляет для социала список на зимний кляйдунг *. Она открывает русско-немецкий словарь и старательно переписывает в него все предметы женского туалета. Список получается длинный, на три страницы.

— Клара Борисовна, вы что же, совсем голая приехали? — насмешливо спрашивает сосед.

— Ой, да вы что… Мы ж бежали сюда, как от немцев. Приоделись, поехали по Европам с русским гидом. Зря разве столько лет просидели за железным занавесом?

Встречаются две наши старушки на дворе:

— Ну, как тебе Париж?

— А как тебе Лондон?

Да кто о таком мечтал? К старикам Рабиновичам приехал из Израиля погостить брат Лева. Рабиновичи решили не ударить лицом в грязь, показать брату мир и записались на однодневную экскурсию в Амстердам. Амстердам был великолепен, речь экскурсовода лилась легко и изящно, здания и музеи впечатляли, однако в «розовом» квартале случилось ЧП. Рабинович-младший, шестидесятилетний Рува, засмотревшись на мулатку, вперся в зеркальную витрину лбом. Но, к счастью, витрину не разбил, а отделался причитаниями жены, Миры Львовны, и огромной синей шишкой на лбу. Рабинович-старший выкинул коленце похлестче. Воспользовавшись всеобщей неразберихой, свернул в какой-то проулок и исчез за тихо скрипнувшей дверью. Брата Леву разыскивала вся группа во главе с экскурсоводом. За две минуты до отхода автобуса, когда рыдающая в голос Мира Львовна засовывала под язык третью таблетку валидола, а Рабинович-младший сидел с холодным компрессом на лбу, наш герой таки возник на горизонте. Семидесятилетний Рабинович появился слегка помятым, сильно покачиваясь, но с огнем в глазах.

— Только ничего не рассказывайте моей Циленьке, — шепнул он, отважно подмигивая жене брата.

---

* Kleidung (*нем.*) — одежда.

Наши старики приоделись, съездили, посмотрели, решили заняться своим здоровьем. Дедушка Изя сел на лечебную диету. Голодал, голодал, открыл утром форточку, чтобы сделать оздоровительную гимнастику, и упал в голодный обморок. Как говорят бабушка Бася и ее дочка Лиза: «До какого же состояния нужно дойти, чтобы в сытой Германии упасть в голодный обморок?»

Старики усердно учат немецкий. В синагоге создали группу «От шестидесяти и дальше…» И когда бабушка Софа на занятии в очередной раз пишет в своей тетрадке с ошибками спряжение глагола «sein», дедушка Боря хлопает ее учебником по голове и радостно кричит:

— Девочки, поздравляю вас с началом маразма.

Кто у нас в эмиграции ходит на все собрания, заседания, встречи и литературные вечера? Кто, вообще, самая активная часть населения? Кому больше всех надо? Конечно, наши старики. Чему, спрашивается, удивляться? Если послушать, то в эмиграцию приехали сплошь доктора наук и главные инженеры. Только в наших домах количество профессоров на каждый подъезд, как в сталинских ссыльных деревнях. Просто так там никто не работал. И пусть про Абрама Семеновича Марк Соломонович говорит, что тот никаким главным инженером не был, а работал скромным конструктором в зашарпанном КБ. Это ничего не меняет. К нему ходили советоваться люди! И он бы стал главным, если бы не пятый пункт. И Исаак Абрамович защитил бы диссертацию, если бы эти антисемиты не зарезали ему докторскую.

Э-эх, что сейчас говорить… Было все, было. Ушло, истаяло, растворилось, пропало, мелькнуло тенями прошлого на потолке в ночи бессонницы. И зачем старому еврею в Германию? Кто бы раньше сказал, а кто бы поверил… А сейчас что — куда дети, туда и внуки, куда внуки — туда и мы.

— Соня стирает, я выкручиваю. На Хануку в синагоге оркестр заиграл фрейлахс, и пока наша молодежь жалась у стеночек, старики образовав живую цепь, стали танцевать. Они лихо неслись по залу, отбивая каблуками дробь и веселясь от души. Я тоже, положив кому-то руки на плечи, прошла круг, другой, и, почувствовав, что не выдерживаю темпа, запыхалась, отошла в сторону отдышаться.

А наши старики, как ни в чем не бывало, неслись в танце своей юности, молодея на глазах. И глядя на их родные, повеселевшие лица, я подумала: да, сильна еще старая гвардия. То железное поколение, которое вынесло на своих плечах все: войну, и разруху, и Сталина, и Брежнева, и перестройку, и эмиграцию. Они поддерживают нас, так часто падающих духом, они бегают по дешевым рынкам и «Альди», экономя наш «социал», они водят наших детей в детсад и в школу, пока мы учимся на арбайтсамтовских курсах, они… Да что мы здесь без них.

«Соня стирает, я выкручиваю…». Дорогие мои старики, будьте здоровы, счастливы и живите долго. Потому что пока вы живы, мы можем позволить себе оставаться детьми.

1997

ЕВРЕИ — НАЦИЯ ВОЖДЕЙ

Шум, гам, скандал — что такое? Предвыборное собрание в синагоге. С кличем «Русские идут» пришло в волнение местное еврейство. Вспенились, забурлили, заклокотали, заговорили на два языка общины. Где два еврея — там три мнения. Евреи — нация вождей.

«Русские рвутся к власти, хотят участвовать в правлении синагог».

— Соломон, что это такое? Они же по-немецки едва-едва. На молитву не ходят. — А кто сказал, что с еврейским Б-гом надо говорить по-немецки? Ваш раввин? — А почему, собственно, «русские»? Циля, как тебе это нравится? Там в отделе кадров мы евреи, а здесь в синагоге — мы русские… — А мне вообще здесь ничего не нравится. — Да дайте же сказать Рабиновичу! — Я за справедливость и демократические методы правления. Здание старой синагоги продали? Продали. А где моя доля?

Шум, гам, спор, разноголосье.

— Сема, он «из наших»? Нет? Тогда я за него не голосую. Принципиально. Чьи интересы он выражает? — Товарищи дорогие… Что спорить, мы в храме, здесь все евреи, все друг другу братья… — Правда, один брат живет в особняке, ездит на «мерседесе» и имеет свою фабрику, а другой в — в комнате общежития, имеет свой «социал» и карточку на проезд после девяти часов утра. А причина в том, что один приехал на двадцать лет раньше другого. Главное — все сделать вовремя. А тут не успели приехать, как в стране кончились деньги! — Раньше «социала» не было! — Зато была работа. — Если ты такой умный, то почему ты такой бедный? — Роза, кого мы выбираем? Кого? Что эта дама собирается в правлении делать? Я ее на рынке недавно встретила, так она даже предвыборную платформу толком рассказать не могла. Что она нам даст? — А что тебе надо? — Пусть устроит на работу моего зятя.

Шум, гам, выкрики.

— Да дайте же сказать Рабиновичу! — Я требую справедливости и демократических методов правления. Старую синагогу продали? А где моя доля? — Фима, так кого они выдвинули? Это он на благотворительности себе такие щеки наел?

Шум, гам, пререкания.

— Да они на наши еврейские деньги дворцы себе построили, самолеты купили! — А что, у вас было много денег? — Голосуйте за Рабиновича! Он нам поможет! — Никогда! Он себе только и поможет. Тоже мне кандидат, выскочка. А чем я хуже? — Моня, да кто нас спросит? Кому мы нужны? Они же все купленные... — Товарищи, мы собрались все здесь, чтобы спокойно обсудить... — Долой Рабиновича! — Я за справедливость и демократические методы правления. Здание старой синагоги продали, где моя доля? — Соломон, я все понял, мы можем спать спокойно. Мы победим. «Русские» никогда не договорятся.

Шум, гам, скандал — предвыборное собрание в синагоге. В результате выбрали не того, не туда и не так. Евреи — нация вождей.

МОНОЛОГ СТАРОГО ЕВРЕЯ

И еще один год прошел… И еще год. Время летит сейчас так быстро. Это не то, что раньше, когда за день успевал переделать сто дел. А теперь что, встал — лег, встал — лег, с Новым годом!

И опять Ханука *. И опять зажигают свечи. А под их свет так хочется чего-нибудь теплого, доброго, хорошего… Чтоб душа развернулась, запела, воспряла, как когда-то в далекой молодости, чтоб хотелось смеяться звонко, от всего сердца... Под новый год всем хочется того, чего нам всем так остро не хватает, что в дефиците всегда, — положительных эмоций.

Сказать, что в здешней жизни их стало больше, увы, не могу. Как говорит моя жена Фира, когда мы только приехали и жили на марки, то она на маленькие деньги могла купить в универсаме большую тележку еды и сделать обед на три семьи. А теперь она на большие деньги покупает маленький кулек и кормит только меня. В общем, тогда с марками было значительно веселее, чем сегодня с еврами.

Во-первых, мы приехали из бедной страны, от грошовой заработанной пенсии, получили незаработанную социальную помощь и враз стали богатыми. Нам с Фирой хватало даже на то, чтобы посмотреть мир. Особенно Европу, которую раньше могли видеть только по телевизору. Мы ходили по Берлину, Парижу и Вене, зажав наши пятьсот марок в кулаке, и чувствовали себя Рокфеллерами. И соответственно запас положительных эмоций был больше. А теперь, привыкнув жить в богатой стране, неожиданно очутились в бедной, и одна карточка на проезд в общественном транспорте стоит четверть нашего пособия.

Правильно говорила моя соседка Дуся в Днепропетровске, когда ее муж приходил с работы трезвым — к хорошему лучше не привыкать. Вот оно, еврейское счастье — не успели приехать в богатую страну, как в ней кончились деньги.

---

* Ханука — еврейский праздник перед Новым годом, в декабре.

Но не будем о грустном. Не только же в деньгах счастье! У нас есть свои радости. В конце концов, на наших балконах стоят сателлитные тарелки и мы смотрим программы на родном языке. Поэтому нам всегда есть о чем поговорить. Что там в очередной раз сделал Путин и почему у стариков отняли льготы.

Я вот недавно своей жене стихи написал: «Пусть моя Фира будет красива, пусть моя Фира будет счастлива, пусть моя Фира будет стройна…». Мой литературный успех был таким оглушительным, что куда там именитым! Фира читала мои строфы вслух всем нашим знакомым и родственникам по телефону и плакала от счастья. А я ей тогда сказал: Фира, мы все равно уже едем с ярмарки… И уже пять лет живем в чужой стране, потому что так решили наши дети.

А что для нас главное? Дети. А что главное для детей? Их дети. Поэтому если дети и внуки устроены, то у нас уже все хорошо. Что нам с тобой лично надо? Чтоб все были здоровы.

А что живем у немцев, так что тут скажешь? Вот мы с Яшенькой недавно в зоосад ходили и там в вольере стояли цапли на одной ноге. Так у меня даже сердце защемило — вот он, думаю, образ еврейского эмигранта в Германии — поселились в сытом зоопарке и стоим на одной ноге. Вторую, как говорит мой сосед Зяма, бывший профессор марксизма-ленинизма, история не дает поставить. Еще Зяма за рюмкой чая любит порассуждать, что жить-то мы здесь живем и никто назад не собирается, а чемоданчик до конца не распакован… Что там мы свои корни повырывали, а здесь так и не пустили, и пустят ли крепкие корни наши дети — тоже вопрос. Почва не та. А уж про внуков — никто не скажет.

Вот Миша, мой племянник, недавно из Нью-Йорка звонил, говорил — работаем мы здесь тяжело, света белого не видим, но зато наши дети уже будут настоящими американцами. Брат Гриша из Израиля, тоже вкалывает там на жаре, ничего особенного не достиг, зато говорит с гордостью — мои дети станут настоящими израильтянами. А я им что скажу — мои внуки станут настоящими немцами? Ох-хо-хо, даже думать такое не хочется…

Хотя, чего я вдруг так расфилософствовался, слава Богу, не профессор. Мне сейчас другие вещи важнее, чтобы Сема, не дай Бог, не потерял работу, чтоб у Фирочки было поменьше болячек. И хоть здесь достижения европейской медицины, там она болела меньше. Во-первых была моложе, да и врачи там на нее смотрели, а не только в свой компьютер. Правда, болеть было некогда, крутилась, как белка в колесе.

Но несмотря ни на что, моя Фирочка и здесь при деле — Яшеньку накормить надо? Надо. Полиночку на латиноамериканские танцы отвести и встретить надо? Надо. Почему-то все наши еврейские дети в Берлине учатся танцевать только латиноамериканские танцы и многие стали чемпионами среди немцев.

Я в Днепропетровске на рынок с тележкой на колесиках ездил, дешевые продукты покупал, и здесь свою тележку исправно таскаю.

Детям некогда, им нужно деньги зарабатывать, чтобы наших внуков учить. А внукам учиться, чтобы потом хорошо зарабатывать и учить своих детей… А тем своих… Вот так оно и идет и называется — еврейская преемственность поколений! А уж если наши умные головы захотят выучиться, то много чего достигнут и станут победителями всех олимпиад. Я это вижу по внукам своих знакомых и родственников. Дай Бог чтобы их не остановили, не поставили над головой планку, как это было там.

Да, мы уже едем с ярмарки… Но меня это не печалит. Мы свое уже пожили — и много раз зажигали свечи, и нам есть, черт побери, что вспомнить и чем гордиться. Главное, чтоб на эту ярмарку попали наши дети.

Пусть им немножечко повезет в этой непростой стране.

Мазл тов, мои дорогие!

РАБОТАЮ ЕВРЕЙКОЙ

Самая короткая дорога к антисемитизму — это работа в еврейской организации…

Я бы не вспомнила эту шутку моего старого приятеля Семки Венцеля, оброненную как-то по случаю, если бы судьба причудливым изгибом не занесла меня в Германию, заставив поработать в одной еврейской организации.

— Так кем ты сейчас работаешь? — недоуменно спрашивали меня подруги.

— Работаю еврейкой, — так же недоуменно отвечала я.

— И платят? — удивлялись они.

— Платят, — удивлялась я. В действительности же наша контора напоминала мне советский дом культуры только с сильным еврейским акцентом. Все кружки и клубы у нас еврейские. Ветераны Великой Отечественной войны — евреи, поэты и прозаики из литературного кружка — евреи, художники — тоже наши люди, юные шахматисты, само собой, шахматы — вообще традиционный еврейский жанр. Ну а про клуб одесситов и говорить не приходится. Как заметил популярный сатирик — в связи с массовым отъездом евреев из Одессы, политическая и сексуальная жизнь города сильно снизилась.

Когда потерянные от переезда в чужую страну и незнания языка пожилые евреи возникали на нашем пороге — они успокаивались. В каком-то смысле наша контора обладала расслабляющим эффектом. Во-первых, здесь все говорили по-русски, что сразу радовало, и ты мог не стоять соляным столбом с ужасом вслушиваясь в непонятную чужую речь, а во-вторых, здесь были клубы по интересам. У нас можно было найти единомышленников, что в эмиграции особенно важно.

Я занималась культурой для русских евреев. Устраивала музыкальные, литературные и прочие просветительские вечера. «Несла культуру в массы» — как сказал бы тот же Семка Венцель. И в принципе была довольна, особенно, когда вечер удавался и мои старички уходили от меня довольные.

Самым сложным народом оказались литераторы. «Кружок при синагоге, а амбиции как при Союзе писателей» — сформулировал мой приятель. Чувствуя во мне коллегу по производственному цеху, свободные авторы завалили меня огромным числом толстенных рукописей. Большая часть из них не выдерживала никакой критики.

Если человек всю жизнь проработал инженером по технике безопасности где-нибудь в Черноголовке, а на старости лет, обеспеченный социалом и обилием свободного времени,стал писать роман, — убежденный, что это, конечно же, «Война и мир» и «Анна Каренина» вместе взятые… то чтобы с ним разговаривать, надо обладать квалификацией психотерапевта. Я поняла это не сразу.

Вовлеченная в дискуссию, по простоте душевной сказала какие-то профессиональные слова, что мол автору неплохо поучиться грамотному русскому языку, а данная рукопись имеет такое же отношение к литературе, как я к балету Большого театра. И осеклась… Был страшный взрыв негодования, обвинения и сердечный приступ. После этого я зареклась.

— Кто из вас более великий рассудит время, — улыбалась я очередному автору. — А литературный вечер в принципе сделать можно. Но не сейчас, позже… Знаете, в этом месяце сплошь еврейские праздники.

— Снимаем нагрузку с больничных касс, — сказала я своему начальству. — Пусть пишут. Очень полезно, особенно в преклонном возрасте. Будет меньше инфарктов и инсультов.

Со временем я литераторов просто полюбила. Абсолютно самодостаточны. Никакой с ними возни — сами пишут, сами читают, сами слушают.

Труднее было с учеными — те все норовили позвать на лекции по квантовой механике. А у меня в школе и с арифметикой было плохо.

Ветераны — те каждый год 9 мая праздновали День победы над фашистской Германией. Выпускали стенную газету на русском языке с фотографиями. Надевали ордена и ездили на братское кладбище с ветеранами-немцами. Очень трогательно, я вам скажу. Им всегда было о чем поговорить.

Одна активная ветеранша к 9 мая написала сценарий празднования Дня Победы. Шеф собрал всех творческих работников у себя в кабинете на обсуждение. Сценарий был написан в лучших традициях концертов после партийных съездов. Здесь было все — и песня «Стоит над горою Алеша — в Германии русский солдат…» и танец «Яблочко» в исполнении детского еврейского танцевального коллектива, и громкое декларирование стихов известных советских авторов. В общем, сидя на этом творческом совете, я больше всего боялась расхохотаться в голос. Смех просто душил меня.

Если учесть, что место действия — центр Берлина, Германия, здание синагоги, 2002 год — то градус абсурда, комичности происходящего приближается к запредельному.

Так вот, идет эта дискуссия о победе над Германией, а в это время в кабинет заглядывает кудрявая голова и кричит:

— Мацу привезли! Все на разгрузку!

Конечно, жанр, в котором мы все здесь живем — это трагикомедия. При приеме в еврейскую общину одна дама воскликнула:

— Как это вы мне не верите?! Христом-Богом клянусь, я еврейка!

А на одном бурном собрании где, как водится, все переругались и так и не смогли ни о чем договориться, мой седовласый сосед вздохнул с библейской грустью:

— Как с ними говорить? Рука руку моет и обе грязные…

А недавно мне позвонила одна знакомая еще по Питеру журналистка, она живет в Мюнхене и работает в Толстовском обществе. Мы с ней долго проговорили.

— Я работаю русской, а ты еврейкой, — подытожила она.

Летом нашей конторой была организована прогулка на корабле по реке Шпрее для еврейских активистов. «Вот, вот, вот, идет еврейский пароход — боцман, лоцман, Кацман…» Активисты долго перезванивались, обсуждали кто берет какую еду, а любое еврейское мероприятие, по моему опыту, начинается с обсуждения меню. Хорошо, если после долгих споров на эту тему останется время для уточнения сути самого мероприятия. Так вот народ на прогулку подобрался все больше днепропетровский и черновицкий, а там с едой все обстоит серьезно. И на корабль были загружены огромные баулы со всевозможными припасами для культурного отдыха. И только наши люди решили слегка перекусить, выпить, а затем и потанцевать вволю, для чего принялись не спеша расстегивать на летнем солнышке молнии у баулов, как появилась худосочная официантка с белобрысым шефом и на чисто немецком заявила, что всю еду и напитки необходимо покупать в корабельном буфете. А приносить съестное и выпивку на корабль нельзя.

Активисты так и застыли над надкусанными бутербродами с копченым салом. Праздник грозил быть испорченным.

— Так у нас еврейская организация, — нашелся кто-то. — Нам нельзя, у нас здесь все кошерное…

Пристыженные немцы удалились, а активисты достали из баулов кошерную водочку и продолжили гулянье. Танцевали с таким чувством, что одна дама из старой эмиграции угодила в стеклянную витрину и разбила ее.

Опять прибежали немцы.

— Да заплачу я им, заплачу, — замахала она рукой, оттирая потекший грим с лица. — Пусть отвалят…

— Конечно заплатит, — сказала моя соседка. — Да она, если захочет, может купить этот пароход вместе с официанткой, все пароходство и реку Шпрее в придачу…

— Ну это, пожалуй, вы преувеличиваете, — вежливо возразила я.

— Преуменьшаю! — захохотала дама.

Вот и я не знаю, преувеличиваю я или преуменьшаю, описывая картинки своей жизни «работая еврейкой».

— Послушай, и чем ты там занимаешься, — недоумевал, вальяжно развалясь в кресле огромного кабинета с видом на Неву мой питерский издатель, друг мятежной юности. — Мелкий служащий при синагоге…

Я не стала ему ничего объяснять, Потому как здешнюю жизнь, как и любовь, объяснить нельзя. Корабль плывет…

Моя эмиграция

МОЯ ЭМИГРАЦИЯ
Повесть

Светлой памяти моего дедушки
Фаддея Моисеевича Эльконина
посвящаю эту повесть

Глава первая
ОТЪЕЗД

Первые месяцы эмиграции мы жили на еврейском кладбище. На краю большого тенистого парка стояли три двухэтажных домика. В первом отпевали покойников, во втором хранили гробы, метлы, тряпки и прочий кладбищенский инвентарь, ну а в третьем жили мы.

Кладбище, особенно старая его часть, представляла собой ухоженный тенистый парк, и когда я распахивала окно, в комнату врывались ароматы цветущей сирени, жасмина, свежей зелени — запахи молодой и прекрасной весны. Я застывала в недоумении... Где я? Что я? Зачем?

Это «зачем» было самым трудным.

— Немцы зарыли живьем мою бабушку, — сказала мама. — А ты хочешь, чтобы я ехала жить в Германию?

В Германию два года назад уехали мои тетки, увезя с собой стариков, мужей и детей. Я хорошо запомнила их отъезд. Провожающих собралась целая толпа. Одна тетка была учительницей музыки, другая — участковым педиатром, мужья где-то успешно инженерили, сыновья и дочки учились. Словом, провожать пришли все — и ученики, и родители, и бывшие однокашники, и соседи, и благодарные больные, и друзья, и остающиеся пока (надо же быть полным идиотом, чтобы оставаться в этой стране, когда все уже уехали!) родственники. Группа образовалась пестрая, разношерстная, шумная. Все говорили разом, перебивая друг друга, восклицали, задавали вопросы и, не дослушав, опять говорили. Тихо плачущую бабушку Басю вели под руки старухи-соседки.

Куда их провожали? В новую жизнь. Какую? Очевидно, прекрасную. С магазинами, огромными, как дворцы, где есть все и куда можно ходить как в музей на экскурсию. В города, где улицы моют шампунем, как пол в квартире, где больницы для стариков светлы и просторны, медсестры заботливы, а доктора прописывают любые импортные лекарства.

Их провожали на Запад. Для советского человека этим было сказано все. Вдоль огромной горы баулов и чемоданов неторопливо, степенно, держа осанку бывшего кадрового офицера, прогуливался дедушка Яша с удочкой в руках. Зачем на восьмидесятом году жизни потащил он в чужую страну из разоренного ленинградского гнезда, в котором прожил большую часть своей сознательной жизни, черные и счастливые дни, родил и поднял детей, из всего того, к чему прикипела, приклеилась намертво душа, что пришлось раздарить, продать за бесценок чужим людям или просто бросить — удочку?!

Удочка не входила ни в один приличный чемодан. Тетка громко охала, пила валерьянку, что-то вытаскивала и с размаху садилась на непокорную незакрывающуюся крышку, опять что-то доставала и откладывала, утирала слезы и опять садилась... О какой-такой удочке могла идти речь? Когда пришлось оставить даже лучшее, любимое, заработанное потом и кровью?

Но дедушка стоял на своем. В день отъезда старик вышел из подъезда своего дома и в последний раз оглянулся на пустые, темные окна — в руках его была удочка.

Забегая вперед, скажу, что в Германии ему ловить рыбу не разрешили: нужно было сдать какой-то экзамен, который на чужом языке, естественно, был не под силу...

Впрочем, вернемся ко дню отъезда.

— Яша, а где мой паспорт? — изредка спрашивала плачущая бабушка Бася. Но ее никто не слушал. Обещания, пожелания, поцелуи, слезы, прощальная неразбериха... — Скорый поезд Санкт-Петербург — Берлин отправляется через три минуты

181

от платформы... — прозвучало из громкоговорителей. Стремительно схватив два чемодана и маленькую дочку под мышку, тетка ринулась в поезд. Тщательно складываемый багаж грузили в такой спешке, что когда поезд отошел, один баул так и остался стоять на платформе сиротливым укором. — Яша, а где мой паспорт? — еще раз спросила уже приходящая в себя бабушка, когда поезд набрал скорость. Перерыли все чемоданы, перетряхнули карманы, сумочки, свертки — паспорта нигде не было. Он остался лежать на самом видном месте на столе в покинутой ленинградской квартире. Бабушку Басю ссадили в Бресте, и один из ее племянников фантастическими оказиями досылал ей паспорт с немецкой визой.

— Только бы стариков довезли. Лишь бы они дорогу выдержали... — сказал кто-то на перроне. Бог помогает евреям. Старики, взрослые и дети благополучно добрались, отдышались, устроились, и стали слать разноцветные открытки с видами старинных немецких замков.

«Ходили на „шперу" *— писала в одной из них моя тетка. — Соседи из Бердичева нашли в мешке норковую шубу с оторванной пуговицей. Шубу послали своим родственникам в Бердичев, а те продали за миллион». И далее следовал вывод: «Ну и придурки эти немцы, посмотрела бы ты, что они выбрасывают. У нас такое в лучших магазинах продают. Уму непостижимо...» Что за придурки эти немцы — звучало рефреном. Зачем они нас берут? Ну, хорошо, молодых, работоспособных — понятно. А стариков, больных? Грехи замаливают?

— Восстанавливают еврейское поголовье, — желчно замечал кто-то, — довоенный уровень. Ну а потом... — Бомба не падает в одну и ту же воронку, — парировали оптимисты. Многое из открыток стало понятным лишь на месте. Эмиграцию невозможно описать, эмиграцию надо пережить. А оттуда, из осыпающегося на глазах Ленинграда, пышно переименованного

---

* «Шпера» — дни, когда немцы выставляют за порог своих домов ненужные вещи.

в Санкт-Петербург, многое оставалось непонятным. Да и собирались ли мы ехать? В общем-то, нет. Профессия, друзья, работа мужа... Правда, записная книжка катастрофически худела, рядом становилось пустынно — поднимались и уезжали целые еврейские кланы. Зато ширилась география — ленинградские адреса становились американскими, израильскими и, наконец, германскими.

— Куда? К немцам?! Да я туда в жизни не поеду, — отвечала я на уговоры тетки. — А ты подай документы вместе с нашими. Пусть лежат — кушать не просят.

Мне надоело сопротивляться. Я отдала тетке какие-то бумажки, расписалась, где надо, и забыла об этом. Разрешение лежало в столе. Оказалось, оно спасло нам жизнь.

Муж занимался бизнесом. Он был профессионалом в своем деле и неплохо зарабатывал в последнее время. И, как следовало ожидать, вскоре дверь его кабинета распахнули непрошеные гости.

— Будешь платить нам десять тысяч зеленых в месяц, — сказал бритоголовый в кожаной куртке, под которой угадывались хорошо тренированные мышцы. — Где я их возьму? — возмутился муж. — Откуда? — От верблюда. Жену, детей живыми захочешь видеть — найдешь. Таких денег ни в фирме, ни в семье, естественно, не было. Миф о богатом еврее был явно преувеличен. Муж и в самом деле задумался.

— Ну что, клиент, дозрел? — спросил тот же бритоголовый уже по домашнему телефону. — А то смотри, сделаем как Лившица. Весть о кровавой драме Лившица месяц назад облетела всех наших знакомых. Лившица с четырехлетним сыном рэкетиры застрелили на собственной даче. Его жена с дочерью остались живы лишь благодаря счастливой случайности.

Я бросилась по журналистским связям. Друзья-документалисты отвели к высокопоставленным милицейским чинам. К нам в дом пришли два малоразговорчивых типа в штатском, сунули в телефон какой-то проводок, присоединили к нему допотопный магнитофон и, сделав серьезное лицо «при исполнении», сказали:

— Будут еще звонить и угрожать — записывайте. Запись угрозы — вещественное доказательство. — Но мне надо гулять с ребенком. Я могу выходить на улицу? Меня не возьмут в заложники? — Возьмут в заложники — будем действовать более решительно. Я все поняла и по сей день считаю, что честно получила статус беженца, дающийся в Германии евреям. Из Петербурга мы просто убегали, как настоящие беженцы — с детьми и двумя чемоданами. Речь шла уже не о накопленном добре, не о разлуке с тем, что дорого, просто о жизни.

И только здесь я мысленно поблагодарила свою мудрую и дальновидную тетку, которая мощным инстинктом, тысячелетними генами народа-изгнанника вовремя почувствовала во все разрежающемся российском воздухе смертельные флюиды опасности и поняла, что с насиженных мест надо подниматься, подниматься во что бы то ни стало.

Глава вторая
ХАЙМ

Итак, мы жили на еврейском кладбище. Это была большая четырехкомнатная квартира с общей кухней, ванной и туалетом, каждая семья занимала одну комнату. Общежитие на кладбище считалось чуть ли не лучшим в городе среди нашей эмиграции, хотя слово «кладбище» многих шокировало.

— А что? — неизменно отвечал наш сосед. — Покойники ведут себя спокойно. Вообще «хаймовский» (общежитский) период в жизни — это особая глава, пожалуй, наиболее сложная и драматичная, родившая немало мифов и баек, своеобразного фольклора нашей эмиграции. Эти байки приятно рассказывать друг другу уже позже, переехав и обустроившись в квартирах. А приехать в чужую страну, чтобы жить лучше, и сразу же попасть в общежитие, это я вам скажу, серьезное испытание...

Во-первых, как выяснилось, все мы от коммуналок отвыкли. Они остались немеркнущими воспоминаниями детства и юности. Как правило, любая еврейская семья, отказывая себе в последнем и работая на трех работах, все-таки скапливала необходимую сумму и въезжала в кооперативную квартиру, потому как ждать милостей от государства не приходилось.

А во-вторых, и это было самое главное — с соседями по хайму могло не повезти. В городе были общежития, где бок о бок жили беженцы всех видов и мастей в буквальном смысле этого слова, как говаривала моя бабушка «каждой твари по паре». А в реальной жизни это означало, что справа жили негры из Заира, слева — иранцы коммунисты, у входа боснийцы, больше похожие на цыган, через дверь — поляки и албанцы, напротив — алжирцы, ну и, наконец, наши люди — евреи.

Представьте себе рафинированную московскую семью консерваторского профессора:

— Мальчик не может без инструмента! Леве нужно каждый день заниматься, тренировать пальцы. И ораву грязных, орущих, плюющихся и хватающих все, что плохо лежит, цыганских детей боснийцев. А к этому еще и общая кухня, во всем великолепии пышного букета кулинарных запахов.

— Боже мой, Софа, да что же эта иранка варит?! Задохнуться можно. Такое и в зоопарках не едят! А общий туалет с ванной:

— Лева, сыночка моя, об одном прошу — ничего не трогай! Ты заболеешь. Здесь же всюду инфекция!

И как завершающий аккорд под вечер на коммунальной кухне звучало:

— Зяма, куда ты меня привез? — кричала медленно покрывающаяся красными пятнами Софья Марковна. — Это культурная страна? Это же нечеловеческие условия жизни. Иди сейчас же в синагогу и скажи им, что ты в Москве кафедру оставил. Ты не какой-нибудь там из местечка Нижние Хвосты. Ты доцент! Твой сын подает надежды. Скажи им, что ты в Москве выехал из трехкомнатной квартиры в сталинском доме 120 метров. Зачем нас сюда звали?

И бедный Зяма бежит в синагогу в социальный отдел, где все переслушавшие и перевидавшие подобных доцентов, профессоров и всевозможных лауреатов, девочки-работницы популярно разъяснят, что в Германию его никто не звал — ему «дали разрешение» (чувствуете разницу?), а общежитиями ведает город. Что синагога и рада бы селить вновь прибывающих членов общины в лучшие условия, но не имеет возможности, что у них есть семьи с парализованными стариками и грудными младенцами, которые живут в крохотных каютах на корабле, где весь «социал» забирают, а кормят «по звонку» и все сыром и колбасой, о которой так мечтали в Союзе, но которая через неделю такой жизни встает колом в горле. А еще есть спортивный зал с занавесками, где на 12 семей одна электрическая лампочка, и если кто-то выключает свет, то все ложатся спать. Синагога все знает и ничего не может изменить. Не нравится — езжайте назад на свою кафедру! У синагоги есть только одно общежитие на кладбище — там все места уже заняты!

О! Нам, конечно, повезло. В день нашего появления в Кёльне одна из комнат освободилась, какая-то еврейская семья с кладбища съехала.

Нашими соседями по общежитию были очень разные люди. Ко времени моего вселения три семьи сидели на чемоданах, страстно желая покинуть опостылевшее общежитие и зажить по-человечески в квартирах. А еще три семьи сидели в положении «на низком старте» под единственной лампочкой спортивного зала или в тесных каютах корабля, плывущего в никуда на мутных волнах Рейна, и так же страстно мечтали занять их освободившееся место. И пока свершался этот непонятный постороннему взгляду круговорот воды в природе, я познакомилась и с теми и с другими. И, как пишут стареющие дамы в мемуарах: перед моими глазами прошла целая вереница образов.

Образ первый, который я окрестила «ситуация-перевертыш». В России мы были евреями, а значит, людьми второго сорта. Большинство к этому привыкло и относилось стоически, как к плохой погоде. Не будешь же сетовать, что на улице снег с дождем? Ходило много похожих анекдотов. Еврей пришел устраиваться на работу:

— Здравствуйте! Я дизайнер. — Да, вижу, что не Иванов...

Или поступают два абитуриента в университет — Иванов и Рабинович:

— Иванов, в каком году была Великая Отечественная война с Гитлером? — В 1941–1945. — Правильно! А ты, Рабинович, назови имена и даты рождения всех погибших в этом жестоком бою.

Анекдоты отражали жизнь. Так оно и было, а юмор — защитная реакция любого здорового организма. Может поэтому и большинство писателей-сатириков советского периода — евреи? Но были вещи и посерьезнее, отражавшие суть национального характера — во что бы то ни стало дать детям образование. И каждая еврейская мать, стоя над школьными тетрадками сына, обычно говорила:

— Ты должен учиться лучше Иванова-Петрова. Чтобы поступить в институт, ты должен знать в три раза больше. Это приводило к результатам. «Контингент флюхтлинг», приехавший сегодня в Германию, насчитывает 72 процента людей с высшим образованием. Какое еще национальное меньшинство может этим похвастать?

Но я отвлеклась. И хочу вернуться в старые времена, когда мы все еще были «там», жизнь худо-бедно текла своим чередом, Союз еще не развалился, и мы жили среди русских, украинцев, белорусов, казахов... Дети вырастали, влюблялись... И не всегда в того, кого хотели мама и папа. Одним словом, в эмиграцию приехало много смешанных семей.

Одна из них жила со мной в еврейском хайме. В семье была русская жена. Огромная и шумная, она была родом откуда-то с Украины. Муж у нее был еврей, свекор и свекровь тоже, а вот ее дети уже евреями не считались. Таковы наши законы.

Она это очень переживала, ощущала свою чуждость, имела комплексы по этому поводу. Комплекс выражался своеобразно:

— Если я русская, то что, за вами, евреями, должна убирать?! — провозглашалось на коммунальной кухне. — Помойные ведра выносить?

При составлении графика уборки ей дали меньшее количество дней. (О, наша вечная еврейская виноватость!)

Летом случилась еще одна история. Ее детей не записали в оздоровительный лагерь от синагоги. Соседского мальчика от еврейки матери и русского отца записали, а ее нет.

Соседка громко рыдала. Мы ходили по кухне молчаливые и подавленные. «Где справедливость? — надрывно восклицала она. — Где, я спрашиваю вас, справедливость?» Я поймала себя на мысли, что так же рыдала мамина сестра, когда ее сына-медалиста не взяли в институт, завалив на последнем экзамене. Другой мальчик, имевший русскую фамилию по отцу и еврейку-мать, прошел по конкурсу. И где было искать справедливость?

В последние годы все неожиданно переменилось. Выяснилось, что быть евреем (о чудо из чудес!) стало хорошо. Есть возможность выбора. Богатая европейская страна принимала нас по линии еврейской эмиграции. Про всех остальных в законе ничего сказано не было. Остальным предлагалось оставаться в тяжелых условиях дикого русского капитализма. В жизнь вошли шутки типа «еврейская жена не роскошь, а средство передвижения». Я сама слышала, как две женщины в трамвае обсуждали проблему замужества дочери: «Ей сейчас замуж выйти не проблема. Еврея бы хорошего найти, чтоб выехать — вот это да!» Все, некогда имевшие еврейскую бабушку и тщательно скрывавшие ее десятилетиями, достали заветные свидетельства со дна сундуков и подали документы в ОВИР. Другие постарались купить себе метрики. Одно время это было просто. Особенно на Украине и в Грузии.

— Что я себе еврейскую маму не куплю? — простодушно поделился со мной стоящий в очереди в немецкое консульство грузин. — Одна тысяча стоит...

Когда поток эмиграции увеличился и стал немелеющей полноводной рекой, компетентные органы что-то поняли и свежеcделанные метрики принимать перестали, кроме того, возросли и цены.

В общем, повторяюсь, в эмиграцию приехали совсем разные люди, и наши соседи были очень не похожи друг на друга. Хотя в тот момент всех нас объединяло одно — поиск квартиры. М-да, вспомните себя в это время. Неуверенность, лихорадочные метания сменяла робкая надежда, на смену ей приходило отчаяние и вновь брезжил слабый свет в конце тоннеля. Список «гезельшафтов» *, где берут «социальщиков» передавался из рук в руки, как священная книга. Две семьи, живущие бок о бок в дружеском согласии и взаимопонимании, становились смертельными врагами в одночасье лишь потому, что одна из них нашла квартиру на месяц раньше другой. Телефон маклеров, берущих, прямо скажем, солидное вознаграждение за решение квартирного вопроса, диктовался только особо доверенным и приближенным людям.

Одна наша хорошая знакомая въехала в квартиру. Квартиру нашел маклер из своих же. Я попросила дать его телефон.

— Ну что ты? — приторно изумилась дама. — Какой маклер? Шла, гуляла, увидела темные окна, зашла в гезельшафт, мне дали квартиру...

Телефон нам дали совсем другие люди, которых мы, кстати, друзьями своими не считали, просто по доброте душевной решили помочь — видели, как маемся мы с маленьким ребенком в крохотной комнатке общежития. Правда выплыла наружу. Было очень обидно. Я до сих пор не понимаю, хотя и встречаю среди наших эмигрантов эту психологию «непротягивания руки».

Чтобы выжить в чужой стране на новом месте, мы просто обязаны помогать друг другу. Так на протяжении веков выживали наши предки, гонимые по миру ветром опалы, об этом повествуют древние рукописи, это, в конце концов, говорил мне в далеком детстве мой мудрый дед, выросший в маленьком белорусском местечке. Он не делал назиданий, а просто рассказывал о том, как его мама, а значит, моя прабабушка ходила по домам и собирала деньги на постройку дома еврейской семье пого-

---

* «Гезельшафт» — что-то наподобие домоуправления.

рельцев, для многодетной вдовы, едва сводящей концы с концами, одежду и деньги, когда бедного и талантливого (как часто в
жизни такое сочетание!) Изю, сына портного, посылали в город
учиться. Все это делалось бескорыстно, бесплатно. Такова была
жизнь еврейской общины, а моя прабабушка была в ней, как бы
мы сейчас сказали, добровольным социальным работником, а
значит, и очень уважаемым и честным человеком.

Я не хочу сейчас говорить о том, как «русских евреев» приняла Кёльнская община. Это трудный разговор. Может быть, в
лучших условиях, как ни странно, оказались семьи, приехавшие
в небольшие городки, на пустое место, где общину можно было
создавать заново. Я о другом — о передаче бесценных крупиц
опыта, накопленных идущими впереди, а попросту приехавши-
ми в эмиграцию на год-два раньше тебя.

— Фрукты покупайте на Флоре, там дешевле. Моя жена берет четыре кило по пять... — Это они пусть своих в «реальшуле»
учат. Мальчика нужно отдать в гимназию... — Напишите заяв-
ление в «социал» — дадут деньги на стиральную машину... —
К этому доктору не ходи, он моему свекру один мост четыре месяца делал. Иди лучше к другому зубному... — Не надо так волноваться. Борис Соломоныч говорит не на немецком, а на идиш,
вот его и не поняли. Я пойду с вами и все переведу... — Этому
маклеру деньги вперед не давайте — обманет... — Напишу вам
письмо... — Перевезу вещи из общежития... — Составлю заяв-
ление, попрошу... Не волнуйтесь, все будет хорошо... О, бесцен-
ные крупицы опыта! Вовремя полученная информация в наших
условиях порой стоит дороже денег. Добрый совет, взаимовы-
ручка — как нуждаемся мы в них, особенно на первых порах!

— Каждый приехавший в эмиграцию должен испить свою чашу
дерьма, чтобы потом встать на ноги, — сказала как-то моя тетка.

Может, оно и верно, да только зачем так много чаш? Тяжело
бремя эмиграции, объективно труден и трагичен этот процесс,
кровоточат отрезанные нити сосудов, связывавшие тебя с дав-
ними друзьями, коллегами по работе, любимым городом. А об-
растет ли пересаженное деревце новыми корнями, способными

полноценно питать его, или зачахнут, начнут вянуть на глазах некогда могучие, высокие ветви!? Кто знает?

— Э-э-х, и занесло же нас... — вырвется из сердца в длинную вечернюю минуту.

По-разному складываются здесь судьбы. Да и мал пока срок... Но все мы такие разные — страстно мечтавшие и категорически отказывавшиеся ехать, волей судьбы или обстоятельств, желания близких, долга или корысти, знаний или иллюзий — оказались здесь, на земле Германии на пороге нового тысячелетия. И сдует ли нас новый социальный ветер, покатив дальше, как перекати-поле по планете Земля, или родятся здесь наши внуки и их дети, и внуки внуков... Кто возьмется ответить? Нет пророка в своем отечестве. А что говорить о чужом?..

Глава третья
ИЗУЧЕНИЕ НЕМЕЦКОГО ЯЗЫКА

Самое трудное в эмиграции — это чужой язык. Едва ступив на чистенький немецкий перрон или мраморный, сверкающий пол аэровокзала, ты с ужасом констатируешь две вещи: первое — ты стал глухонемым, и второе — не можешь узнать у окружающих простейшие вещи: где взять тележку для багажа, как пройти к трамваю, какими монетами можно позвонить?

— Да спроси же наконец! — толкнет в бок кто-то из домочадцев.

— Да? И на каком языке?

Следующий день не приносит желаемого облегчения, напротив. С участившимся сердцебиением и каплями пота на лбу ты осознаешь, что не в состоянии понять чего от тебя хотят эти холодно вежливые чиновники «амтов» и не в состоянии объяснить, чего же в конце концов хочешь ты.

Из образованного интеллигентного человека, каковым считали тебя все окружающие и ты сам, всеми уважаемого специалиста, говорящего на правильном литературном языке, ты превращаешься в нечто нечленораздельно мычащее и бестолково жестикулирующее. Этакое первобытное существо, которое на языке жестов все-таки отчаянно пытается что-то объяснить.

В Унне, в лагере переселенцев, я наблюдала такую картину. Чиновник что-то спрашивает у эмигранта на немецком.

— А-а-а... Бэ-э-э... — отвечает ничего не понимающий эмигрант. Немец что-то важно записывает. Затем задает следующий вопрос.

— Бэ-э, а-а... — опять открывает рот перепуганный переселенец.

И чиновник опять что-то записывает. И так весь прием.

После нескольких таких «общений», от которых зависит решение жизненно важных вопросов: получение денег в социале, бумаг для поиска квартиры, приходит позднее осознание — ну и дурак же я был! Как же так? На что я потратил драгоценное время перед отъездом? Бегал по городу, высунув язык, чтобы распродать свое жалкое барахло! А то, что осталось, весь этот нищий скарб, который так трудно паковали, а потом тащили через все таможни и границы буквально на своем горбу, который здесь в базарный (читай «трюдельный») день не стоит и месячного «социала»!

Время уходило в никуда, коту под хвост, когда нужно было вгрызаться в немецкий и учиться, учиться и учиться, как завещал... Э-эх, да что теперь говорить! Когда ни сказать, ни понять. На что, спрашивается, рассчитывал? Что здесь все говорят по-русски?

Этот внутренний монолог, увы, достаточно типичен. Большая часть нашей эмиграции, хоть и закончила институты и имеет высшее техническое, а порой даже и гуманитарное (как я) образование, ни на одном иностранном языке говорить не может.

Как объяснить это немцам?

— Я не знаю немецкий, — сказала я сразу по приезде на ломаном немецком в одном из красивых и интеллигентных домов местных немцев.

Хозяева понимающе улыбнулись и перешли на английский. Они были воспитанными, деликатными людьми.

— Я очень плохо понимаю по-английски... — Совсем чуть-чуть, попыталась объясниться я на еще более худшем английском. Немцы перешли на французский.

— Я, я... Я могу только по-русски, — призналась я.

Супружеская пара была в полном недоумении:

— Но вы же сказали, что закончили университет?!

Как я кляла все в ту минуту: и несовершенство нашего гуманитарного образования, и время, в котором жила, и свою леность, в конце концов. Что я могла объяснить? Что в школе, где считалась одной из лучших учениц, был один урок иностранного в неделю, а в университете на факультете журналистики в эпоху глухого брежневского застоя (а именно на эти годы выпала моя студенческая юность) наш декан на лекциях по марксистко-ленинскому учению о печати любил повторять:

— Какое качество советского журналиста является главным? И, строго оглядев замершую аудиторию, сам себе отвечал: — Правильно, партийность!

Хорошее знание иностранного языка считалось подозрительным и даже вредным. Зачем, спрашивается, советскому журналисту, бойцу идеологического фронта, читать западную прессу, чернящую нашу социалистическую действительность? А что говорить о живом общении с иностранцами? Могло ли оно быть? Конечно, нет. Мы жили за железным занавесом. Исключение составляли лишь журналисты-международники, но они, извините за подробность, проходили совсем по другому ведомству.

Я не могу объяснить это благополучным немцам, выросшим совсем в другом мире, где каждый выпускник гимназии, проводит каникулы в разных странах, свободно говорит и пишет по-английски, хорошо знает французский и немного изъясняется по-испански. В той изысканно-тактичной, благожелательной атмосфере немецкого дома я внезапно почувствовала себя, нет, даже не деревенской девочкой, попавшей из далекого села в блестящую столичную квартиру, а аборигеном малоизвестного племени непроходимых тропиков Африки.

Недавно студенты-слависты (а только с ними я и могу пока свободно общаться в Германии) спросили меня, как же все-таки мы учили иностранный язык в университете?

«Читали коммунистические издания, — сказала я». Все засмеялись. Я тоже попыталась улыбнуться. Но мне было не до смеха. Я сказала чистую правду. Поэтому-то мы и не знаем ни одного иностранного языка.

И как в таком случае можно было ехать в Германию, говоря и понимая только по-русски? Однако приехали...

Часть эмиграции, особенно пожилые люди, так и живут «без языка». И я их не виню. Изучение немецкого большой труд, огромное напряжение, и многим оно просто не под силу. Люди селятся в «русских» районах («местах компактного проживания», как окрестили такие районы наши остроумцы), ставят на балкон спутниковую сателлитную антенну, читают русские книги и газеты и ходят друг к другу в гости. По-своему их жизнь комфортна и лишена того стресса и напряжения, который выпадает на долю тех, кто решил во что бы то ни стало интегрироваться, внедриться в немецкую среду.

Германия, и это широко известно, довольно закрытая, кастовая страна. Она, в отличие от Америки, имеет свое специфическое отношение к иностранцам и вовсе не желает превращаться в страну эмигрантов. Это ощущаешь довольно быстро, несмотря на всю приторно-вежливую улыбчивость немцев. Одни эмигрантские семьи принципиально решают жить только в русской среде, читая и говоря только по-русски, другие также категорично стремятся стать «немцами», ни в коем случае не общаясь со своими вчерашними собратьями — эмигрантами.

— Теперь мы — немцы, — решают эти люди. — С сегодняшнего дня ни одного русского словечка в доме, чтоб никто вообще не догадался, откуда мы приехали. Все делаем только по-немецки. Говорим, одеваемся, живем...

Я знаю такие семьи. Смешно это смотрится со стороны, эта картинка напоминает мне хорошо знакомую. В Москву и Ленинград одно время приезжало много деревенской молодежи, так называемых лимитчиков. Парни и девушки селились в заводских общежитиях и изо всех сил стремились походить на «городских». Так же одевались, причесывались, копировали манеры... И парень, приехавший на два-три года раньше своего деревенского земляка, считал себя уже столичным жителем и покровительственно похлопывал его по плечу: «Эх ты, деревня...» Конечно, за два-три года, проведенных в окраинном грязном общежитии, горожанами они не становились. Как написано в детской книжке — ослиные уши все равно торчали. И нам, коренным столичным жителям, это было прекрасно видно.

Грустная аналогия? Так и эмиграция, как выяснилось, вовсе не увеселительное путешествие. Время первых охов и восторгов быстро проходит.

В Унне, лагере переселенцев, где обалдевшие от обилия продовольственных магазинов и выданных на руки настоящих немецких марок эмигранты слоняются, пересекаясь друг с другом на многочисленных тропках, мне повстречался старый еврей-москвич.

— Я — человек без ключей, — и он, доверчиво заглянув мне в глаза, похлопал себя по карманам. — Знаете, всю жизнь вот здесь лежала внушительная связка — ключи от дома, от рабочего кабинета, от машины, гаража, дачи. Ключи от квартиры дочери: мы с женой частенько забирали внучку из детского сада. И вот теперь, здесь, я — человек без ключей.

Заново устраиваться, обживаться, обставлять мебелью квартиры, заводить знакомых и друзей (хотя настоящие друзья, и каждый из нас хорошо это знает, бывают только старыми), а главное, заново учиться читать, писать, разговаривать на чужом языке. Всем ли это под силу?

В лучшей ситуации оказались старики и дети. Старики, потому что многие еще не забыли язык своего детства — идиш, являющийся как бы производным от немецкого. И им его вполне хватает, чтобы объясниться с врачом и чиновниками «амтов», если там хотят понимать. А дети, потому что они дети и ловят язык со слуха, влет, попадая в речевую среду детских садов и школ.

Родители, вчерашние повелители, оказались в роли униженных просителей. Захотят ли их дети-переводчики сходить с ними по неотложным делам или откажут по уважительной причине, как то: подготовка к завтрашней контрольной в школе или игра в футбол во дворе. Наши дети — народ занятой, не то что мы. А этот бесконечный поток писем из всевозможных инстанций — социала, арбайтзамта, больничной кассы, телекома или магазина, где вас угораздило заказать шкаф или тумбу под телевизор.

— Я каждый день подхожу к почтовому ящику и вздрагиваю, — сокрушенно вздохнул мой сосед-эмигрант. — Они целый день пишут. Зачем? Я не умею читать... — И он помахал перед моим носом внушительной пачкой писем. — В Харькове я был заслуженным изобретателем, начальником цеха, руководил людьми. Я знал, что сказать рабочим и какими словами. О, если я говорил, то они запоминали надолго. А здесь? Как я могу сказать здесь по-немецки? «Он пошла на базар»? Кто меня станет слушать? Я грамоте не обучен...

Куда идет бедный эмигрант учиться грамоте? На арбайтзамовские курсы. «Шпрахи» — еще одна неисчерпаемая тема эмигрантского фольклора. Сия горькая чаша мало кого минует. Здесь, как во времена Гражданской войны, за одну парту сели и взрослые дети, и их убеленные сединами родители.

— Относись к языковым курсам, как к очередному испытанию в эмиграции. Вначале «корабль», потом общежитие, теперь «шпрахи», — сказала одна моя мудрая знакомая. Ее слова оказались пророческими.

Именно на арбайтзамовских курсах я прочувствовала, что такое немецкий «орднунг» в действии. Разбалованная вольным режимом работы в литературных редакциях, где сотрудники появлялись в своих кабинетах обычно часам к 11–12 утра, я была ярко выраженной «совой». То есть человеком, у которого пик работоспособности приходится на вечерние часы, ложащегося спать далеко за полночь и, соответственно, любящего поспать по утрам.

Германия же — страна «жаворонков». Здесь вообще все дела делаются с восьми до двенадцати утра. И только в эти часы функционируют разнообразные учреждения и бюро. После полудня начинаются обеды, всевозможные «кафепаузы» и просто часы, не предусмотренные для приема посетителей, и любитель поспать, как правило, оказывается перед закрытой дверью или неприступной секретаршей, произносящей текст, обозначающий наш расхожий — «не успел — значит опоздал».

Благодаря неколебимой привычке законопослушных бюргеров рано вставать и соответственно рано ложиться, вечерние улицы немецких городов в будние дни поражают своей тишиной и пустынностью.

— Обстановка, как в доме отдыха для пенсионеров, — определила ситуацию московская актриса, приехавшая ко мне в гости. — В девять вечера на улице ни души. Вымерли они все, что ли?

В общем, занятия на языковых курсах начинались ровно в восемь утра. Наш педагог строго фиксировал опоздания: «Фрау Кугель опоздала на две минуты, херр Мальковски на четыре, фрау Сохрина на пять…». И так каждое утро. За каждые полчаса опозданий нужно было представить «иншульдигунг», бумагу с печатью, заверяющую серьезность причин твоего отсутствия. Занятия продолжались по восемь часов. Я не знаю, кто придумал такую систему изучения языка иностранцами и чем он руководствовался. По-моему, ясно, что больше пяти-шести часов в день интенсивно работать и запоминать все эти громоздкие неповоротливые конструкции, меняющиеся, как хамелеоны, немецкие глаголы, хитроумные отделяемые приставки, окончания прилагательных в падежах и прочие грамматические завалы просто невозможно.

В одной русскоязычной газете, выходящей в Германии, я к своему большому удивлению прочитала, что немецкий язык можно выучить за два месяца. Не знаю, может, и существуют такие особо одаренные люди. Однако же в сорок–пятьдесят лет выучить немецкий совсем не просто.

Как-то сидя в одном доме местных немцев, я, привычно извиняясь за ошибки в моей речи, спросила:

— Скажите, а что, если бы ситуация в стране вынудила вас эмигрировать в Россию? Ну, предположим такую гипотетическую возможность, было же такое полтора века назад при Екатерине. И вам в ваши сорок пять–пятьдесят лет пришлось бы изучать русский?

По их вытянувшимся лицам я поняла, что моих знакомых такая перспектива явно не устраивает. Одна только мысль об этом повергла их в глубокое уныние.

— Так-то, — тоном победителя закончила я. — Поставили себя на наше место?

И испуганные немцы услужливо закивали головами.

Через полгода проживания в Германии я стала замечать, что мои дети говорят на чудовищной смеси русского и немецкого:

— Фрау Пикарт давала нам тринкать, — рассказывает мне дочь, придя из детского сада. — А мне эгаль, — машет рукой сын. — Я же ему анруфил...

Но вернемся к арбайтзамовским курсам.

Так вот, к шестому уроку наша группа уже клевала носом и отвечала невпопад, к седьмому синхронно зевала, к восьмому спала, положив головы на жесткие крышки парт. Мы могли откровенно ничего не делать, особенно в предпраздничные дни или неделю пьяного кёльнского карнавала, но ни разу нас не отпустили хотя бы на пять минут раньше назначенного срока. Положено — сиди!

Педагоги были разные. Были чудесные, всеми обожаемые — интеллигентные доброжелательные люди, настоящие профессионалы своего дела. Были чиновно-формальные, пришедшие преподавать случайно, так как работы по их основной специальности на тот момент не представилось. Были и такие, которых я бы просто не допустила к работе с иностранцами. По причине их глубокой, тщательно скрываемой, но все таки прорывающейся острыми углами мелочей неприязни к чужеродцам, приехавшим в Великую Германию есть чужой хлеб.

Впрочем, и группа моих одноклассников представляла собой на редкость пеструю, разношерстную компанию. Худенькой голубоглазой фрау Шмидт едва исполнилось двадцать два, а профессор Гольбах из Минска справил на курсах свое шестидесятипятилетие. Кроме того, в одной аудитории оказались люди разных национальностей, уровней образования (давайте сравним диплом какого-нибудь Богом забытого захолустного пединститута в Киргизстане и физфак Московского университета), характеров, жизненных установок, ментальностей, наконец.

Фрау Кугель и Берг, немочки, приехавшие из Барнаула, были трудолюбивы и прилежны, строчили что-то в своих аккуратных тетрадках и исправно делали все домашние задания. Профессор Гольбах задавал бесконечные вопросы, понятные лишь тем, чья специальность романо-германская филология. В то время как большая часть группы изнывала под грузом тяжких умственных усилий при спряжении глагола sein и могла следить за ходом жаркой дискуссии, как если бы та шла на китайском.

Дородная чета Спивак приходила каждое утро с огромным баулом, набитым всевозможной снедью и постоянно что-то жевала. «Что мы будем кушать, Фима?» — восклицала на очередной перемене колыхающаяся шестьдесят последним отечественным размером Ида Марковна. — «Кушать нечего», — сокрушенно отвечал Фима, щеки которого давно лежали на плечах, дожевывая очередную булочку с домашней куриной котлеткой.

Супруги Федотовы из Бердичева сидели на первой парте. Волоокая, с ярко выраженной семитской внешностью жена Роза на уроках красила губы и постоянно толкала в бок засыпающего намертво с первого же урока белобрысого мужа Васю. Федотовы вообще ничего не учили, но постоянно говорили, что учат их не так.

Красотка Горшкова, прибывшая в Германию исключительно с целью устроить свою личную жизнь и не делавшая из этого секрета, обычно рассеянно листала брачные отделы газет и оголяла круглые коленки при появлении каждого педагога-мужчины. Кстати, она-таки добилась своего, и летучее эмигрантское радио недавно донесло, что наша Горшкова вышла замуж за состоятельного немца-вдовца и совершенствует свой немецкий в двухэтажном особняке по самой эффективной методике.

Неунывающий харьковчанин Шевкович отпускал шуточки типа: «У меня нет проблем с немецким языком. Проблемы у того, кто хочет со мной на нем поговорить». Или: «Продаю темы иншульдигунов!» А после каждой перемены комично вздыхал: «Пошел учить кляту мову...»

Шестидесятилетний, вечно спешащий одессит Беркович получил кличку «Дед-одиночка». Дело в том, что его безмужняя дочь надумала рожать. Жена Берковича страдала сердцем и одышкой и не могла уходить далеко от дома. Все знали, что все хозяйство лежит на нем. В обеденный перерыв Беркович стремительно уносился в ближайший «Альди», где закупал сыр и йогурты, затем резвой трусцой бежал к турецкому рынку, благо тот помещался неподалеку, за овощами-фруктами, после уже с авоськой в зубах, поскольку рук катастрофически не хватало в дешевую мясную лавку, и в темпе быстрого вальса назад, на занятия. Обедал Беркович уже на уроке, судорожно сглатывая бутерброд, подсунутый нашими сердобольными женщинами. Словом, являл собой настоящий пример преданного еврейского отца и мужа, которого все мы неоднократно приводили в качестве образца для своих мужей. Так что скоро мужская половина курсов при имени Беркович стала вздрагивать.

Первый раз счастливый и осунувшийся от пережитых волнений Беркович озадачил педагогов, отдав «иншульдигунг», который буквально переводился так: «Такого-то числа, месяца рожал. Мальчик». И подпись: Беркович. Содержание второго «иншульдигунга» было еще короче: «Встречал ребенка из роддома». Содержание третьего логично проистекало из второго: «Регистрировал младенца». Содержание четвертого, пятого, шестого... Начались расспросы и объяснения. Но в самом деле, должен же был кто-то забрать новорожденного и дочь из больницы, съездить в Бонн зарегистрировать его, а очереди там, как известно, километровые, а потом нужно было отвезти к педиатру, помочь наладить грудное вскармливание, а затем у младенца болел животик, и он срыгивал, и было необходимо...

Руководство курсов было в явном затруднении и по своей

чисто немецкой ментальности не понимало до конца, отчего же все эти радостные хлопоты легли на сутулые плечи Берковича: «Вы же только дедушка…» — заявляли они. Несколько дней ему сочли за прогулы. Не посчитали причины уважительными. Это вызвало дружное негодование наших женщин. И вообще, с классным руководителем нам не повезло, он, к сожалению, относился к третьей из перечисленных мной групп педагогов. И, как и следовало ожидать, у меня с ним случилась нелюбовь с первого взгляда.

— Я журналист. Приехала из Санкт-Петербурга, — отбарабанила я заученную по-немецки фразу на одном из первых занятий, когда мы представлялись друг другу.

— Журналист? — с задумчивой интонацией переспросил меня педагог.

Дальше события развивались по известному сценарию: «Ты кем до армии был?» — спрашивает старшина новобранца. «Учителем», — застенчиво отвечает тот. «А теперь ты дерьмо!»

Первое время я была в растерянности и лишь позже поняла, что у нашего классного помимо общей нелюбви к инородцам были еще какие-то свои счеты с журналистами. Похоже, они крепко насолили ему в жизни. Чем? Это так и осталось для меня тайной. О, если бы я могла свободно говорить с ним на одном языке, как это было с моими недоброжелателями в России! Как быстро можно было бы все поставить на свои места! Здесь же я была ужасающе, непривычно косноязычна, а то и просто нема (словарного запаса не хватало), а значит, и бесправна. Минутные опоздания строго фиксировались, замечаниям не было конца, «иншульдигунги» придирчиво проверялись… В довершение всех бед в канцелярии потеряли мой больничный. Не скрывающий внутреннего торжества педагог вручил мне бумагу, предупреждающую о последующем отчислении за прогулы.

— Это ошибка… У меня есть справка от врача. Болела дочь… — лепетала я, путаясь в глагольных формах.

— Ничего не знаю. Вам деньги платят, а вы прогуливаете. И зачем вы сюда приехали?

Последняя фраза была сказана тихо, но я ее услышала. И он продемонстрировал мне спину. Дома я сказала, что больше на курсы не пойду. Не могу дальше терпеть все эти издевательства. Легко сказать, а сделать? Утром я взяла номерок к врачу. Это был старый мудрый доктор, через кабинет которого прошло уже несколько волн эмиграции.

— Я сейчас хожу на арбайтзамовские курсы немецкого языка и плохо себя чувствую, — сказала я, присаживаясь на краешек стерильного табурета.

— Сколько вам нужно дней, чтобы чувствовать себя хорошо? — его глаза понимающе улыбались.

— Неделю, — подумав, ответила я.

Он измерил мне давление, оно было повышено. Написал все необходимые бумаги и, прощаясь, крепко пожал руку:

— Главное не падайте духом. Первый период эмиграции особенно тяжел. У вас есть дети? Вот и подумайте о них. Детям нужна здоровая мать. А немецкий вы выучите чуть позже, спокойно, постепенно, в том темпе, который вам нужен. Я мало видел людей, хорошо освоивших язык на арбайтзамовских курсах. А вот заработавших там всякие болезни, сердечные приступы видел, и довольно много...

Заранее оговорюсь, чтобы не обвинили меня некоторые читатели в предвзятости, конечно, я субъективна. И есть, наверное, люди, которые, пройдя те же курсы, имеют только положительный опыт. Я за них рада. Но жизнь есть жизнь, и мое право автора описывать разные ее страницы.

«Зачем вы сюда приехали?» — этот вопрос, заданный в разных ситуациях совсем непохожими друг на друга людьми, иногда с любопытственно-вежливой, доброжелательной, редко с агрессивно-уничижительной интонацией не оставляет меня в покое, по-прежнему ранит сердце. Я не умею отвечать на него просто. — Затем, чтобы убежать от всей этой неразберихи, бесправия, смуты и уголовщины. — Затем, чтобы, честно проработав всю жизнь на государство, не остаться обманутым нищим пенсионером, пенсия которого обеспечивает лишь голодную убогую старость. — Затем, чтобы вывезти детей. Не отдать своих мальчиков в кровавые ужасы Чечни, откуда тысячи вернулись в цинковых гробах. Да, мы увезли их. И кто осудит мать за такой поступок? — Затем, чтобы увидеть мир. И своими ногами пройтись по улицам Парижа и Лондона, а не только видеть их по телевизору. — Затем, чтобы, будучи высококлассным специалистом, получать не жалкие гроши, а нормальные деньги. — Затем, чтобы дети могли есть бананы, колбасу и шоколад сколько они хотят, а не в день великих праздников, и расти здоровыми и крепкими. — Затем, чтобы жить в нормальной квартире, иметь возможность купить машину. — Затем, чтобы... Тысячи ответов у тысячи людей. Но отчего же по-прежнему он так ранит сердце?

«Зачем вы сюда приехали?» — опять слышу я. И опускаю голову. — Затем, что если бы «там» в то время можно было нормально жить, работать и растить детей, мы бы все-таки не уехали...

Глава четвертая
МЕСТА КОМПАКТНОГО ПРОЖИВАНИЯ

В Порце живет много эмигрантов. Порц, а именно так звучит по-немецки название, по праву считается «русским» районом Кёльна, как Росхольц (в просторечии «Руссхольц») в Дюссельдорфе. Название нашего района рождает странные ассоциации: «Поц? — переспросила бабушка моей знакомой, приехавшая из Израиля. — А за что вас так?»

В наших двух домах живет несколько сотен русскоязычных семей. Во дворе, на автобусной остановке, в подъезде — повсюду слышна русская речь. Толстый, важный турок в продовольственной лавке напротив вывесил объявление по-русски: «В прадажи грэча» (орфографию сохраняю).

Рассказывают, что первые «русские» (на самом деле евреи) поселились в наших домах три-четыре года назад. То была самая первая волна еврейской официальной эмиграции. Контингент флюхтлинг здесь брали, знакомые рассказали знакомым, заработали маклеры (как же без них!), и дело пошло. Обустроились первые, стали подтягиваться родственники: родители, сестры, дяди, племянники, муж бабушкиной сестры, сестра бабушкиного зятя. Что у нас, в самом деле, мало родственников? Слава богу, хватает.

«У нас в Гермаповке на Кельнщине тоже есть свой маленький Брайтон Бич», — любит повторять дежурную остроту мой сосед, выпив три рюмки водки. По дороге в ближайший «Альди» я пять-шесть раз говорю «Здравствуйте», спрашиваю, как здоровье Иды Соломоновны и сердце Михал Яковлевича, попутно выслушиваю краткий обзор политических событий, истории о кознях зловредной социальщицы, узнаю новый рецепт пирога, а заодно и рецензию на свою последнюю публикацию в еврейской газете, и подходя к дверям магазина, с потеплевшим сердцем, вздыхаю. Да, я в чужой стране, но здесь, в данной географической точке, почти как у себя дома.

Стерильность и гробовая тишина немецких домов, где мне иногда все-таки приходится бывать, приводят меня в глубокое уныние.

— Я в своей квартире боюсь воду в туалете спустить после девяти вечера, — жалуется моя знакомая, живущая в «чисто немецком» доме. — Ко мне коллега приехала из Москвы. Остановилась у меня. Естественно, спуск воды участился. Так эта мымра прилизанная из квартиры снизу встречает меня и спрашивает: «А что, фрау Кац, у вас тоже проблемы с желудком?»

У нас такого нет.

Мы двигаем стулья, заразительно хохочем, ругаемся от души, вгрызаемся в стену дрелью, учим уроки фортепьяно... Словом, живем как привыкли. И вот ведь парадокс — никто никому не мешает.

Первое время я часто ловила себя на мысли, что оказалась в маленьком провинциальном городке, где все знают друг друга, а жизнь невообразимо тесна и открыта.

— Наумчик! — надрываясь, кричит моя соседка своему толстому рыжему сыну. — Немедленно домой! Пора кушать.

— Да пусть побегает, — вступает в беседу моя бабушка. — Полезнее будет. Ты и так его закормила.

— Я закормила? — негодует соседка. — Да у дитя с утра маковой росинки во рту не было.

— Вот-вот, — подмигивает мне сосед сверху. — А зачем она мальчика сюда везла? Чтоб он голодал?

А если мой сын отправляется на очередное свидание с девушкой, мне немедленно звонит соседка снизу. Она любит посидеть на балконе, обозревая окрестности:

— Твой-то пошел с девочкой, ты знаешь? — торжественно сообщает она мне со своего наблюдательного поста. — Можешь не волноваться — очень приличная семья. Я с ними в общежитии жила.

Через десять минут поступает следующая информация, уже от соседки сверху:

— Очень хорошая девочка. Я с ее мамой шесть месяцев отсидела на курсах в одной группе.

Волей-неволей получается, что все мы либо жили друг с другом в общежитиях, либо «плавали» на корабле, либо сообща постигали премудрости немецкого на описанных выше арбайтзамовских курсах. А добавить сюда такие неизбежные места наших встреч, как коридоры социаламта, экскурсии с русским гидом, общие праздники в синагоге, концерты русской заезжей знаменитости... Тесен еврейский мир. И если в многомиллионных городах, там, в нашей недавней жизни, на большой еврейской свадьбе всегда можно было найти общих знакомых, то что говорить об эмиграции? Эта теснота и кучность имеют свои плюсы и минусы. И если в большом городе можно было иметь как бы несколько жизней сразу — в этом районе работа, в другом — дом, в третьем — подруга, то здесь все проходит в одном пространственном и в силу этого хорошо просматриваемом срезе.

Один мой дальний родственник, сорокалетний красавец, большой любитель по женской части, часто менявший жен — каждая последующая хуже предыдущей — переселился в наш район. Приводя многочисленную родню в трепет своими очередными похождениями, он решил, что сможет их благополучно продолжить на новом месте. Не тут-то было!

Ровно через неделю закипающей красными пятнами гнева бабушке было доложено, что ее внук сделал сестре одного, пообещал племяннице другого и сказал дочке третьего. Собралось срочное заседание семейного совета.

— Лева, — раздувая ноздри, начал речь мой дядя. — Лева, я от имени всех скажу, ты это дело кончай. Ты не в Киеве, Лева. Побереги честь семьи. Мы носим одну фамилию. Из-за твоих штучек она может стать нарицательной...

Наверху прямо надо мной живет переводчица Мара. Величавая, полногрудая красавица с высокой прической, моя спасительница. Бог сжалился над моей ленью и глупостью и послал мне такую соседку. Мара читает всю приходящую ко мне корреспонденцию на немецком языке (сама я, увы, пока не в состоянии это делать), пишет ответы и звонит от моего имени в «амты». Последнее время она перестала задавать мне вопросы, а пробежав глазами очередное письмо, садится отвечать. Так как справедливо полагает, что лучше меня разбирается в моих же делах.

Мару нещадно эксплуатирует вся лестница. Вот опять перед ее дверью в шлепанцах на босу ногу и пузырящихся штанах стоит Сема.

— Мар, — жалобным голосом канючит он. — Ты бы позвонила в социал. Чего они деньги не шлют?

— Я уже звонила, — терпеливо, голосом учительницы втолковывает ему Мара. — Ты за мебель не отчитался. Тебе деньги на мебель дали? Дали. А где чеки?

— Так ты же знаешь, что их нет... — переступает с ноги на ногу Сема.

Сема — ходячая легенда нашей лестницы. Я подозреваю, что в этом тщедушном теле скрыты многие таланты. Один из них — терять все, что у него есть.

Младший отпрыск небедной еврейской семьи, Сема после отъезда родственников получил «в наследство» большую петербургскую квартиру в центре города, стоившую немалых денег. Сема немедленно женился в третий раз и прописал в квартиру новую молодую супругу. После серии печальных но, увы, закономерных событий Сема с побитой мордой оказался в восьмиметровой комнате коммуналки. Но на этом не успокоился, а решив во чтобы то ни стало разбогатеть вновь, продал комнату и чудом уцелевшие фамильные драгоценности и всю полученную наличность вложил под проценты в очередной фонд «МММ» конторы «Рога и копыта»... Сердобольные родственники не дали голодать и холодать сыну и брату — забрали к себе в Германию. За Семой был послан муж тетки, так как родня справедливо рассудила, что посылать деньги на билет — занятие пустое. В сопровождении родственника Сема появился на немецком перроне в драных ботинках и с матерчатой сумкой в руках. В Германии ему, как чистокровному «контингент флюхтлинг», полагалась отдельная оплачиваемая квартира и социал. Родня подыскала Семе квартиру в наших домах, принесла кое-какую мебель, подарила холодильник и телевизор... Живи себе и радуйся. Но это был бы не Сема. К несчастью, в его руки опять попали деньги, две тысячи марок, выданные социаламтом на обзаведение мебелью. И Сема вновь решил делать бизнес, пустить деньги в дело. И дело немедленно нашлось в образе неизвестно откуда взявшегося маленького человечка с бегающими глазами по имени Марк. Марк изъявил горячее желание участвовать в совместном предприятии, а для чего немедленно всю наличность забрать и вложить ее в акции золотых рудников на Чукотке. Почему именно в акции и почему на Чукотке — эти вопросы Сема не задавал. С таким же успехом Марк мог предложить ему покупку страусиной фермы где-нибудь в Мозамбике. Стоит ли забивать себе голову мелочами, думать о глупостях, когда через каких-нибудь два месяца он будет сказочно богат!

Деньги канули вместе с компаньоном, который оказался небезызвестным в кругах нашей эмиграции мошенником, обобравшим несколько десятков людей.

Марк начал свою карьеру с того, что появился на «корабле» и пообещал, томившимся в тесных и душных каютах людям, шикарные квартиры за очень умеренную плату.

— Всего двести–триста марок, — заявил новоявленный Остап Бендер. — И вы через два дня переезжаете. Но деньги — вперед!

Через неделю одураченные люди понимали, что сделали трехсотмарковый подарок проходимцу. Но найти его не могли. Наш герой на какое-то время испарялся, а затем находил новых простаков, доверчиво отдававших свои деньги, но уже в другом районе города. Кто-то из пострадавших его все-таки разыскал и даже вошел в его квартиру, где стоял колченогий стол и раскладушка. И что с него было взять? Деньги Марк молниеносно прогуливал, имуществом не обзаводился, расписок в получении сумм не давал... Да и кому жаловаться — социаламту?

Словом, и эти Семины вложения благополучно канули в черную дыру вслед за всеми остальными.

— Мар, так что денег так и не дадут? — на всякий случай переспрашивает Сема.

— Нет.

— Ну, тогда я пошел к тетке обедать.

Семина родня кряхтит, стонет, возмущается, но исправно кормит его обедами и одевает. В семье не без урода. Но в еврейской семье от родственников не отказываются. Как-то не принято. И потом — куда Сему денешь?

Пестр и часто комичен эмигрантский мир. Как-то заехала погостить к своей дочери Дора Михайловна, полная говорливая дама из Москвы. Она зашла к нам в дом, а у нас в это время сидел за рюмкой чая приятель мужа, насмешник и весельчак, кстати, бывший ученый-ядерщик.

— Ох, прямо не знаю, — кокетливо вздохнула Дора Михайловна, — ехать, не ехать... Голова идет кругом.

— Конечно ехать, — сделал серьезное лицо физик. — Да кто вы там? Старая вешалка... А здесь вы фрау.

Дора Михайловна застыла на диване памятником, а мой муж, поперхнулся чаем. Моя приятельница Ирка, существо на редкость искреннее и беззаботное, как-то произнесла гениальную по простоте и глубине фразу, которую я не могу отказать себе в удовольствии привести:

— Ах, — сказала как-то Ирка, с тоской глядя на лежащий перед ней учебник. — Когда меня заставляют учить немецкий, у меня полное ощущение, что меня спаривают с мужчиной, которого я не хочу.

Недавно к Ирке приезжала ее мама Марфа Игнатьевна. Живет она сейчас в Чернигове и имеет дачу — маленький фанерный домик с крошечным кусочком земли. Невиданная раннее заморская жизнь потрясла Марфу Игнатьевну, можно сказать, поразила в самое сердце. Иду я летним вечером мимо помойки, а был это как раз на эмигрантском языке день «шпермюлля» или «выброса», и вижу: стоит около выкинутого плюшевого гарнитура и огромного, допотопного телевизора Марфа Игнатьевна и жалостливо так по-бабьи причитает. Я подошла поближе и прислушалась.

— О-х, горюшко мое, горе... — раскачивается из стороны в сторону она. — Ведь все это здесь пропадает, с собой не утащишь. А вещи-то какие хорошие... Эх, мне бы их домой, да на дачу.

Я тихонько отошла, а зайдя в лифт с грустью подумала, что для этой старой женщины, всю жизнь горбатившейся на каком-нибудь советском производстве за жалкие гроши — эти выкинутые по ненадобности вещи неслыханное, баснословное богатство. Ей, чтобы их купить, надо было работать не один год. В такой стране мы жили.

Мы поехали провожать Марфу Игнатьевну на двух машинах. Восемь здоровенных с человеческий рост баулов, набитых всевозможной одеждой и утварью, купленных на «трюделях» и полученных в «Красном Кресте», с трудом удалось затолкать в тесную щель купе. Проводник заругался и пригрозил высадить. Ирка улыбнулась и дала ему десять марок, и он довольный ушел. Марфа Игнатьевна добралась благополучно. Родня встречала ее, как королеву. Особенно бережно несли баулы с подарками.

Да, но я не о том. Есть ли в местах компактного проживания свои преимущества?

Конечно, есть. В наших домах есть свои парикмахеры, мастера по ремонту стиральных машин и телевизоров, свои специалисты компьютерщики, учителя музыки, поэты, художники и, конечно, врачи. И не простые, а доктора всевозможных наук, попасть к которым на прием в Москве, Петербурге, Риге и прочих столицах союзных республик нашей бывшей Родины считалось большой удачей. Их знаниям и опыту я, честно говоря, доверяю гораздо больше. А может, просто немецкие врачи такого уровня нам с нашими социальными «кранкеншайнами» * практически недоступны?

Если я задумываюсь, из каких разноцветных лоскутков складывается моя здешняя жизнь, то память услужливо достает слякотный декабрьский денек, когда вся моя семья слегла с сорокаградусным жестоким гриппом. И как соседка снизу тут же сбегала в аптеку, а соседка сверху в магазин за продуктами. А еще через пару дней, когда моя дочка стала глухо и тяжело кашлять, из соседнего подъезда пришел сухонький опрятный старичок. Он постукал дочку по спинке и груди костяшками пальцев, внимательно и быстро осмотрел, а затем сказал, что пока причин для беспокойства нет, в легких чисто, а температура — защитная реакция организма, и она снизится через пару дней.

— Кто это? — спросила я свою приятельницу.

— Профессор N.

Я охнула. Неприметный старичок был легендой ленинградской педиатрии, на прием к которому записывались за много месяцев вперед, а благодарные мамаши были обязаны ему жизнью и здоровьем своих малышей.

А когда у мужа соседки случился острый приступ радикулита и стало понятно, что достижениями немецкой медицины пусть лучше пользуются наши враги, знакомые привели седую старушку из дома напротив, известного московского профессора-мануала.

---

* «Кранкеншайн» — что-то наподобие карточки больничной кассы.

И она очень скоро в буквальном смысле поставила больного на ноги.

Здесь я скажу главное: все эти визиты абсолютно бескорыстны. Наши старые врачи помогают бесплатно не потому, что боятся оговора, а потому что они так фактически работали всю жизнь. Разве можно было назвать вознаграждением по труду те зарплаты, которые им платили? И это, думается, одна из самых больших несправедливостей, которую приходится переживать приехавшим в эмиграцию пожилым людям. Кто они сейчас здесь? Фактически нищие (по здешним критериям) старики, презираемые коренными немцами «социальщики». А теперь представим, что их знания, квалификация, их жизнь, наконец, были потрачены не в республиках бывшего Союза, а хотя бы на этой цивилизованно-капиталистической почве? И что они имели бы шикарные дома, автомобили, крупные суммы в банках. И людскую благодарность, конечно. Впрочем, благодарность за добро — это единственный гонорар, который так и не сумели отнять у них большевики.

Я не стесняюсь обращаться к своим соседям-врачам за советом. Потому что поняла такую вещь: оказавшись в эмиграции эти люди из-за возраста и отсутствия языка не могут работать официально.

И для многих из них обращения к их знаниям и умениям — мощный стимул, необходимое ощущение своей нужности на этой чужой земле.

Когда стала выходить газета, появились первые отзывы. Они были очень разными. И я с удивлением обнаружила, что иметь такую короткую дистанцию между тем, кто пишет и тем, кто читает, совсем не простое дело.

— Ха, понаписала, будто бы приехала с двумя чемоданами, а у самой дома столько всего, — криво усмехнулся один мой знакомый. — И вообще, кому интересна история твоего отъезда?

Авторское самолюбие было не на шутку задето. Весь день я слонялась по квартире в скверном настроении и к вечеру решила, что больше в еврейскую газету писать не буду.

А в это время раздается звонок, и из трубки слышится Иркино тарахтение. Что-то про то, что она сегодня полдня провела у парикмахерши Розочки, которая недавно ездила с русской экскурсией в Париж, а в автобусе были все свои и все читали газету с твоей статьей, и Розочка даже заплакала в одном месте, где про дедушку.

— Ну? — отрешенно спрашиваю я, косясь в телевизор.

— Так вот, — торжественно продолжает Ирка. — Весь автобус просил передать тебе благодарность. И еще Розочка сказала, что теперь будет стричь тебя бесплатно. В любое время, сколько ты захочешь!

— Так я вроде еще не обросла... — конфужусь я и, чувствуя, как мягкий растроганный комок поднимается к горлу, кладу трубку.

И еще один мазок, штрих в многоцветном панно нашей жизни. Первые месяцы эмиграции Рита находилась в депрессии. Сказывалось напряжение последних лет, обрушившееся одиночество. Отъезду предшествовал тяжелый разрыв с мужем, взрослый сын жил с семьей в Израиле. А тут еще полный набор наших эмигрантских радостей... И вот как-то заходит она в подъезд общежития с тяжелой сумкой в руках и видит, что у лифта стоит пожилая интеллигентная чета.

— Соня, — говорит по-русски мужчина, обращаясь к своей жене. А Рита считала, что в ее общаге нет русскоговорящих, одни только боснийцы, да негры. — Соня, похоже, лифт не работает.

— Что? Лифт не работает?! — сдавленным шепотом переспросила Рита и, выпустив из рук сетку, так что из нее, разбегаясь по полу, весело покатились помидоры, яблоки, сливы, отчаянно зарыдала. Мужчина вздохнул, поправил роговую оправу на переносице, неспешно подобрал фрукты, аккуратно сложил их обратно в сетку и, взяв Риту под руку, повел ее к лестнице.

— Соня, — сказал он, опять обращаясь к жене, — похоже, надо успокоить. Это же наши люди...

И тут мне хочется сделать эффектную паузу и скромно добавить, что встреченный у лифта мужчина был профессором психиатрии, по книгам которого и по сей день учатся студенты всех медицинских вузов, а его жена врачом-психотерапевтом.

— Когда я думаю, кто оттуда уехал, — сказал один мой знакомый, — то понимаю, что это невосполнимо. Есть потери, которые не восстанавливаются...

Но что-то неуловимо меняется в той, оставленной нами жизни. Бурные московские ветры неожиданно приносят газету с речью мэра города Лужкова по случаю открытия новой синагоги: «Еврейский народ, — читаю я вслух на очередном семейном торжестве речь Лужкова, — это умнейшие и талантливейшие люди. Люди, которые обогатили нашу страну, весь мир произведениями искусства, культуры, науки, промышленного производства». И по тому, как напряжено лицо отца, как застыли глаза у тети, как мелко-мелко трясется седая голова у дедушки, я понимаю, что нужно продолжать: «Все то, что мы сегодня имеем в нашем потенциале, в общемировом потенциале, в общем богатстве содержит мощный вклад еврейского народа».

— Боже мой, — прерывает меня бабушка, и я слышу в ее голосе слезы. — Боже мой, почему они не сказали это раньше? Хотя бы пять–десять лет назад... И Изя бы не уехал в Америку, когда ему зарезали диссертацию. А Боря с семьей в Израиль. А мы, разве бы мы оказались здесь?..

— И Изя бы не заведовал лабораторией в американском университете, а Боря бы не имел своей фирмы в Израиле... — насмешливо вторит ей дедушка.

— А то, что родные братья живут в разных странах? — вскидывается бабушка. — Что нас всех разнесло, как семя пустырника, по всей земле. Что наши внуки, встречаясь не могут понять друг друга — Изины дети говорят по-английски, Борины на иврите, а Яшенькины теперь еще и по-немецки? Разве этого ты хотел, когда твои дети появлялись на свет?!

«Моя задача, — читаю я последние фразы речи Лужкова, — создать условия, при которых евреи в Москве и России чувствовали бы себя комфортно и не захотели бы уехать отсюда, а наоборот, позвали бы сюда своих родственников».

Долгая грустная минута висит в воздухе.

— Ну вот, — нарушает молчание муж тетки. — Дошло наконец. Осознали... Поняли, что, когда процент евреев в стране ниже определенного уровня плохо начинают развиваться науки, культура и ремесла. Есть такая подмеченная историческая закономерность. Это кто-то из великих написал.

— Может, и немцы это поняли, вот и стали официально принимать евреев? — робко спрашивает тетка.

— Бог их знает, этих немцев, — печально вздыхает бабушка. — Отчего, да зачем... И можно ли им верить...

— Верить можно только в себя, — усмехается дед.

И мы сидим некоторое время задумавшись, молча.

...А ночью мне опять снится Ленинград. И я, Оля Коган и Лена Равикович бежим, белозубо хохоча по Университетской набережной. И налетевший с Невы ветер бесстыже задирает бальные платья выпускниц. Белая ночь парит над городом.

— Я хотела бы здесь умереть, — задумчиво говорит Оля, облокотившись о парапет набережной. — Здесь так божественно красиво...

А через три года мы втроем стоим в аэропорту, обнявшись, и плачем. Оля с родителями улетает в Америку.

— Неужели ты не понимаешь, что тебя все равно выдавят из этой страны? Тебе нужно уезжать сейчас, пока молодая.

Сколько же лет понадобилось мне для того, чтобы осознать горькую правду ее слов? А Лена, которая через пять лет, уехала в Израиль. Я навещала ее недавно. И мы до изнеможения бродили по знойным Иерусалимским улицам. И вновь стояли в аэропорту, обнявшись, и плакали, разлетаясь по разным странам.

«И я в своих еженощных скитаниях по Петербургу...» — напишет мне из Калифорнии Оля. Да что же это за злая судьба? Каким жестоким ураганом разнесло нас друг от друга, заставив обретать новые дома?! Они их все-таки обрели. А я?..

1996

ЕВРЕЙСКАЯ СЕМЬЯ В ЗЕРКАЛЕ ЭМИГРАЦИИ
(круглый стол психолога Александра Файна и писательницы Анны Сохриной)

Имя Александра Файна, психолога, специалиста по молодежным и подростковым проблемам было мне известно еще по Петербургу. К Файну часто обращались журналисты, пишущие о молодежи, документалисты. Его знали, к его мнению прислушивались, можно сказать, что в определенном кругу он был по-своему знаменит. Здесь, в Берлине, он остался верен себе — возится с подростками, занимается проблемами андеграунда, консультирует. Здесь мы и встретились, случайно разговорились, и я поняла, что этот почти трехчасовой разговор надо обязательно записать, потому что именно от Александра впервые в эмиграции я наконец услышала точные формулировки многих проблем, непроговариваемых страхов и объяснения подсмотренных картинок нашей германской жизни. Ведь в конце концов, поле писателя и психолога — душа человеческая. Только инструмент исследования разный… Многое в нашем разговоре полемично, и никто ни в коем случае не претендует на истину в последней инстанции. С чем-то можно соглашаться, чему-то горячо возражать, и я уверена, найдутся у нас и горячие сторонники и не менее яростные противники. Это нормально. Ведь темы, о которых мы говорили, далеко не однозначны и просты.

А. Файн: Вот ты можешь мне сказать, что такое Германия сегодня? Ты знаешь хоть одно произведение, которое описывает сегодняшнюю Германию без прикрас? Где был бы анализ того, что есть сегодня немецкий народ, каковы его реальные ценности, чем он живет, его культурологический облик?

А. Сохрина: По крайней мере, нашей эмигрантской публике это мало известно. На русском этого точно нет.

А. Файн: А этого нет и на немецком. Немцы глубоко больны своим поражением. Основа немецкого народа — пангерманизм, немецкий несгибаемый дух и гордость. Так было всегда. На воротах учебных лагерей дивизии «Великая Германия» было написано «Жить, чтобы умереть». И в этом весь немец (или дух) он думал, как достойно и красиво умереть, всегда. И вот после гибели Третьего рейха этот дух запрещен, он вынут из народа. Все формы милитаризма запрещены, игрушки милитаристские запрещены, запрещен образ воина с копьем, обнаженного по пояс. В средствах массовой информации только пережевывание старого. А кто открыто говорит о зарождающейся новой волне коричневых?

Я работая с молодежью немцев-переселенцев, увидел колоссальные потоки национал-социалистической литературы. Их можно купить свободно на так называемых «милитарибозе». А откровенно неофашистские сайты в интернете? Я стал собирать коллекцию, которую условно назвал «Декорации Третьего рейха», так в ней уже около десяти тысяч наименований. Все это в полуприкрытом виде, но плотно и реально существует.

А наша сегодняшняя эмиграция и думать на эту тему не хочет.

А. С о х р и н а: Потому что думать на эту тему страшно. Уехали из одной страны от действительных и мнимых страхов, чтобы опять бояться... Невесело. Утешаем себя, что бомба не падает в одну и ту же воронку. Рассуждаем, что приехали в богатую цивилизованную страну, хотим комфортно и спокойно жить, дать детям образование и не задумываемся о многом. Хотя, конечно, с тобой согласна — нельзя прятать голову в песок, необходимо понимать,какие процессы идут в обществе и что тебя ждет.

А. Ф а й н: Хочется вернуться к проблемам отдельного человека. Об этом мне хочется поговорить поподробнее.

Человек без чувства приобщения испытывает тотальное одиночество. Наше существование в обществе — это не просто череда знакомств и доступ к средствам информации. Поэтому одиночество в Росии для человека, который там вырос и провел большую часть жизни, совсем не то, что одиночество в Германии...

А. Сохрина: Согласна. Очень точная формулировка!

А. Файн: Вот, к примеру, в России от человека ушла жена, выросли дети, закрылась фирма, то-то еще... Но у него есть прошлое. Оно совершенно конкретно отражено в привычной архитектуре и пейзаже за окном, в повторяющейся погоде, климате, который тоже, кстати, является нашей важной эмоциональной составляющей.

У него, в конце концов, существует записная книжка. А записная книжка одинокого человека в России наполнена сотнями телефонов — здесь друзья детства, юности, студенчества, соседи по лестничной площадке, коллеги по работе... Да мало ли кто там еще! А записная книжка живущего здесь эмигранта-это от силы два десятка телефонов. Там существует преемственность прошлого, настоящего и будущего и, кроме того, обязательно есть кто-то, с кем можно сопереживать. Там бездна совместно прожитого, и там он причастен к событиям, там был образ врага, которого сообща ненавидели, и образ друга, с которым «в разведку». И вот эмигрант приезжает сюда — и все меняется напрочь. То, что там так страстно ненавидел, порой становится не то что милым, но своим. Там он сидел дома и ненавидел, к примеру, какого-нибудь лидера, он со своими знакомыми обсуждал это, сопереживал. Был причастен к этим событиям. А здесь? Все чужое. Кстати, русское телевидение для наших людей —это мощная психотерапия.

А. Сохрина: Наши старики смотрят русское телевидение и обсуждают увиденное со своими знакомыми, такими же эмигрантами из бывшего Союза. Это привычный образ жизни, и если русские каналы убрать, то большинство окажется в информационном вакууме из-за плохого знания немецкого языка.

А. Файн: Да, если это убрать, то вообще, кроме воспоминаний прошлого ничего не остается. В том-то и дело, что яркость и чистота жизни вокруг абсолютно не спасает. Участие в событиях прошлого, разделение всего того, что было и удовлетворением, и парением души, есть сущность, которую нельзя оторвать и просто выкинуть... И очень долгое время — если не сказать навсегда — мы оказываемся здесь абсолютно чужими. Интересно, что в Америке и Израиле — другая картина.

А. Сохрина: Я думала об этом. Особенно, когда ездила к родне в Америку и Израиль. Так сложилось, что наша некогда большая и дружная семья разъехалась по разным странам. Там я увидела, что эмигранты живут и чувствуют себя совсем по-другому. По крайней мере большинство. Через пять-семь лет проживания они говорят: «Это наша страна!» А старая эмиграция здесь в Германии, которая живет 20–25 лет, вполне благополучна, имеет свои дома, фирмы, праксисы, я давно обратила на это внимание — так не говорит. И я так вряд ли скажу. Скажу: Германия — место моего проживания.

А. Файн: Да. И это обязательно должен понимать человек, особенно еврей, который собирается уезжать в Германию. Он бежит от своих бед и обстоятельств, но надо четко представлять, что такое Германия сегодня и какие ценности здесь. Иначе неприятие этого мира становится болезнью души. Кроме того, еврейская и немецкая ментальность очень различны. Так сложилось исторически. В конце концов, у каждого народа есть свой преобладающий психотип. Немецкие матери, если заглянем в историю, благословляли своих сыновей на завоевание новых территорий, иногда и на смерть. Для них важна была честь герба. А теперь представь себе еврейскую мать из какого-нибудь местечка Восточной Европы (а мы все оттуда родом), которая посылает своего сына на смерть ради захвата новых земель. Это было немыслимо. Надо было просто выжить, выжить физически, как род. Сохранить семью, детей. Дети — центр существования еврейской семьи.

А. Сохрина: Поэтому большинство наших эмигрантов так и говорит — мы приехали сюда ради детей. Мне представляется очень интересной тема — еврейская семья в зеркале эмиграции. Ведь ты как практикующий психолог видишь типичные проблемы, с которыми семья сталкивается.

А. Файн: Да. Я вообще убежден, что в первые годы эмиграции почти каждая семья нуждается в опытном психотерапевте. Каких стрессов и непоправимых решений можно было избежать, от скольких разводов, а значит, и детских трагедий уберечь!

А. Сохрина: Это, кстати, хорошо понимают в Америке и Израиле. Там службы, принимающие еврейскую эмиграцию из постсоветского пространства, укомплектованы штатом психологов, причем говорящих по-русски и хорошо знающих ментальность именно этой социальной группы.

А. Файн: И это единственно правильное решение. Еврейские организации Германии пытаются что-то делать в этом направлении, но пока явно недостаточно.
Итак, мы рассматриваем прибывшую семью и некие типические процессы. Папа, мама, ребенок и бабушка.

А. Сохрина: Я где-то читала, что героиня еврейской семьи — это бабушка. Возьми любого еврейского человека, достигшего немалых высот, да хоть олигарха, и поговори с ним о его детстве, о бабушке — и он расцветет, раскроется и захочет помогать тебе. Этот нехитрый психологический прием раскрыла мне одна знакомая журналистка — часто бравшая интервью у еврейских олигархов. Бабушка — это начало начал, ежедневная забота, тепло, вкусная еда и бесконечная любовь. А полученная в детстве порция безусловной любви — это такой запас прочности в жизни…

А. Файн: Ты права. Кстати, дети выросшие в полных семьях, где между родителями были не формальные, а по-настоящему дружественные и искренние отношения, имеют больший запас прочности в жизни, как бы прививку от стрессов, невзгод и не-удачливости.

А. Сохрина: Счастливые дети растут в счастливых семьях. А тут эмиграция — страшный стресс, все кувырком, роли в семье поменялись…

А. Файн: Это и есть самое сложное — смена социальных ролей. Там папа чаще всего — главный добытчик, он обычно стоит выше на карьерной лестнице, он хозяин. А тут он, особенно первое время, оказывается не у дел, работы нет и пока не предвидится. Статус ужасный. Естественно, начинаются проблемы с мамой, традиционное восприятие папы нарушилось. Папа больше не носитель, не хозяин и не источник, и мама не чувствует почву под ногами. Мама быстрее и легче устраивается с работой, потому как амбиции совсем другие. Кроме того, мама увидела совсем другие перспективы жизни, о которых раньше никогда не думала. Западное общество предлагает гораздо больше свобод, в том числе и в выборе отдельной квартиры, если уж очень допекло.

Еврейский мужчина часто начинает быть занудой, который пытается компенсировать не состоявшееся на производстве, мелочной опекой домашних, гипертрофированным чувством семейственности. Он, сильный, умный и активный человек, сосредотачивает свое внимание на нитке с иголкой, как ее правильнее вдеть, или переключателе программ телевидения, где он доминирует, какую программу смотреть. И вот папа становится очень крупным для семьи — своим еврейским беспокойством, некомпенсированностью рабочими делами, и этим самым он просто выталкивает из дома всю семью. И мама, всегда раньше готовая поддержать папу, понимает, что ей сейчас просто не в чем его поддерживать. Начинают всплывать все старые обиды, которые бы в прошлой жизни никогда не вылезли. И плюс гораздо большая свобода и материальная поддержка, которую женщине предлагает западное общество…

А. Сохрина: Вообще, обратила внимание, что в эмиграции — цена женщины гораздо выше, чем мужчины. Женщины быстрее выучивают язык, находят работу и устраивают свою личную жизнь, если все-таки решили расстаться с никчемным, лежащим на диване и вечно ноющим мужем…

А. Файн: Да, но еврейский папа в такой ситуации — фигура трагическая. Мужчина страдает и впадает в депрессию. А депрессия это болезнь, и ее надо лечить. Она приводит к переоценке ценностей, изменению личности, и к ней надо относиться очень серьезно. До депрессии еще можно что-то сделать, а в депрессии уже человеку не до чего. А окружающая жизнь наносит все новые и новые оплеухи. В Германии совсем другие традиции этики. Здесь вам прямо в лицо скажут смертельный диагноз и сколько осталось жить, что было не принято в России. Болезненны для нашего человека сухость и безаппеляционность, неукоснительное следование догме при столкновении с большинством немецких учреждений. Здесь почти нет попыток смягчения, подготовки, нет выражений защищающих и спасающих ваше самолюбие. А отсутствие оборотов, междометий неприемлемо для еврейской этики. Вокруг нет никакой теплоты, и это переносится в семью. Идет резкое и разрушающее высказывание наболевшего…

А. Сохрина: У вас получается материал «Берегите мужчин!» А что, женщина — не страдающая фигура в эмиграции? Просто на ней груз ответственности за детей и она не может позволить себе распуститься… И, превозмогая себя, находит внутренние резервы выстоять и состояться.

А. Файн: Все правильно. Но линия драмы мужчины здесь доминирует, потому что для мужчины потеря статуса, что на первых порах обязательно происходит в эмиграции, очень тяжела. Еврейский мужчина традиционно, с одной стороны, фигура сильная — он горы свернет, если что-то угрожает его детям, семье, а с другой, слабая, потому как тонко чувствующая. Это в нем заложено генетически. Он обязан был быть восприимчивым, сенситивным, мгновенно чувствующим флюид опасности окружающего мира. Он должен был не пропустить сигнал изменения социального ветра, чтобы раньше предвидеть беду и спасти детей. Отсюда эта тонкая нервная организация и быстрая реакция на мелкие раздражители, эта сила-слабость еврейского мужчины…

А. Сохрина: Я надеюсь, в следующей беседе мы рассмотрим подробнее линию мамы в еврейской семье, проблемы воспитания и ориентации в обществе наших детей. На мой взгляд, это просто неисчерпаемые темы. А сейчас — огромное спасибо за разговор. Очень бы хотелось донести его до нашего читателя. А мне он дал темы для новых рассказов.

ДРУГА НЕ НУЖНО?

Галка лежала на тельавивском пляже в полном одиночестве. Греясь под уже по-апрельски жаркими лучами израильского солнца, она впервые за несколько прошедших лет была абсолютно спокойна и счастлива. Эта поездка на конференцию выпала ей случайно, как нежданный, но пришедшийся очень кстати подарок.

Она напечатала в одной из русскоязычных газет статью о проблемах приезжающих в Германию еврейских эмигрантов и сразу влетела в водоворот ожесточенной дискуссии. «Наша эмиграция попала здесь в своеобразную психологическую ловушку, — написала она. — С одной стороны, сытая благополучная страна с ее мощными социальными подушками денежных пособий, оплаты квартир и больничных касс для неработающих, а с другой, полная профессиональная невостребованность, невозможность применить свои знания и опыт, особенно людям после сорока. Плюс груз истории, который давит. И то несомненное, что даже вполне успешные и состоявшиеся люди, после 5–7 лет проживания не говорят, как евреи Америки и Израиля — это наша страна! Нет, Германия остается для большинства из нас только местом проживания…»

По профессии Галка была социолог, в Москве она работала в серьезном институте, защитилась, публиковала статьи в толстых журналах и была очень востребованным человеком. Во время перестройки институт благополучно развалился, как и многие другие, они с мужем остались без работы, а тут подоспели на всякий случай поданные документы на выезд в Германию, и они, за полгода спешно распродав вещи, уехали.

В Берлине после двухлетних мытарств Галка пристроилась в одном русскоязычном обществе, как консультант по общим вопросам на полставки. По итогам своих наблюдений и опросов она и написала статью. На нее обрушилась лавина звонков и писем. Статья задела за живое, затронула болевой нерв многих. А вскоре ей позвонил бархатный баритон и, представившись руководителем русской службы одной из международных еврейских организаций, долго задавал вопросы, а затем прислал приглашение на конференцию в Тель-Авив.

Галка с радостью согласилась. Во-первых, она любила Израиль и у нее в этой жаркой стране жило много друзей и родственников, а во-вторых, появился отличный повод сбросить германскую хандру и заторможенность, встряхнуться, обновить картинку жизни, да и просто, наконец, позагорать и всласть накупаться в теплом море. В общем, нежданно-негаданно судьба сделала широкий жест и подарила ей чудесный отпуск.

На пляж ее завез Витька, муж школьной подруги, уехавшей одной из первых еще в конце восьмидесятых. Он ехал на машине по делам и, высадив ее на набережной, строго-настрого велел сидеть под пляжным зонтиком, на солнце особо не высовываться, густо мазаться кремом для загара, «а то — в момент обгоришь», и вообще вести себя прилично.

— У нас тут не так как у вас в Дойчланде… — загадочно изрек он.

— В смысле? — переспросила Галка.

Но Витька уже развернул машину и уехал. А она не спеша прошлась по песочку пляжа, скинула легкие летние брюки и майку, попробовала носком воду — тепло, разбежалась, плюхнулась в воду и долго с наслаждением плавала, отфыркиваясь, переворачиваясь на спину и долго, не шевелясь рассматривая распахнутое израильское небо… Затем Галка вышла из воды и, расстелив на горячем песке ярко-оранжевое полотенце, с наслаждением на него улеглась.

— Рай земной, — пронеслось в голове. — Ну просто рай земной…

Так прошло минут пять.

— Здравствуйте, — раздался над ее ухом мужской голос с сильным ивритским акцентом. — Вас можно будет знакомиться?

— А? — очнулась Галка. Над ней стоял невысокий загорелый крепыш лет сорока пяти в шортах и темной футболке и ослепительно улыбался.

— Ты мне нравится, — доверительно сообщил он и присел перед ней на корточки. — Ты красивый…

— А? — опять переспросила Галка и невольно рассмеялась.

Крепыш смотрел на нее круглыми коричневыми глазами, в которых светилось восхищение. В Германии она уже почти отвыкла от мужских комплиментов и чужого мужского внимания. Это страна, где не принято заговаривать с незнакомой женщиной на улице или в транспорте, просто знакомиться. «Годы, потерянные для секса, — резюмировала первое время жизни в эмиграции Алкина подруга-актриса. — Теряется всякий стимул существования, никто не пристает, не заговаривает… Мне здесь лень лишний раз глаза накрасить. Вот в Москве я даже мусорное ведро во двор выносила в макияже. А здесь хоть всю косметику изведи, на улице никто не посмотрит. Замороженные они тут все что ли…»

Потом правда выяснилось, что для знакомств в регламентированном и кастовом немецком обществе есть четко определенные места. Все было распланировано в этой упорядоченной, скучной и богатой стране.

— Секс по вторникам и пятницам с девяти до одиннадцати вечера, субботние прогулки и утренняя гимнастика до двенадцати утра, термин * с подругой за месяц, чтобы встретиться в кафе, попить кофе и посплетничать… Ты не представляешь себе, — рассказывал мой приятель, встречавшийся с коренной немкой из Мюнхена. — Она время встречи с приятельницей себе в календарик пишет, а потом все точь-в-точь по этому календарику делает… Я как-то пришел вместо вторника в среду и попытался ее обнять.

— Ты чего пришел? — удивилась немка.

— Захотелось.

— Как это захотелось? — не поняла она. — Сегодня же не пятница.

— Захотелось, — заупрямился он.

---

* Термин (*нем.*) — время запланированной встречи.

— У меня сегодня другие термины, — и она раскрыла свой календарик перед его носом. — Я не запланировала. Странные вы какие-то, русские…

Очень скоро мой приятель сбежал от нее и завел себе жгуче черноволосую русскоязычную подругу без календарика, такую, с которой мог заниматься любовью всю неделю по много раз, когда захотелось. А свою связь с холеной, подтянутой и педантичной немкой вспоминал не иначе как с ужасом. Бывали, правда и другие примеры…

В общем, в Германии Галка ощущала себя почти бесполой и совсем отвыкла от постороннего мужского внимания, хотя в свои сорок все еще была хороша и, приезжая в Москву с сыном-подростком на каникулы, частенько ловила на себе острые, оценивающие взгляды мужчин. Наверное, так могло быть и в Германии, но в Берлине она в «такие места» не ходила, а про улицы, работу и общественный транспорт мы уже говорили…

Кроме того, очень скоро она сделала еще одно открытие — в Германии совсем другое отношение к обнаженному телу. Еще в первый год эмиграции подруга, уже лет пять живущая здесь, повела ее в сауну. Кстати, это была не просто сауна в нашем привычном понимании, а целый комплекс саун и парных со всевозможными ухищрениям — бассейнами и джакузи, с бьющими во все места струями, благовониями и грязями, ваннами с разницей температур и разноцветным освещением.

Это великолепие помещалось на огромной зеленой территории и называлось «Комплекс здорового тела». И все было бы хорошо, если бы не ошеломивший Галку факт, что мужчины и женщины бродили, грелись и плескались в бассейне абсолютно голые.

И никто никого не стеснялся! Наряду с молодыми и стройными девушками, мускулистыми торсами молодых мужчин, тряся грудью и обвислыми животами, ходили перезрелые матроны и пузатые мужики. И никого, кроме Галки, попавшей сюда первый раз и испуганно озиравшейся по сторонам, это не смущало. Первые полчаса она все время пыталась прикрываться полотенцем.

— Да что ты как маленькая! — прикрикнула на нее подруга. — Здесь так принято. Кому ты тут нужна? Видишь же, никто ни на кого не смотрит...

И в самом деле, за весь день пребывания в «Зоне здорового тела» Галка не поймала ни одного прицельного мужского взгляда. Ну ладно бы на нее (в конце концов, не так уж молода!), нет, здесь действительно никто ни на кого не смотрел. И был занят только собой и своими удовольствиями. Взгляды скользили как бы мимо, не задерживаясь, и она ни разу не увидела вспыхнувшего эротического огонька. Особенно ее поразила одна сцена.

На краю большого бассейна с изумрудной водой сидел на корточках красивый юноша. Из воды буквально в двадцати сантиметрах от него высовывались две симпатичные женские головки. Компания как ни в чем не бывало болтала и хохотала, перекидываясь шутками. Детородный мужской орган находился прямо напротив их лиц...

— М-да, — подумалось Галке. — И впрямь «зона здорового тела»... Но странным образом от этой картинки внутреннее напряжение снялось, и она, отшвырнув полотенце, смело залезла в джакузи под искрящие струи и больше не стеснялась своей наготы.

— Как тебя звать? — вернул ее к действительности голос с ивритским акцентом. — Я Давид. Ты еврейка, да?

— Да, — подтвердила Галка.

— А почему живешь не в Израиле? — сосредоточенно насупив брови спросил он.

— Ну не всем же жить в Израиле, — дипломатично ответила Галка.

— Еврей должен жить в Израиле. У тебя есть дети?

— Есть.

— И тоже не в Израиле? — укоризненно покачал головой он. Галка почувствовала себя виноватой.

— Дети должны жить в Израиле, — убежденно сказал Давид. — Ты как хочешь, а молодые здесь. Это их страна, здесь есть для них работа.

— А откуда ты знаешь русский? — поспешила она сменить тему, чтобы остановить эту наивную, трогательную, но ранящую ее сердце сионистскую проповедь.

— А у меня подруга из России была, — доверчиво сообщил он. — Красивая. Туда-сюда… Научила. А сейчас замуж вышла, — он разочарованно вздохнул. — Я, вообще, музыкант.

— Да? — заинтересовалась Галка. — И на чем играешь?

— На свадьбах…

Галка рассмеялась. Новый знакомый начинал ей нравиться.

— А муж у тебя есть? — приступил к главному крепыш.

— Есть.

— И хороший?

— Хороший, — подтвердила Галка.

— И тоже не в Израиле?

— Тоже не в Израиле.

Давид расстроенно покрутил головой. Тема была исчерпана. Он задумчиво потоптался еще какое-то время рядом. Галка с улыбкой наблюдала за ним.

— Друга не нужно? — серьезно спросил он. Она так и замерла восхищенно, складывая полотенце.

— Не нужно, — как можно мягче сказала она, отворачивая улыбающееся лицо, чтобы не обижать.

— А что? Постель, кушать, ресторан…

Она уже и не помнила, когда в последний раз так изумленно-радостно смеялась. Но тут появился Витька, велел ей быстро собираться и строго посмотрел на ее нового знакомого и тот, решив, что это ее муж, мгновенно ретировался.

В машине она пересказала ему их диалог, и они искренне веселились.

— Так и сказал? — давился от смеха Витька. — «Постель, кушать, ресторан…» А ведь правильно сформулировано! — В машине зазвучали заливистые телефонные трели. Витька включил переговорник громкой связи. Звонил редактор американской русскоязычной газеты. С ним Галка познакомилась на конференции, он вился всю конференцию около нее, поил кофе, приглашал сотрудничать, и Галка поняла, что ему понравилась.

— Галочка, — проникновенно начал редактор. — У меня к вам предложение. Несколько человек с нашей конференции едет на Эйлат. Прекрасная гостиница, комфортабельные номера. Оргкомитет платит. Поедемте с нами, не пожалеете, я вас приглашаю…

«Что-то на этот раз я пользуюсь подозрительным успехом у мужчин, — мелькнуло у нее в голове. — Видно, засиделась в Германии…»

— Спасибо большое, — ответила Галка, подумав, что еще лет пять тому назад не отвергла бы с ходу его предложения. — Старею, — вздохнула она. А вслух произнесла:

— С удовольствием бы поехала, но обещала родственникам, они меня ждут. Знаете, какой скандал поднимется в семье, если я к ним не заеду.

— Понимаю, — сочувственно произнес редактор. — А жаль. Так бы хотелось…

Витька заинтересованно следивший за их разговором, лукаво посмотрел на нее и произнес, строго наморщив брови и пародируя интонацию редактора:

— Друга не нужно?!

И они, рассмеявшись, помчались по сверкающему от солнца израильскому шоссе дальше…

_2003_

ОБРЕЗАНИЕ

На днях я зашла к своей соседке Сонечке и застала ее страшно взволнованной. Ее семнадцатилетний сын Димка надумал делать обрезание.

— Зачем тебе это?! — восклицала Сонечка и театрально всплескивала руками. — Тебе мало фамилии Рабинович?

Насупившийся долговязый Димка сидел в углу на диване.

— В таком возрасте! — с ужасом восклицала Соня.

— Так если мои умные родители не догадались сделать его на восьмой день...

— О чем ты говоришь! — взвивалась Соня. — Да ты представляешь, в какое время мы жили! Твой папа работал в режимном институте. Какое обрезание! Да мы бы мгновенно вылетели со всех работ, если бы только вошли в синагогу. Нас бы на следующий день вызвали в первый отдел, как папиного коллегу Лифшица. Что ты понимаешь об этой жизни...

— Мама, я хочу быть полноценным евреем.

— А ты что, не полноценный? У тебя все предки евреи. Насчет обрезания — это вам в вашем молодежном клубе внушили, в гемайде? — Нет, ты только подумай, — обратилась она ко мне за поддержкой, гневно сверкая черными глазами. — Умники в нашей общине вместо того, чтобы давать деньги на интеграцию, курсы немецкого языка или еще что-нибудь полезное, выписали из Англии какого-то резника...

— Не резника, а моэла. Резник кур режет.

— Вот-вот! Я и говорю, что у тебя куриные мозги. Сейчас к экзаменам надо готовится, абитур сдавать... Скажи ему... — Соня нервно сдувала прилипшую ко лбу прядь.

Я неуверенно потопталась на месте:

— Во-первых, это больно...

— А во-вторых, красиво, — ответил мне словами из анекдота Сонькин сын.

— Мать, — примирительно сказал вышедший из спальни

Фима Сонин муж, — ну что ты так кипятишься? Пусть ребенок делает. Чего плохого? Я-то в конце концов у тебя обрезанный...

— И довольно коротко, — ехидно сказала Сонька и хлопнула дверью.

— Расстраиваешь мать, балбес... — пожал плечами Фима и опять удалился в спальню.

Дальше события, по Сонькиным словам, развивались так. Димка затаился на несколько дней, и она уже облегченно вздохнула, что все обошлось. А в один прекрасный вечер в доме раздался телефонный звонок.

— Мам, ты можешь приехать за мной на машине? — спросил слабый Димкин голос.

— Зачем? — осведомилась Сонька.

— Забрать меня из больницы.

— Что случилось, сыночка? — оседая на стул, прошептала побелевшими губами Соня.

— Меня обрезали...

— Идиот! Я же тебе говорила! — взревела она.

— Мать, так ты можешь меня забрать? Мне ходить еще больно...

— Мальчик мой, — заплакала Сонька. — Я еду... Я сейчас... Где больница? И заметалась по квартире, судорожно ища ключи, сумочку и права.

Больница размещалась в высоком шестнадцатиэтажном здании на краю города. Соня долго петляла по узким темным улочкам, прежде чем нашла подъезд к ней. И только войдя в просторное помещение вестибюля, поняла, что не знает, на каком этаже и в каком отделении этой гигантской многопрофильной клиники находится ее сын.

И тут мне надо сделать паузу и объяснить, что все эти события происходили в первый год нашей эмиграции, когда моя соседка Соня Рабинович по-немецки едва могла вымолвить два десятка фраз. И поэтому простейшая проблема превращалась в неразрешимую.

Сонечка растерянно двинулась к окошку информации и испуганно замерла — на дворе стоял глубокий вечер и справка уже не работала. Толстая санитарка неспешно мыла в вестибюле пол.

— Мой сын... — залепетала Сонечка. — Он... — и запнулась, в ужасе поняв, что не в силах по-немецки объяснить, что такое обрезание. — Я должна... взять сын... — отчаянно жестикулируя, как можно громче говорила Соня, очевидно считая, что если на чужом языке говорить громко, то будет больше понятно.

Санитарка с удивлением взирала на нее.

— Мой сын... Ему... Бо-бо... — попыталась объясниться Соня. В ответ прозвучала длинная тирада немецких слов, из которых Соня, конечно же, ничего не поняла. Махнув рукой, она понеслась вверх по лестнице и схватила за полы халата какого-то интеллигентного вида мужчину, очевидно, доктора. — Мой мальчик... — и Соня, опустив руку на уровень ширинки, попыталась сделать в воздухе жест, напоминающий движение ножниц «чик-чик». Мужчина испуганно отпрыгнул от нее.

Из Сониных глаз полились слезы. Полчаса бегала она по больнице с этажа на этаж, рыдая в голос, и никто не мог понять, что нужно этой непонятно мычащей и делающей странные движения пальцами женщине в красной шляпке. А Соня представляла своего бедного мальчика бледного, обескровленного, страдающего и ждущего ее, маму-спасительницу, и плакала еще громче.

В конце концов, какая-то молоденькая медсестричка сжалилась над ней и вызвала русскоязычного санитара из приемного покоя. Перед Соней возник громадный кудряво-рыжий мужчина семитского вида.

— Ну, мамаша, и что у вас случилось? — спросил он с одесским акцентом.

— Моему сыну сделали обрезание, — сказала Соня и зарыдала еще пуще.

— Ну, я вас поздравляю! — Одессит позвонил куда-то по телефону, все выяснил и повел Соню по длинному коридору. —

О, эти еврейские мамочки! — приговаривал он, успокаивающе поглаживая ее по руке. — Они всегда плачут, когда надо радоваться.

Через пару минут Соне вручили побледневшего, но гордого Димку, и она, охая и восклицая, повезла его домой, где он был немедленно уложен на диван в подушки и накормлен горячим супчиком.

— Как Димка? — спросила я Соню через несколько дней.

— Хорошо, — ответила Сонька. — Чувствует себя настоящим евреем.

— Во-первых — это полезно... — начала я.

— А во-вторых — красиво... — в тон мне продолжила Соня. — Слушай, — она повернула ко мне задумчивое лицо. — Стоило везти ребенка в Германию, чтобы он тут сделал себе обрезание. Ты что-нибудь понимаешь в этой жизни?

— Ничего, — честно созналась я.

И мы отправились в магазин купить детям чего-нибудь вкусненького.

ДОРОГА НА МЕРТВОЕ МОРЕ

По пляжу у самой кромки воды ходил задумчивый верблюд в наморднике. «А намордник зачем? — спросила дочь. — Чтоб не плевался?»

От той поездки в Израиль остались глянцевые фотографии, где мы с Машкой стоим измазанные целебной грязью Мертвого моря (ах какой становится кожа от той грязи — как у девочки!) и хохочем в затвор фотообъектива. И стопка записей на случайных клочках бумаги, салфетках из кафе, страничках, криво вырванных из блокнота. Разобрать и перечитать их просто не доходили руки, все вылилось в устные рассказы сразу по приезде. Такое бывает. Давно заметила: не записанное по свежим впечатлениям постепенно тускнеет, съеживается, уменьшается, как шагреневая кожа, и так и не становится написанным.

Так какую же предысторию имела эта?

В моей яркой и беспутной молодости у меня были две близкие подружки — Машка и Катька. Обе блондинки, обе русские. А я, конечно, ходила в еврейскую компанию, где были другие мои приятельницы и интеллигентные кудрявые юноши, сыновья маминых подруг.

С чистотой крови в семье было поставлено строго.

— Замуж, доченька, надо выходить за того, кого полюбишь. Но полюби, пожалуйста, еврея...

Горькую правду маминых слов, четкую правильность этой формулы, выстраданную народом в течение тысячелетий (несмотря на многие исключения!), я осознала гораздо позже, когда начались массовые отъездные ситуации. И большая еврейская семья, сидевшая на чемоданах и истово желающая уехать из опостылевшей антисемитской страны, не могла тронуться с места из-за русской жены сына, которая в свою очередь не имела права бросить на произвол судьбы своих больных и престарелых родителей. И это были трагедии, разыгрывавшиеся на моих глазах в разных вариациях, но с упрямой повторяемостью сюжета.

Но тогда, в конце семидесятых, мы были еще молоды, ни о чем таком не думали и с удовольствием проводили время на своих беззаботных тусовках: танцевали, ездили на природу, бегали в киношку и театр. И я, естественно, таскала в нашу компанию своих русских подруг. Это были хорошие интеллигентные девочки, начитанные, белокурые и стройные. И вновь по упрямой логике сюжета их полюбили наши еврейские юноши, а полюбив, захотели жениться. И, преодолев сопротивление семей, сделали это.

Несколько лет спустя, Катька с мужем Фимой благополучно уехали в Америку, а Маша с Борей и годовалой дочкой — в Израиль. А я по иронии судьбы осталась сидеть в ветшающем на глазах Питере и досиделась там до последнего, пока судьба мощным пинком не выкинула меня в Германию. В Германии я первое время чувствовала себя, как мелкая рыбешка, выброшенная на прибрежный песок и задыхающаяся от отсутствия привычного воздуха. Потом, правда, как-то обжилась, нашла оправдания: «Ради детей, только ради детей и ехали...»

В гости в Израиль мы собирались долго и довольно тщательно. Я ходила по дешевым немецким магазинам и выбирала подарки многочисленным израильским родственникам и друзьям. Наконец прилетели. Аэропорт Бен-Гурион встретил нас сухой жарой и пылкими объятиями родственников. Впечатления израильского калейдоскопа — как разноцветные камешки на берегу Красного моря. В памяти остались какие-то сценки, сиюминутные картинки, обрывки разговоров.

Однако общее впечатление было таким: внутри что-то оттаяло. В Германии, особенно в первые годы, я ощущала себя так, как будто замерзла и жила в виде замороженного полуфабриката, когда душа замирает, инстинктивно экономя силы, откликаясь только на самое необходимое. А в Израиле вдруг согрелась. Виной ли тому близкие лица старых друзей и повсюду вспыхивающая русская речь, и эта израильская открытость, когда в автобусе спрашиваешь, где тебе лучше сойти, и двадцать человек по-русски начинают наперебой объяснять: «А ты, милочка, выйдешь тут, пройдешь две улицы, завернешь налево, там сбер-касса... А вы откуда сами-то?»

И вот тут происходила заминка. Сперва, я в простоте душев-ной говорила:

— Я живу в Германии. — И, видя, как закрывается и стек-ленеет лицо, спешила поправиться: — А вообще-то из Ленин-града...

— А в Германии что делаете?

— Живу.

— И как же еврей может жить в Германии?

Два проклятых вопроса, и по сей день повергающих меня в душевный раздор, потому что не могу ответить на них открыто и просто. А отвечая, понимаю, что до конца не искренна и пря-чусь от своих страхов. Это извечный вопрос немцев: «Зачем вы сюда приехали?» и вопрос евреев, живущих в других странах мира, задаваемый с глубинной ехидцей: «Ну и как еврей может жить в Германии?»

Интересно, что прошло три года, и уже во второй мой при-езд в Израиль ситуация поменялась. Еврейская эмиграция в Германию из стран развалившегося СНГ приобрела массовый характер, и у многих в чистеньких немецких городах посели-лись друзья и родственники. Евреи стали ездить друг к другу в гости, и постепенно выяснилось, что в Германии тоже можно жить. А предпочитающим материальные блага жить и вовсе не плохо. Все стало на свои места, и я уже смело говорила русским израильтянам: «Живу в Германии».

— Да? А у меня там дядя в Дюссельдорфе. А, правда, что ев-реям в Германии бесплатно квартиры дают?

Но я забегаю вперед. На пятый день поездки я попала нако-нец в объятия Машки, о которой я рассказывала выше и кото-рую, можно сказать, своими руками выдала замуж за хорошего еврейского парня и отправила в Израиль. Мы не виделись де-сять лет. Сколько воды утекло за это время, сколько судьбо-носных моментов произошло, говорить бессмысленно. Скажу только, что у Машки ко времени нашей встречи было четверо детей и свой дом в Маале Адумин — на той самой Масляничной горе, которую так талантливо описала Дина Рубина в своей лучшей, на мой взгляд, повести, посвященной русским евреям, приехавшим в Израиль «Вот идет Мессия».

В Маале Адумине поселилась, как я поняла, в основном, московско-ленинградская интеллигенция. Не ортодоксальная, но верующая. Свято соблюдающая шаббат и традицию. В общем, Машка приняла гиюр и стала религиозной. Мне, человеку со стопроцентной еврейской кровью и помнящей Машу обычной русской девчонкой в брезентовой штормовке у туристского костра в лагере комсомольского актива, смириться с этим было нелегко. Во-первых, внешне она осталась почти той же белокурой, жизнерадостной и открытой, а родив четверых детей, умудрилась сохранить стройность. Но после первого дня нашего радостного щебетания и восклицаний: «А помнишь?» стала проступать новая и неожиданная для меня Маша.

— Шляпу-то сними, что ты на улице все время в шляпе? От солнца что ли? Машка странно посмотрела на меня:

— Нельзя.

— Почему? — искренне удивилась я.

— Еврейской женщине без головного убора на улице нельзя. Только у себя дома перед мужем.

— Ты что, серьезно? — растерялась я.

— Вполне, — и перевела разговор на другое. — Слушай, сегодня концерт Окуджавы в Иерусалиме, так я закажу билеты?

Оставленная в машкином доме одна, я допустила серьезную оплошность. Пожарила на сковородке колбасу и накормила ею четырехлетнюю Ривку и пятилетнего Давида, младших детей. Вдобавок после колбасы я скормила им по йогурту и осталась очень довольна собой, решив, что все обязанности подменной мамы выполнила «на отлично». Маша была в ужасе. Во-первых, сковородка оказалась «молочной», и теперь ее надо было специальным образом «кошеровать» или просто выбрасывать. Во-вторых, и это было самым страшным, дети не имели права есть мясное с молочным, но по своему малолетству не сумели мне это объяснить. Маша весь вечер охала и была в неподдельном отчаянии, и я поняла, что чего-то в этой жизни не догоняю.

Завтра наступил шаббат, и я не без интереса поучаствовала в зажигании свечей, но в субботу мне надо было позвонить одному знакомому еще по Ленинграду редактору и договориться о встрече: дни, оставшиеся до отъезда, стремительно улетали.

— Нельзя, — коротко сказала Маша. — Шаббат.

— Слушай,— вскипела я. — В конце концов, я уважаю твоего Бога, но дай мне позвонить по телефону!

В понедельник я с шестилетней дочкой, Маша с младшими детьми и ее беременная двойней подруга втиснулись в машкин тесноватый джип и поехали на Мертвое море. Пыльная дорога петляла, поражая пейзажами, мелькающими за окном. Вот молодая девушка-израильтянка редкой красоты, с автоматом у бедра стоит у пропускного пункта перед арабским поселением, вот бедуин с задумчивым видом, неспешно покачиваясь, едет на верблюде...

Наши дети подружились и общались по-русски. Но вот Ривка с Давидом затянули песню на иврите. Моя дочь долго вслушивалась в непонятные слова, а потом запела по-немецки... На каком еще языке, кроме русского, могла она петь, привезенная в трехлетнем возрасте в Германию?

Как причудливо и необратимо повернула нас жизнь, если белокурые машины дети поют на иврите, а мое классически семитское дитя — на немецком, и что будет с нами всеми по прошествии еще нескольких десятков лет? Как ответить мне на эти терзающие меня вопросы?

И успокоиться... И успокоить других.

2000

Новое

ДЕВОЧКА, ХОЧЕШЬ СНИМАТЬСЯ В КИНО?

В отличие от нормальных, романтически настроенных барышень я в артистки никогда не рвалась, потому как с детства была все больше по литературной части. Артист — профессия, по большому счету, тяжелая и зависимая, а вот писателю дано непостижимое право господа бога — судить людей.

Хотя, честно говоря, волшебная магия кино с юности волновала мое воображение. И мужчины, имеющие красную книжечку — заветный пропуск — вход в Дом Кино, особенно в дни премьер или кинофестивалей, — пользовались у меня и моих красоток-подруг, избалованных вниманием противоположного пола, особой благосклонностью. Мужской образ всегда укрупняла причастность к миру кино, этот тонкий, но всегда улавливаемый чутким женским нюхом аромат «фабрики грез». В общем, как говорила Нинка, моя подруга юности, актриса, имеющая большой опыт общения с киношниками: — «Что ты от него хочешь? Это ж — кино, вино и домино...». И еще Нинка любила пространно излагать теорию, что при словах «Девочка, хочешь сниматься в кино?» многие особи женского пола испытывают чувство, близкое к оргазму.

Впрочем, все это не имеет никакого отношения к той истории, которая начиналась, как в хорошем водевиле, с Гошкиного бодрого звонка в девять утра, когда я еще сладко сплю.

— Привет! — радостно закричал он, услышав в трубке мой заспанный голос. — Я приезжаю в Берлин с «Улицей разбитых фонарей».

— С чем? — зевнув, переспросила я, потягиваясь в своей уютной постельке.

— «Улица разбитых фонарей», популярный сериал про ментов. Ты, старуха, даешь, совсем одичала в своей Германовке, выпала из потока культурной жизни...

— Этот ваш бурный поток давно уже пахнет канализацией...

— О, узнаю нашу прежнюю красавицу! Проснулась, ожила...

Ладно, зачем звоню — помощь твоя нужна. Ты в кино никогда не снималась? Сюжет такой — в Петербурге убивают старого антиквара...

— Ну... — сказала я после паузы.

— У него похищают шкатулку, шкатулку увозят в Германию, в ней семейная тайна, письма матери.

— Так тебе шкатулка старая нужна? — догадалась я.

— Да нет... Ты можешь хоть секундочку помолчать, ну, что за характер! Все проще. У актрисы нет немецких водительских прав, сядешь в машину, проедешь сто метров, мы тебя со спины снимем и денег дадим.

— Много? — оживилась я.

— На чашку кофе и колготки хватит. У нас, сама понимаешь, не Голливуд.

— А жаль, — расстроилась я.

На том и сговорились.

В назначенное время я прибыла к месту съемки и лихо прокатила нужное расстояние. Все остались довольны. Я вышла из машины:

— О, — сказал режиссер, — какая фотогеничная женщина! Нам как раз не хватает человека на роль фрау Крамер. Вы, милочка, будете играть мать русского парня, живущего в Германии, фрау Крамер.

— А я смогу? — испугалась я.

— Так там и мочь нечего. Товарищи помогут, — и режиссер, благосклонно улыбнувшись, отбыл по своим руководящим делам. Так мне дали роль, первую в жизни.

Роль была маленькая, но со словами. Я должна была сидеть с главными героями сериала — сыщиками в кафе, делать озабоченное лицо, рассматривать фотоальбом и произносить пару несложных реплик. За роль обещали дать 100 евро — не Голливуд, конечно, но тоже не лишние. И главное — новые впечатления, с которыми, как известно, в обычной жизни домохозяйки не густо.

Утром меня опять разбудила заливчатая телефонная трель.

— Как? — закричал мне в ухо разгневанный Гошкин голос. — Ты еще дома? Ты что, вчера ничего не поняла?! Вся съемочная группа уже ждет, свет установили, а ты, как всегда, лежишь в своей постели...

— А в чьей постели мне лежать? — удивилась я.

— Ноги в руки, и бегом, — скомандовал Гошка. — Через 20 минут ты должна быть на съемочной площадке. И не красься, — добавил он. — Тебе наши гримеры лицо профессионально сделают.

С красной вспотевшей физиономией и растрепанными волосами я прибежала к месту съемки. Меня и в самом деле все уже ждали. Гримерши в четыре руки взбили мне волосы, подвели темной тушью глаза и напудрили нос. И через три минуты из зеркала на меня смотрело холеное лицо благовоспитанной фрау, мой облагороженный двойник. Я села за столик с главными героями, импозантно откинулась на спинку стула, как делала это обычно французская кинозвезда в недавно просмотренном фильме, и произнесла заученные реплики.

— Снято! — закричал режиссер. — Чудненько! Все свободны.

Я понеслась звонить своим подружкам, сидящим у телефонов и изнемогающих от желания узнать, как прошел мой первый съемочный день. Мы отправились в кафе обсуждать новости, лопать пирожные и тратить мой будущий гонорар.

А вечером Гоша объявился в нашем доме и стал громко расхваливать местонахождение нашей квартиры, ее интерьер и, главное, мужню библиотеку. Надо сказать, что библиотека в кабинете — это эрогенная зона моего мужа.

— Такой интерьер, такое замечательное собрание книг... — возводил глаза к небу Гоша. — Это же кладезь, сокровище... Это просто необходимо запечатлеть, оставить потомкам на память...

И мой муж, не устояв перед искусно расставленной паутиной лести, попался, пустился в сладкие его сердцу рассказы о полном преград и колючек пути к приобретению тех или иных книжных раритетов и сам не заметил, как дал согласие на съемку в нашей квартире.

— На полчаса, — ворковал Гоша, — только на полчаса, в дом войдут четыре человека — режиссер, оператор, артист, инженер звукозаписи... На сорок минут. Ничего не тронут, я прослежу, высокоинтеллигентные люди...

Муж сказал неосмотрительное «да» и благополучно отбыл ночным самолетом в командировку, а на следующее утро ко мне ввалилась съемочная группа в составе шестидесяти человек.

Пока я испуганно таращила глаза, «группа захвата» рассредоточилась по всей квартире, бесшумно скатывая ковры, передвигая мебель и ловко убирая из комнат любовно взращенные мной цветы. Я бегала по коридору, бестолково квохча, подобно испуганной наседке. Киношники же тем временем, отодвинув меня с дороги, проложили по всей квартире рельсы-дрезины, поставили на них свои камеры и стали ездить из комнаты в комнату, примериваясь к съемкам. Вторая часть группы тем временем по-хозяйски расположилась в кухне, сделав из нее гримерку и костюмерную одновременно.

На меня никто не обращал никакого внимания.

В гостиной начались съемки.

Покрывшись испариной, я неуверенно ткнулась в ванну освежиться, — но ванна уже была прочно занята; я двинулась в туалет, но у дверей меня поджидала очередь...

— Кто последний? — хрипло спросила я, оглядев человек восемь. — Я за вами...

И решительно пошла в кухню, где уже уютно расположилась гомонящая толпа, пьющая чай из моих любимых фарфоровых чашек, которые я по неосторожности оставила в буфете.

В детской комнате, развалясь в кресле, спал, широко раскрыв рот, главный мент, обожаемый миллионами телезрителей известный артист — герой сериала. Рядом, примостившись на коврике и подложив под хорошенькую головку диванную подушку, спала героиня. Как выяснилось, ночью они хорошо погудели, гуляя по ночному Берлину, и сполна насладились прелестями западной жизни. Подозреваю, что после бурно проведенной ночи бедным героям хотелось лишь одного — хорошенько выспаться. Однако их периодически будили и вели в гостиную играть сюжетные сцены. Артисты были настоящие профи: они мгновенно врубались в ситуацию, делали серьезное лицо, бодро произносили нужные реплики и после режиссерских слов: «Снято!» вновь валились спать, как подкошенные.

— Слушай, — остановила я Гошку, задумчиво стоящего в кухне перед раскрытой дверцей моего холодильника и внимательно рассматривающего его содержимое. — А это долго еще будет продолжаться?

— А? — очнулся он, увидев меня. — Старуха, у тебя сыра, колбаски и хлебушка не найдется? Нет, мы, конечно, в магазин послали, но пока принесут, червячка заморить надо.

— Я тебя спрашиваю, где твои сорок минут?! Уже четыре часа прошло. Когда все это закончится?!

Услышав громовые раскаты в моем голосе, Гоша присмирел.

— Да, скоро, старуха, совсем скоро... Вот только сцену доснимем. Мы ж не бесплатно, мы ж тебе двести евро дадим...

— Да, — сказала я кисло. — Большие деньги...

В гостиной уже играли финальную сцену, для чего сняли картины со стен и переставили книжные полки, предварительно вывалив на пол груду книг. Я с тоской прикинула, в какую сумму мне обойдется восстановительный ремонт квартиры, и мысленно поблагодарила бога за отъезд мужа. Представляю, что бы было, если бы он остался дома — скандал, мордобитье, спускание с лестницы пришельцев... Нет, женщины, что ни говори, существа более мягкосердечные и терпеливые.

В дверь позвонили: это пришли немецкие соседи спросить, что происходит и почему по всей лестнице расставлена осветительная аппаратура.

— Русское телевидение, — как можно любезнее улыбалась я, оттесняя их от двери. — К выходу моей новой книги снимается сюжет... Через час все уберут.

Магические слова «телевидение» и «книга» произвели нужный эффект, и немцы отступили, подобострастно улыбаясь.

— Снято! — закричал из гостиной режиссер. — Все! Уходим из этой комнаты!

Я облегченно вздохнула, надеясь, что моим мученьям пришел конец.

— Переходим в спальню, — скомандовал режиссер. — Снимаем любовную сцену...

— Что? — взревела я. — Любовную сцену в моей супружеской спальне?

И охрипла, не в силах задать больше ни одного вопроса.

— У тебя халат есть? — деловито осведомился Гоша, посоветовавшись с девушкой-костюмером. — Забыли захватить. А домашние тапочки?

Я, бессильно махнув рукой, нашла Гоше все необходимое.

— Родная, у тебя на лице вся скорбь нашего народа, — хохотнул Гоша. — Служенье муз не терпит суеты! Кино — волшебная фабрика грез! Конечно, хлопотно... Зато память останется.

— Память останется на всю жизнь, — подтвердила я. — Как в моей постели, в моем халате и тапочках, снимали любовную сцену... С музами все в порядке, но я думаю, это не входит в обговоренную таксу.

— Не мелочись, — сказал Гоша. — Раньше ты была существом более возвышенным.

— С годами мы все становимся меркантильны, — заметила я и ушла на кухню.

На кухне девочки-гримерши пили чай и кокетничали с молодыми ассистентами. Я еле втиснулась на краешек табурета в дальний угол.

Часы показывали без четверти одиннадцать вечера — хороши Гошечкины сорок минут... Господи, скорей бы они убрались из моего дома, да я бы сама им уже заплатила... Я прикинула, что завтра надо будет позвать трех уборщиц да пару дюжих мужиков, авось за два дня можно будет восстановить порядок, как раз к мужнину приезду. 200 евро на это, конечно, не хватит, придется тратить отпускную заначку. Но — назвался груздем, полезай, — а все эта неистребимая любовь к приключениям на свою... В общем, кино, вино и домино...

Очень хотелось в туалет, но там было по-прежнему глухо занято.

— Может, сделаете хозяйке исключение, пустите без очереди? — нахально осведомилась я у стоящих у дверей киношников. Мне уже было на многое наплевать. Они нехотя потеснились.

— Трудная у вас работа, ребята, — сказала я.

— Да что вы? — удивились они. — Это же сплошной курорт. Вы не знаете, в каких условиях мы обычно трудимся....

Полпервого ночи они все-таки закончили. Я в полуобморочном состоянии сидела на кухне, тупо уставившись в одну точку. Киношники же, к моему большому удивлению, молниеносно раскатали ковры, передвинули мебель, расставили как прежде мои любимые цветы, повесили картины и аккуратно сложили книги. Вдобавок, за десять минут они протерли полы, смахнули пыль и оставили квартиру в образцовом порядке, которого, честно сказать, никогда не было до их прихода. И так же побыстрому скатились с лестницы, забрав все свои осветительные приборы, впрыгнули в автобус и уехали.

Я глубоко вздохнула и, находясь уже в состоянии полной прострации, не дойдя до оскверненной супружеской спальни, свалилась в гостиной на диван спать.

Наутро мне опять позвонил Гоша и, как ни в чем не бывало, попросил прислать молодежь на массовку в одной из сцен в Берлинском кафе. Моя дочь привела весь свой класс и, абсолютно счастливая, вернулась вечером со съемок. Причастность к миру кино здорово подняла ее рейтинг среди одноклассников.

На кухонном столе в конверте с пометкой «от мира кино — миру литературы» я обнаружила 200 евро и позвонила в Питер подруге детства, известной актрисе, которая год назад снималась в этом ментовском сериале в роли заблудшей буфетчицы.

— 200 евро? — переспросила Нинка. — Да они должны были тебе за съемки в квартире заплатить в десять раз больше. Пользуются, что ты не в теме...

— Почему не в теме? — обиделась я. — Я совсем не хуже твоей буфетчицы...

Через полгода с оказией Гоша прислал мне кассету с фильмом. Там я сидела за столом с ментами и говорила чужим низким голосом. Озвучивание проходило уже в Петербурге. Моя дочь обнаружила в сцене в кафе свой профиль на заднем плане и была безмерно счастлива. Кроме того, через все действие проходили интерьеры моей квартиры. Вообще, к моему удивлению, сериал получился довольно забавный, с неплохой режиссурой и увлекательно разворачивающейся интригой.

Я опять позвонила Нинке.

— Дорогая, — произнесла я гордо. — Тебе не кажется, что на старости лет я составила тебе конкуренцию?

— Девочка, хочешь сниматься в кино? — передразнила Нинка. И мы звонко, как в нашей бесшабашной юности, расхохотались.

КРУГОВОРОТ ВОДЫ В ПРИРОДЕ

«Кто возьмет билетов пачку — тот получит водокачку!»

Почему-то монументальная Нона Мордюкова в роли непререкаемой управдомши-самодура в знаменитой комедии вспоминается мне всякий раз, когда я рассказываю друзьям эту историю.

— Да, запиши ты ее наконец! Это такой забавный слепок того улетевшего времени, поучительного отрезка нашей новейшей истории...

И я послушалась, записала.

... Дача нам досталась по случаю и довольно дешево. Если учесть, что находилась она в Орехово, чудесном зелено-озерном пригороде Питера, в садоводстве обкома партии, то цена ее, конечно, была копеечной. Я купила участок у многодетной матери в самом начале перестройки.

Сухая, изможденная Клава, мать восьмерых детей, разливала в Смольном графины. Оказывается, была в обкоме партии такая должность — заполнять свежей водой каждое утро графины правительственных боссов. Клава вставала в пять часов утра, ехала к шести на работу, а к девяти все графины достопочтимого партийного заведения, расположившегося в шикарном петербургском особняке, блистали чистотой и были наполнены свежайшей родниковой водой, привозимой по этому случаю в специальных цистернах.

Все это Клава рассказала мне по дороге, пока мы ехали осматривать дачу. Два года назад еще в эпоху тихого Брежневского застоя для партийцев ранга пониже и особо избранной обслуги были выделены дачные участки в шесть соток. На участке стоял небольшой, но хорошо спроектированный домик. Одну из дач пришлось отдать Клаве, как многодетной матери, причем почти бесплатно, так как кто-то подсказал написать грамотное письмо в профком о важности правительственной поддержки материнства и детства.

Клаве, как образцовой матере-героине, торжественно на общем собрании с прессой и фотографом выдали участок с домиком.

А тут в воздухе подули новые тревожные ветры под названием «перестройка», прежде несокрушимые бастионы закачались и затрещали на глазах, коммунистическую партию (неслыханное дело!) лишили почти всех привеллегий, партийцы разбежались кто куда, и разливать родниковую воду в прозрачные графины стало не для кого. И на повестку дня, говоря привычным языком ее бывших начальников, остро встал вопрос прокорма большой семьи.

— Когда приходишь домой, а там восемь ртов и все хотят жрать... — горестно вздыхая, описывала ситуацию Клава. — То просто не знаешь куда деваться. Вот я и решила дачу продать, больше ж нечего... На эти деньги купить дом в Калинской области, у меня там сеструха и мать. У них в деревне корова есть и куры, дети будут на огороде работать, даст бог, прокормимся...

Клава, несмотря на отсутствие мало мальского и уж, конечно, экономического образования, верно просчитала ситуацию. Рассчитывать на социальные институты больше было нельзя. Государство в начале 90-х с треском развалилось, бросив своих граждан на произвол судьбы, выкинув негласный лозунг «спасайся-кто может!» И Клава с присущей ей крестьянской сметкой простой русской женщины стала спасаться.

Когда я приехала оформлять нужные документы в панельный дом, стоящий на окраине города, где она жила, то поразилась нищете и запустению царившему вокруг. Двери подъездов были выломаны, загаженный лифт не работал, облупившиеся стены между этажами исписаны похабщиной. Общую картину завершал грязный двор с вытоптанной желтой травой и разрытой, дурно пахнущей помойкой... Что там Петербург Достоевского! Райский уголок по сравнению с этим местом.

В темноте я еле отыскала, (все лампочки в подъезде были выкручены) квартиру с нужным номером и позвонила. Дверь мне открыла Клава. В квартире среди советской нищеты и непритязательности быта слонялись бледные разновозрастные дети.

— А что у вас атомная война в доме? Я такого разоренья давно не видела… — созналась я с порога.

— Так у нас же дом для многодетных… Горисполком специально выделил, — удивилась моему незнанию жизни Клава. — У нас квартиры давали тем, у кого не меньше восьми детей. Вот мой Вася покойный и говорил — рожай Клава восьмого, квартиру получим. У соседки Маши уже девять… А у Тони одиннадцать. На втором этаже вообще 12, а когда за всеми усмотришь… Вот дети во дворе слоняются и безобразят, — скороговоркой объясняла она.

Об этой поездке и панельной многоэтажке, заселенной семьями многодетных матерей, я рассказала своим коллегам.

— Так у тебя было горьковское — «хожденье в народ», — сформулировала знакомая редакторша с телевидения.

Я тогда работала в журналистике и на жизненный опыт и узость кругозора пожаловаться не могла, но увиденное все-таки зацепило. Да и все последующие события показались мне поучительными и яркими штрихами незабываемого времени начала 90-х…

В общем, дачу мы все-таки купили.

На большом участке, выделенном под садоводство стояло около трехсот домиков. Домики были разные — от маленького типового, как у нашей разливальщицы графинов, до трехэтажных кирпичных коттеджей с подземными гаражами и саунами. На деньги партии, как известно, можно построить себе многое. Территорию под обкомовское садоводство выделили в хорошем месте на высоком холме, откуда открывался чудесный вид. Конечно, слуги народа отхватили себе лучшие места, но одного важного обстоятельства все-таки не учли — в песчаных землях на возвышенности не было питьевой воды. И рытье даже очень глубоких колодцев не приводило к нужному результату. Короче — чистой воды, этой живительной субстанции всего сущего на земле, в садоводстве на триста домиков не было.

Ситуация складывалась парадоксальная. Обкомовцы отстроили себе шикарные дома, облицевали лучшей чешской плиткой, (другой тогда просто не завозили) кухни и сауны, но не подвели воды.

Правление долго заседало, и в центре садоводства было решено прорыть шестидесятиметровую скважину. Начали строить водопровод, и даже провели трубы, но тут партийные деньги кончились, как кончилась и коммунистическая власть. На инженерные сооружения и насос для подачи воды финансов уже не хватало. Никто такого не ждал.

И в результате столь досадной оплошности и абсолютно непридвиденного хода исторических событий все номенклатурное начальство стояло в километровой очереди с пустыми ведрами у единственной водокачки в центре садоводства..

Зрелище это было еще то. У колонки в знойные летние дни в длиннющей очереди то и дело вспыхивали ссоры — «а вас тут не стояло» и «этот не занимал», часто звучали перебранки из-за количества наливаемой воды, готовые перерасти в потасовки, а то и нешуточные кулачные бои. Номенклатурные работники оказались народом спесивым, злобным и обидчивым, а главное, совершенно не привыкшим к дефициту и очередям. Простояв около двух часов под палящим солнцем с тяжелыми, заполненными драгоценной влагой канистрами, бывшие хозяева жизни тащились по пыльным дачным улицам к своим трехэтажным замкам с подземными гаражами и саунами. И материли все на свете...

Мой муж, постояв разок в очереди за водой, перегрелся на солнце, почесал в затылке и уехал в ближайший поселок, где квартировалась бригада геологов-бурильщиков. Будучи человеком «со стороны», вовсе не номенклатурного цеха, а значит привыкшим полагаться исключительно на себя, он быстро сообразил, что нечего ждать милостей от природы. А вот организовать подачу воды на дачу — его личная задача. Словом, потолковав с геологами часок-другой, он поехал в город и пригнал оттуда три машины с мазутом, дефецитным по тем временам топливом, из-за нехватки которого, к слову, второй месяц и простаивала бригада. Те на радостях за полдня пробурили на нашем участке глубочайшую скважину, «гдовский горизонт», установили, предусмотрительно купленный моим мужем у заводских работяг за ящик водки, насос, и у нас образовалась своя персональная водокачка с чистейшей артезианской водой.

Естественно, новая водокачка не могла не привлечь внимание соседей.

Соседи справа были милейшие люди — Галя и Валя, молодая пара бесшабашных разгильдяев, любящих побренчать на гитаре и рассказать свежий анекдот. Дача досталась молодоженам от папаши, работающего в обкоме. Скважине они очень обрадовались, так как были на редкость ленивы и «их достало» ходить за километр за каждым ведром. Галя-Валя принесли мне бутылку грузинского вина и мы прелестно провели вечер, жаря шашлыки на костре и распевая песни Окуджавы и Визбора. Конечно, воды для них мне было не жалко.

Но объявились другие соседи, и дачники с соседней улицы, а потом стали подходить еще и еще...

У моего забора теперь с раннего утра переминалась громко гомонящая очередь...

Я неспешно просыпалась, шлепала по мокрой утренней росе к будке с рубильником и поварачивала ручку... Из крана начинала течь вода. И так целый день до глубокой ночи.

Очень скоро мне все это стало надоедать.

За водой стояли разные люди — бывшие секретари обкома, разнообразные деятели, отвечавшие прежде за экономику, культуру, снабжение и идеологию нашего города. Как-то в полдень в конце очереди я разглядела мою бывшую высокопоставленную начальницу, обкомовскую руководительницу по идеологии. В мою журналистскую бытность ей подчинялись все газеты и редакции города. Дама эта была премерзейшая, ее не любили и боялись все талантливые перья Питерской журналистики, рассказывали, что не мало крови она попила достойным одаренным людям. Я видела ее пару раз у нас в редакции на общем собрании и довольно хорошо запомнила самодовольное грубое лицо партийной гусыни.

Я, как всегда, включила рубильник, подождала пока подойдет ее очередь...

— Воды больше не будет! — громко объявила я и отключила ток.

— Почему это?- заволновалась дама. — Как это так!?

— А вот так! «Приват» — знаете такое слово? Личная собственность — хочу включу, хочу выключу.

— «Если в кране нет воды — воду выпили жи….» — пародийно запел на веранде мой муж, подмигивая мне.

— Что значит, выключу? — зашипела дама. — Да вы, собственно, кто?

— Я — хозяйка скважины, — спокойно сказала я и пошла к мужу.

Бывшая начальница идеологии огромного, культурного города стояла побагровевшая и злая под летним солнцем с пустыми ведрами. Вообще-то, она пожинала плоды своей предыдущей деятельности.

— Кончилась ваша власть, — сказала я и, повернувшись к ней спиной, уютно расположилась пить чай с вареньем и плюшками.

То была моя маленькая месть, личная сатисфакция за долгие годы обид и унижений способного сотрудника одной из редакций.

Потом, уезжая, мы дачу вместе со скважиной вынуждены были продать, купил ее приятель моего мужа. Человеком он оказался оборотистым, сделав необходимые анализы и заключения в химических лабораториях, организовал на участке маленькое производство по разливу артезианской воды в бутылки. Вода оказалась чистейшая с целебным эффектом.

По иронии судьбы — наша скважина снабжает минеральной водой разные организации, в том числе и петербургскую коммунистическую партию. Правда, уже не правящую.

Вот такой — круговорот воды в природе...

ЧТО ДВИЖЕТ СОЛНЦЕ И СВЕТИЛА...

Честно говоря, в начале Оля ей не поверила.

Вернее отнеслась со здоровым скептицизмом нормального городского человека.

Ну, какие там высшие силы? Откуда? Чушь собачья... Да и объявление в русской газете было на редкость банальным: «Отведу беду, налажу жизнь и здоровье, верну любимого, гармонизирую отношения в семье». Ну и прочая беллетристика, из цикла рассказов старой бабки в деревне, что у младенцев грыжу заговаривают.

— А ты зря так... Сходи. Она одной моей знакомой кисту вылечила и не надо было тяжелейшую операцию делать, другая забеременела после пяти лет бесплодного брака, а у третьей поклонники пошли валом, хотя до этого сидела одна одинешенька...

—А четвертому назвала номер в лотерее, чтобы миллион выиграть, — съехидничала Оля.

Вот уж не ожидала она от трезвой, ироничной и склонной к критическому мышлению Нины подобных сентенций.

— Нет, я понимаю, тебе это кажется дурью. Но, согласись, всегда были люди, умеющие читать прошлое и будущее, обладающие сверхъестественным даром лечить болезни. Этого же ты не будешь отрицать? — Нинка всплеснула руками. — Всегда существовало что-то, что ученые никак не могли объяснить. И эти люди не всегда были, мягко говоря, очень образованы — вспомни бабу Вангу, Распутина, Вольфа Мессинга, наконец...

— Ну, скажем, Мессинг был довольно образованным человеком...

— Да какая разница, в конце концов! Я же говорю, это совсем другое, высшие силы... Она твоих ангелов — хранителей вызывает. — Нинка даже раскраснелась от волнения.

—Ангелов-хранителей, говоришь? Да… «На свете много есть такого, друг Гораций, чего не снилось нашим мудрецам...» — процитировала Ольга.

— Сходи, ничего не потеряешь, а вдруг поможет? А то на тебя в последнее время смотреть страшно, — Нина искренне переживала за подругу. — Ей богу, как будто сглазили. Столько всего свалилось...

Свалилось и в самом деле многовато. Дела мужа наглухо встали, недопоставки, неплатежи разорившихся партнеров, а с ними и растущие долги, поставили под угрозу все материальное положение семьи. А ведь раньше они совсем неплохо жили — квартиру купили, две машины, отдыхать ездили на престижные теплые острова. Сегодня же, если так дальше пойдет, денег еле на коммунальные платежи и продукты хватает, за обучение сына платить уже нечем. А ведь он почти на финишной прямой, два семестра и диплом остались.

Да и ее работа была под угрозой. Попробуй быть бодрой, подтянутой, внушающей доверие и оптимизм людям, когда в голове ад кромешный, а внутри горечь и уныние.

Когда заболела дочка, Ольга просто забыла обо всем, все остальное перестало существовать и иметь хоть какое-то значение.

— Лучше разгружать денежный дом, чем иметь проблемы со здоровьем, — говорила знакомая дама-астролог. — Если уж суждено что-то заплатить по судьбе, то пусть это будут только деньги...

А удар получили по самому уязвимому и дорогому, по самому оберегаемому — непонятная, тяжелая, невесть откуда взявшаяся и плохо диагностируемая болезнь дочери.

Врачи вновь и вновь удовлетворяли свое любопытство, делая все новые и дорогостоящие обследования, и многое могли сказать о течении болезни, и практически ничего — о ее излечении.

Смотреть, как мучается ее ребенок, ее родная, нежно любимая и выстраданная кровиночка просто не было сил. Казалось бы — все отдала лишь бы кончился этот кошмар, это тоскливое ожидание нового обострения. В душе жил страх и безысходность.

И, не надеясь ни на что, она пошла.

Ее встретила полноватая блондинка средних лет, мягкая, с ровным теплым голосом, стильной стрижкой и большими зелеными глазами. Весь ее облик излучал доброжелательность и внимание.

Лара, — представилась она.

Женщина провела Ольгу в скромно обставленную комнату.

— Вы мне ничего не рассказывайте, я сама посмотрю... — Лара взяла в руки изогнутый металлический стержень на деревянной ручке.

— Глаза закройте и стойте спокойно...

Звучала тихая музыка, как будто в лесу в ручье лилась вода, деревья шелестели ветками и негромко пели птицы. Оле неожиданно для нее самой стало спокойно и хорошо, впервые за долгие месяцы.

— Так, со второй чакрой проблемы, третья плохо работает, четвертая, пятая... Ну, все понятно.

Лара присела рядом.

— Зависти вокруг вас было много, несколько человек из фирмы мужа зла семье сильно желали... Он им серьезный конкурент. — Женщина помолчала. — У мужа и у вас биополе сильное, не пробьешь, вот удар и пришелся по ребенку... — продолжила она. — Так, часто бывает. Да, и кармическая линия прослеживается...

— Это как? — встрепенулась Ольга.

— Человеку непосвященному все это долго и сложно объяснять, — Женщина устало провела руками по волосам.

— Удар по дочке, в любом случае — сильный, это самое больное. Приводите девочку — постараюсь помочь, все плохое из вашего поля увести. Попробуем.

Ольга слушала, широко раскрыв глаза. Мягкая, округлая речь, с легким придыханием странным образом умиротворяла, успокаивала.

— Сразу не обещаю, процесс может быть долгим, но со временем... Впрочем, не будем загадывать, сами увидите.

Ольга пришла домой повеселевшая, пыталась рассказать о встрече мужу. Тот последнее время ходил мрачный, подавленный, орал, срывался из-за пустяков — переживал из-за дочери ужасно, да и свои дела вгоняли в депрессию.

Все-таки мужчины — народ нежный, нестрессоустойчивый, тем более, когда это касается здоровья детей, Ольга давно в этом убедилась — и на многочисленных примерах пестрой эмигрантской жизни, и на своем опыте. Женщине в таких ситуациях деваться некуда, и она обычно принимает удар судьбы на свои плечи — и плохо ли ей, хорошо, но держит его до конца, особенно, если беда случилась с кем-то из близких. Прекрасно понимая, что если не она — то кто же?

— Чего тут разбираться, кто прав, кто виноват, — говорила в детстве бабушка Оли. — Делай, что можешь, а там будет, что будет...

Ольга так и жила.

— Гарик, давай сходим к одной женщине, она порчу снимает... — осторожно завела разговор за вечерним чаем.

Муж, поперхнувшись, замотал головой:

— Оль, я понимаю, что времена тяжелые, но дойти до такого... Ты что, у меня совсем дурой сделалась? Вроде бы человек с университетским образованием...

— Но если официальная медицина не может нам помочь... Надо же пробовать, искать! Да и твои дела... Почему все на нас? Мне недавно Борька статью по интернету прислал, так там как раз такие необычные случаи описываются...

— Ах, отстань! — разозлился он. — Борька, статью в газете... Можно подумать, Борька сам такой счастливчик! Я тебе, знаешь, сколько таких статей напишу по заказу? Впрочем, делай, что хочешь. Как говорится, в окопах атеистов нет. Нам уже мало, чем можно навредить. Ходи, к кому хочешь — хуже не будет!

Ольге и в самом деле ее однокурсник Борька, верный друг юности, с которым она и по сей день была в переписке, прислал любопытную статью — «Что движет солнце и светила».

О чем там только не рассказывалось — и про всемогущих магов и прорицателей прошлого, и про экстрасенсов, живущих сегодня и способных делать то, что неспособна объяснить современная наука, про карму и переселение душ, и о проклятиях рода.

Одна из главок так и была озаглавлена — «Проклятье рода Кеннеди», в ней шла речь о том, что череда трагических, нелепых и ранних смертей могущественного американского семейства вовсе не случайность.

Рассказывают, говорилось в статье, что когда в Америке шла война Севера с Югом к богатому и просторному дому Кеннеди подошла цыганка с грудным ребенком на руках. Цыганка постучалась в ворота, женщина была измучена и изможена, и попросила приюта и еды. Ей вынесли кувшин с водой, но путнице этого явно было недостаточно, она нуждалась в передышке и отдыхе, и хотела хлеба и крова над головой.

Жестокий хозяин дома велел гнать эту грязную нищенку подальше от ворот и спустил на цыганку цепных собак.

Собаки на глазах у матери разорвала младенца.

И женщина, воздев руки к небу, прокляла своим самым ужасным цыганским проклятием весь род этих страшных людей до седьмого колена... И то сказать, было за что.

И вот гибли на протяжении столетий мужчины рода Кеннеди один за другим в расцвете сил, на пике карьеры...

Значит, проклятья, порчи, вовсе не бабкины сказки, а вполне что-то ощутимое, значит проклятья существуют?

И еще одна история вспомнилась Ольге. Лет семь тому назад они с двоюродной сестрой отдыхали в Евпатории.

В семье сестры было несчастье — десятилетний сын с младенчества страдал тяжелой болезнью костей.

Болезнь прогрессировала, ни замечательные врачи, ни лучшие курорты, а кузина и привезла мальчика в санаторий в надежде на улучшение, не помогали. Мальчику грозила инвалидность.

Им помог случай. Одна из соседок, а они снимали комнатку, в небольшом одноэтажном домике с садом, как-то посоветовала:

— Вам надо сыночка к Филимоновне вести. Она тут недалеко живет. Правда, не знаю, принимает сейчас, не принимает. Стара стала и сама болеет.

— Кто это Филимоновна? — спросили мы у хозяйки.

— Это местная целительница, к ней раньше толпы ходили, со всего Союза ехали больные. Она обреченных на ноги поднимала. Рецепты народные знала, заговоры, знахарка, вобщем. А сейчас болеет очень, не принимает никого.

Но видно судьба была к мальчику благосклонна и свела нас в приморском парке. Мы с соседкой шли с рынка с тяжелыми авоськами полными всякой снеди и присели в парке передохнуть.

На соседней лавочке сидела ничем не приметная маленькая старушка.

— Ой, да это же Филимоновна! — воскликнула соседка. — Бегите к ней со всех ног и показывайте фото вашего ребенка.

И мы с сестрой подбежали к сухонькой старушке.

Сестра торопливо достала из портмоне фотографию и, заливаясь слезами, протянула.

— Мой сын... Он очень болен. Помогите! Вы же умеете...

Старушка подняла пронзительно голубые глаза. Минуту изучающе смотрела, потом взяла фото.

— Вижу, хороший мальчик. Ноги у него не ходят.

Сестра замерла с мольбой.

— Да, — сказала старушка, — я через неделю помру...

Она задумчиво пожевала губами:

— Ладно... Я помру, а болячку — то с собой унесу. — И, проведя сморщенной рукой в старческих пигментных пятнах, как будто сгребла что-то с фотографии, пошептала, кинула на землю и придавила пяткой.

— Ступайте, будет ходить ваш мальчик. Поправится.

Через неделю старушка умерла.

А сестра, забрала сына из санатория и повезла в Москву к известному доктору. Тот посоветовал новое американское лекарство, которого еще не было на российском рынке, лекарство сложными многоходовыми оказиями все же сумели достать, и мальчик стал поправляться.

И сложно было однозначно сказать — то ли новое лекарство помогло, то ли эта древняя старуха — знахарка. Однако сестра была уверена в одном — ребенка вылечила евпаторийская целительница, взяла себе болезнь и ушла в могилу.

На следующий день Ольга пришла на сеанс к Ларе. Опять тихо звучала музыка — журчала вода в лесных родниках, пели, перекликаясь, птицы. Целительница — «а я космоэнергетикой занимаюсь», — обронила она, заставила обоих встать на специальный коврик и глаза закрыть, думать о своем.

Дочка постояла-постояла, потом легла на мягкий диванчик и... уснула сладко, свернувшись калачиком. А вот с Ольгой происходило что-то странное — она вдруг увидела себя маленькой девочкой, идущей по дороге рядом с любимым дедушкой, который и растил ее в детстве.

И дедушка крепко держал ее маленькую ладошку в своей сильной и теплой руке... Потом вдруг возникло лицо молодого отца... Олин отец скоропостижно умер, когда она была еще подростком, и она редко вспоминала о нем. Лицо у отца было улыбающееся, веселое, он говорил что-то обнадеживающе ласковое и куда-то звал...

Из Олиных глаз потоком полились слезы, и текли они легко и свободно, и внутри было ощущение что что-то разжалось, плотина горечи прорвалась и освобожденная вода хлынула, сметая весь сор на своем пути.

Она почувствовала, что страх, который все это время жил в ней, не давая спокойно думать, дышать и работать, исчезает, постепенно рассасывается, как белесый туман с первыми лучами восходящего солнца.

Ольга стояла, слегка покачиваясь, а слезы все текли и текли, и она их не вытирала.

Вдруг музыка кончилась. Она открыла глаза. Дочка на диване заворочалась и села, удивленно хлопая сонными глазами:

— Мама, а мы где?

— Мы у целительницы, дочка.

— А-а, а ты знаешь, мне такой странный сон снился, как будто я юноша, и мы с товарищем в лесу, мы на войне в форме, лежим. Впереди поле и в нас стреляют. И мой друг весь в крови...

— А дальше?

— Дальше я боюсь, мне больно и... ничего не помню.

— Может ее в прошлой жизни убили на войне, выстрел в голову, отсюда и головные боли? — предположила Ольга.

— Может быть, — серьезно сказала Лара. — В моей практике похожие случаи были. Один мужчина во время сеанса падал, а когда приходил в сознание, то рассказывал, что видел себя одетым в незнакомую военную форму и в него стреляли.

— И что? — в нетерпении воскликнула Ольга.

— На пятом сеансе это прекратилось... У него сердце было больное, а через месяц врачи просто руками развели, он мне с гордостью кардиограмму приносил — все в норме.

Придя домой, Ольга позвонила в Питер бывшему однокурснику Борьке.

— Здравствуй дорогой! Как поживаешь? Спасибо что статью прислал...

— Чем могу... — загудел в трубке Борькин бас. — Сама знаешь — мы не чужие, всегда рад подсобить родному человечку.

В Борькиной жизни тоже была одна загадочная история. Лет двадцать назад, когда они были еще молодые, то поехали с женой и еще одной супружеской парой в Новороссийск отдыхать. Там они купили путевки на прогулочный круиз парохода «Адмирал Нахимов»...

И вот перед поездкой случилась у них одна неожиданная встреча, с молодым парнем — местным поэтом. Борька тогда уже вовсю писал стихи и печатался в серьезных журналах; вот начинающий поэт и напросился на встречу, поговорить о поэзии, почитать свои стихи и выслушать компетентное мнение столичного человека. Стихи молодого автора Борька, сидя за бутылью добротного грузинского вина, раскритиковал. А так как гость принес не одну бутыль, то просидели они до ночи и изрядно набрались.

— Хочешь я тебе будущее скажу, — предложил поэт. — Я могу. У меня дар есть, от деда перешел.

— Какой еще дар? — отмахнулся изрядно захмелевший Борька. — Я в такие вещи не верю.

— Будет у тебя все в жизни хорошо и проживешь ты долго... — Парень приблизил к его лицу расширенные зрачки. — Только, не езди по воде, на кораблях, потонешь... Впрочем, тебя жена спасет...

Борька весь этот пьяный бред всерьез не воспринял и забыл тотчас.

А через два дня жену с острым отравлением, накануне поела вяленой рыбы, купленной на базаре, отвезли в больницу.

Путевки на пароход «Адмирал Нахимов» пропали. Знакомая пара, охая и сожалея, уехала в путешествие без них...

А к утру все средства массовой информации истерически захлебнулись — «катастрофа судна «Адмирал Нахимов», сотни погибших, утонувших и пропавших без вести..»

Их друзья, к общему ужасу, оказались в числе последних, их обезображенные тела достали с затонувшего парохода через несколько дней. И они с женой, выписанной из больницы, белой, как мел от болезни и горя — погибла ее лучшая подруга — ездили на опознание.

— Катька, ты же нас спасла! — когда отошел первый шок, содрогаясь от нахлынувшего чувства, прокричал Борька, утыкаясь в теплую шею жены. — Ты нас спасла... Если б накануне не траванулась, мы бы тоже, как они... потонули...

И неожиданно вспомнил слова того парня-поэта, провидца.

На следующий день они улетали, надо было сопровождать в Москву тела погибших друзей, предстояли грустные хлопоты — прощанье, поминки, похороны. Своего случайного гостя он больше не видел, хотя потом и пытался разыскать. Новороссийские знакомые сказали, что парень уехал куда-то, как в воду сгинул.

Но с тех памятных времен Борька стал всем выходящим за рамки обыденного интересоваться.

Читал литературу, приобрел соответствующий круг друзей-единомышленников и даже ездил с ними в научные экспедиции на Тибет, изучал древние цивилизации Майя и загадки египетских пирамид. Развивал у себя «третий глаз», но успехов в этом особенных не достиг.

— Здесь дар нужен… — вздыхал он. — А я литературным даром наделен, а этим нет.

— Борь, — сказала Оля, — я сейчас с дочкой к одной целительнице хожу, вроде помогает, а муж говорит, что я от расстройства совсем с катушек съехала, — и стала рассказывать ему обо всем.

Боря сосредоточенно слушал.

— А что врачи говорят, светила немецкие? — перебил он.

— Да, ничего. Изучают, говорят может быть так, а может быть этак… Короче, радикального предложить ничего не могут. «Этимология заболевания непонятна, прогноз затруднителен….» — передразнила слова и интонацию профессора Ольга.

— Ясно. Ходи и не сомневайся, — посоветовал Борька. — Говоришь, космоэнергетикой занимается, лечит? Я ребят поспрашиваю, вообще, слышал там у них есть мощные люди... Ты, главное верь. Верь и надейся. И держи меня в курсе...

И они продолжали ходить на сеансы к Ларе. Дочь под тихую музыку сразу засыпала, а Ларе виделись странные картины не ее жизни.

То она индийской танцовщицей — плавно изгибая руки — идет в древнем танце, то молодой еврей-хасид с длинными, закрученными спиралью пейсами, (тоже почему-то она) истово молится в средневековой синагоге, раскачиваясь всем телом. И так явно это было, что чувствовала она чужие незнакомые запахи и жар накалившегося на южном солнце камня…

— Это ты в прошлые жизни попадаешь, — объяснила Лара. — Ничего удивительного, проработка идет.

У мужа неожиданно заплатили по счетам партнеры, на которых он не рассчитывал. И они сумели оплатили учебу сына на полгода вперед. Дома стало заметно веселее.

Главное, у дочки уже третью неделю не было обострений.

Ольга, затаив дыханье, ждала, боялась спугнуть... Сделали новые анализы. Болезнь остановилась, не ушла, но больше не прогрессировала... Профессора считали, что это победа и приписывали успех лекарствам.

Но Оля знала, кому обязана.

— Знаешь, я пока не могу эту болезнь совсем убрать... — сказала Лара. — Но уже сделала главное — сняла кармическую линию. Значит теперь, после перерыва можно работать дальше. А там посмотрим...

— Посмотрим, — благодарно выдохнула Ольга.

Дома на кухне муж читал присланную Борькой и предусмотрительно распечатанную Ольгой статью.

Он поднял на жену виноватые, любящие глаза:

— «Что движет солнце и светила?» — насмешливо спросила Ольга. — Ты по-прежнему ярый материалист и ни во что не веришь?

И он, обняв ее, яростно замотал головой.

САНАТОРИЙ ДЛЯ ПОХУДАНИЯ
(из жизни голодающих)

Санаторий размещался на острове.

— Это чтобы голодающие понимали, что все пути назад отрезаны и не могли сбежать, — мрачно пошутил Алик, обращаясь к жене и ощущая сосущую пустоту в желудке.

Ленка только ехидно хмыкнула и повела округлым плечом.

И зачем он только послушался жену и дал затащить себя в этот сомнительный «оазис здоровья и очищения»? Нет, конечно, надо сбрасывать, слов нет — набранные за последние восемь лет лишние 15 килограмм из-за лежания на любимом диване перед телевизором с тарелкой всякой снеди, сидячей работы, отсутствия движения, любви к сладкому, соленому, печеному, вкусному…

Все так — полный набор. Поэтому и живот вырос и давление стало подниматься. Типовой портрет горожанина средних лет в интерьере. Но обрекать себя на такие муки?

И еще Сонька, эта масластая язва без единой капли лишнего жира, словно сошедшая с обложки журнала «Физкультура и спорт», школьная подруга жены, все время ехидничавшая:

— Такую попу в Европе больше не носят!

Мол, она уже и карьере мешает. Тьфу, глупости, приятные округлости еще никому не мешали. Вот покойная Мирра Львовна, его тетка из Одессы, говорила сестре, перманентно сидящей на диете:

— Милочка, худая корова еще не газель…

И, победно оглядев своих явно перекормленных внуков, чьи розовые, поросячьи щеки неизменно вызывали ее умиление, восклицала:

— Вот с такими детьми не стыдно поехать в Одессу!

Да и Марк Григорьевич, его дядя, заменивший в детстве отца, любил повторять:

— Запомни сынок, пока толстый сохнет — худой сдохнет.

Бывало глянет на стройненькую по сегодняшним понятиям женщину, пожует с сожалением пухлыми сочными губами и изречет со вздохом:

— Э-э, да тут и трахать нечего!

И ведь прав был старый греховодник, то ли дело Рубенсовские формы, розово-кремовые телеса, пышности... Разве можно сравнить с современными вешалками на подиумах, это ж просто «антисекс», и кого могут вдохновить на подвиги эти штампованные куклы Барби?

Конечно, Лена тоже права, все хорошо в меру, и если из-за лишнего веса начинаются проблемы со здоровьем...

— Алик, — прервала его мысли жена, — пора на очистительные процедуры!

Алик уныло загребая ногами поплелся в кабинет, отстоял положенную очередь и покорно улегся на белую кушетку за ширму.

И все таки, надо быть полным идиотом, чтобы за то, чтобы в твою собственную задницу поставили клизму, пусть даже суперсовременную, названную словно в издевку — системой очистки и оздоровления, и не дали жрать — выложить такую прорву денег! Еще вчера, когда он только высадился на этот чертов остров и проводил тусклым взглядом юркий паромчик, шустро убегавший назад в большую жизнь к сверкающим супермаркетам, набитым всевозможными вкусностями, то понял, что Ленка втравила его в пренеприятную историю.

— Чтобы похудеть, — сочным голосом вещал на лекции худенький опрятный доктор, — надо иметь мощную мотивацию и силу воли. Необходимо существенно ограничить рацион и много двигаться...

За обедом, опустив ложку в так называемый «суп», где в мутном бульоне плавали три чернословы, Алик путем несложных математических вычислений прикинул стоимость каждой черносливины и пришел в ужас. Так влипнуть! Да черт с ним с брюшком — проделал лишнюю дырку в брючном ремне, съел пару таблеток от давления и все тип-топ. Нет, поддался на все эти женские подначки:

— Вам просто необходимо сбросить лишний вес. А в санатории вы сделаете это по новейшим методикам, под наблюдением врачей и максимально безболезненно...

Ничего себе безболезненно! Да это вообще — средневековая пытка какая-то, и он решительно ни о чем, кроме еды думать не может. Рот Алика наполнился слюной, под ложечкой предательски заурчало, а на глазах выступили слезы.

Единственная радость, молоденькие медсестрички вполне сносно делают массаж, бьют толстые рыхлые бока сильными струями воды из шлангов, а по вечерам дают пить красное вино. Вроде как красное вино — мощный оксидант и способствует улучшению обмена веществ в организме. А какой может быть обмен при таком питании! Нет, три недели ему здесь не выдержать… Только ноги с голодухи протянуть под тщательным медицинским наблюдением и за свои же бабки.

Днем во время прцедур заворачивали в мокрые простыни, считалось, что холод помогает сжигать жир. Обитатели санатория после обеда ходили в белых простынях, как римские патриции, слегка поддатые (спасибо вину-оксиданту), сбивались в кучи и говорили только о еде.

— Эх, мне бы сейчас баранью ногу с жареным картофелем, — мечтательно закатывая глаза, колыхала необъятными складками черноволосая дама, — миллион бы кажется дала…

— А шоколадное мороженое с сиропом, — вторил ей их сосед, живот которого, как съязвила Ленка, был уже не на девятом, а на десятом месяце беременности.

По утрам обычно взвешивали. Молодой румяный доктор водружал на электронные весы, последнее чудо техники, очередную жертву и голосом диктора на спортивных соревнованих бодро провозглашал результат:

— Потеря 150 граммов живого веса со вчерашнего дня! Общее похудение — он заглядывал в специальный журнала — 2 килограмма 400 граммов!

Похудевший гордо приосанивался и уступал место следующему герою суровой борьбы за стройность.

Первые три дня Алик терял ежесуточно по 300 грамм и терпел, а на четвертый решил, что обязан что-то предпринять, чтобы не свихнуться от голода окончательно.

Бродить в окрестностях санатория было делом бесполезным, магазинов на этом крошечном островке, гордо торчащем посреди прозрачной голубоватой воды, естественно, не было. А подход к санаторской кухне был забарикадирован так, как будто там хранились секреты оборонного значения.

— Все продумали мучители… — с горечью подумал Алик, усаживаясь перед обеденным столом и мрачно окидывая взглядом две тощенькие морковинки на блюде. — И впрямь сдохнешь тут от здорового питания, а скажут — так и надо.

— Что б такое съесть, чтоб похудеть? — радостно потирая руки приветствовал его толстяк — сосед, установивший своеобразный рекорд и уже потерявший 8 килограмм живого веса за 10 дней. Толстяка ставили в пример другим голодающим.

— Надо что-то придумать, я должен что-то придумать, — неотступно размышлял Алик, направляясь на веранду, где жена с помощью седсестры замеряла объемы груди, талии и бедер и заносила эти впечатляющие размеры в таблицы.

— А я ей говорю, — щебетала жена, — я последнне время располнела так, что уже и стыдно раздеться в приличном месте…

— И знаешь, что она сказала? «Так может уже и хватить раздеваться в приличном мете?» Представляешь? Змея подколодная… И я решила — все, худею. На десять килограмм минимум.

— В конце концов, что у меня характера что ли нет?

Характер у жены был, это Алик отлично знал по себе.

— Вот и муж у меня любит покушать, — продолжала Ленка. — Я же готовлю — пальчики оближешь. Ну, и набрали год за годом… Наша дочь нас теперь так и называет — два толстяка.

Жена засмеялась, показывая безукоризненно ровные зубы.

— Но мы похудеем, правда дорогой?

— Конечно, — стиснув зубы, процедил Алик, мучительно размышляя, где бы достать еды.

На четвертый день санаторной диеты, потеряв очередные 300 грамм, Алик решил что просто так не сдастся. Все свободное от процедур время он сантиметр за сантиметром обследовал разнообразные помещения санатория с педантичностью маньяка. И на пятый день ему улыбнулась удача.

На третьем этаже в медсестринском отсеке он обнаружил невзрачную на вид тумбочку, закрытую на отодвигающийся ржавый гвоздь.

Днем после диетического обеда, когда его жена отправилась в «банно-прачечный комплекс», как окрестили отдыхающие отделение водных процедур, Алик, незаметно стащив с вешалки белый докторский халат, нарочито небрежной походкой на резвых ногах отправился на третий этаж. Вожделенная тумбочка стояла на месте…

Вечером врач после очередного взвешивания сокрушенно покачал головой:

— Ничего не понимаю… Весы что ли разрегулировались? Вы почему-то на кило поправились.

— Да, что взять с современной техники, — заюлил Алик. — Вот у нас в институте была история… —

И стал что-то длинно и весело рассказывать.

Взвешивание приостановили.

Все оставшиеся по путевке дни Алик проходил в хорошем настроении. Только жена и врачи сокрушенно качали головами — Алик больше не худел.

— Ты у меня прямо загадка природы какая-то… — недоумевала жена.

Отгадка была проста, как все гениальное. О ней Алик поведал мне после второй рюмки водки в предновогоднем обильном застолье.

— Просто в той тумбочке хранилась трехлитровая банка меда и мешок ванильных сухарей. Как только Ленка вечером засыпала, я поднимался к заветной тумбочке, нажирался до отвала и отводил душу.

— А как же лишний вес и связанное с ним давление? — строго спросила я.

— Так я ж на полтора кило все-таки похудел, — сконфузился Алик. — Жаль, конечно вбуханных в путевку денег. Но зато Ленка имеет теперь такую фигуру…

— Что не стыдно раздеться в приличном месте, — радостно подхватила я.

— Ты думаешь? — с тревогой заглядывая мне в глаза, спросил он и попытался втянуть заметно выпирающий живот…

Из цикла «Деньги»

КАК МЫ ЖИЛИ

Честно говоря, она меня разозлила.

Позвонила некая почтенная дама 80-ти лет от роду, долго изливалась в восторженных и благодарственных словах по поводу моей книги, а потом резко сменила тон.

— А теперь я скажу, что мне не понравилось.

— Что? — заинтересовалась я.

— Вы много пишете о материальном. Ваши героини, если они добились успеха, обязательно хорошо одеты, имеют дома, деньги, машины…

— А что в этом плохого? — удивилась я.

— Вот мы с мужем всю жизнь работали на одном предприятии, были ведущими инженерами. Да, мой муж главным специалистом был, на нем вся фирма держалась… Жили в крошечной со смежными комнатками квартирке две семьи, работали, растили детей, книги читали, мы тогда все читающие были, не то что нынешняя молодежь… И знаете ни о чем таком материальном не думали. И были счастливы между прочим!

— Так ли уж счастливы? — усомнилась я

— Счастливы, — твердо отрезала дама. — Без всяких там ваших мерседесов и вил…

Ох, уж эта философия наших мам — думать о деньгах интеллигентному человеку стыдно! Скольким моим ровесникам приходилось выдавливать из себя эту советскую, ласкающую гордыню отраву! А скольким она не дала состояться по-настоящему. Да, не стыдно, не стыдно думать о деньгах. Стыдно быть бедным, потому что деньги — это в первую очередь свобода, свобода выбора и возможность заниматься, тем, чем ты хочешь, а не работать на постылой работе по восемь часов в день плюс время на дорогу за кусок хлеба, занимаясь бог знает чем! И стыдно не иметь эту возможность, а только сидеть на своей начитанной заднице и рассуждать о высоком.

На ум сразу приходит анекдот перестроечного времени.

Приезжает иностранная делегация в колхоз. Их долго водят по ферме, показывают молочный завод, косилки, тракторы.

— А это ваши вилы? — вежливо спрашивают гости, кивая в сторону полуразвалившихся изб.

— Да, — гордо отвечают колхозники. — У нас есть все — и вилы, и грабли...

— Вот, — вернула меня к действительности читательница. — Мы и без всего этого жили...

Господи, да как мы жили среди непритязательности советского быта! Равенство всех в нищете. Все это становится таким отчетливо выпуклым отсюда — из благополучного комфортного запада. Как сказал знаменитый сатирик, впервые съездивший в Америку, в самом начале перестройки:

— Ребята, кто сказал, что надо жить плохо? Надо жить хорошо.

Моя молодость выпала на 80-мидесятые. И вот едем мы как-то в машине по Берлину, дочь на заднем сиденье, и вспоминаем с приехавшей из Питера подругой юности свои студенческие дни.

— А помнишь, как сутками, — давясь от смеха, вспоминала я, — стояли в Гостином Дворе за зимними сапогами? Еще ты меня подменяла и мы писали чернильные номера на ладошках?

— А когда подходила очередь, — уже в голос хохотала она.- Всегда заканчивался мой размер!

— И мы все равно их брали, а потом пытались сменять.

— И какое это было счастье! Помнишь, у меня были коричневые чешские на меху, я их на босоножки выменила и пять лет носила…

— А продовольственные наборы на работе на праздник? Когда в магазине был один вид сыра — «Российский» и колбасы «Докторская»?

— Господи, да как же мы жили? — вдруг перестав смеяться, недоуменно развела руками я.-Как же мы жили...

А вечером моя шестнадцатилетняя дочь взахлеб по-немецки пересказывает наш разговор своей подруге, тоже дочери эмигрантов.

— Знаешь, мама рассказывает, что у них был один сорт сыра и одни зимние сапоги на пять лет и то не своего размера...

Они долго с удовольствием смеются.

Для наших детей, уже выросших здесь, это звучит приблизительно так — живут в Африке в хижине из бамбука, без водопровода и канализации, ходят босиком и в набедренной повязке, срывают бананы с пальмы, а еду варят на костре... Дикие, одним словом, люди.

А ведь мы ничего не преувеличили, мы действительно так жили.

Помню, как после пяти лет пребывания на Западе впервые прилетела в Питер. Долго стояла в аэропорту, вдыхая привычные запахи... Вокруг все говорили по-русски! И это было так здорово, как будто долгие пять лет я плыла в холодной воде чужого языка, а сейчас очутилась в привычно — теплой.

И город такой родной — в центре и на Васильевском почти на каждой улице второй и третий план. Здесь ты учился. Там бегал на свидание, на набережной целовался в первый раз с одноклассником. А здесь гуляли после вступительных экзаменов в университет и были так счастливы, как будто сдали экзамен на всю оставшуюся жизнь. То, чего никогда не будет в Германии — привыкаешь, обживаешься, радуешься комфорту, чистоте и удобству — а вот этих ослепительных и ярких отзвуков детства и юности нет. И никогда уже не будет.

Но уже через день после приезда в Питер глаз царапала грязь на улицах, обваливающаяся штукатурка давно не ремонтированных зданий, битком забитый, вонючий и душный транспорт... А ведь во времена молодости ездили и висели на подножках, и кто-то вскочивший уже после втрамбовывал тебя в плотную людскую массу, и не было, не было тогда ни у кого из наших знакомых — врачей, учителей, инженеров, людей нашего круга — машин. Мерзли в 20-ти градусные морозы на остановках, ездили в школу, институт, на работу и ничего.

Права моя читательница — жили и думали, что это нормально. Как же быстро меняется система оценок...

После пяти лет пребывания в Германии я приехала в родной город в квартиру моего детства — хрущевку с двумя смежными комнатками и шестиметровой кухней. Я зашла в знакомый ошарпанный, пахнущий привычными запахами подъезд и замерла — время остановилось...

Я меняла города, места проживания, я повидала за этот срок многие страны, посмотрела как живут разные люди, я прожила за это время кажется тысячу лет, а здесь все было так, как двадцать лет назад, только, пожалуй, еще запущенней. Все-таки во времена моей молодости подъезд раз в пять лет красили, а сейчас на стенах клочьями висела десятилетней давности обваливающаяся штукатурка. Или тогда эта грязь и запустение были привычным интерьером и не бросались в глаза? А эти вечно текущие краны, ржавые подтеки на унитазах... Найти квартиру с исправно функционирующей сантехникой в Питере было большой редкостью.

Практически все мое детство прошло в мире поломанных вещей — колченогий стул, подтекающий унитаз, качающаяся тумбочка у кровати, склеенный синей изолентой шнур утюга... Так мы жили — дети рабочей интеллигенции, средний класс по нынешним меркам. На рабочих окраинах жили намного, несравненно хуже.

И эта дама меня осуждает!

Я вспомнила, как приехав в Америку в дом своей кузины — огромный, двухэтажный, с большой уютной залой, двенадцатью комнатами, дом, где только ванных комнат было пять штук, а терраса выходила в ухоженный сад с голубым бассейном... Как заплакала и обняла свою старую тетку, прожившую всю свою жизнь в убогой коммуналке. Заплакала от радости, что она, наконец, в американском доме дочери обрела достойную и красивую старость.

Ребята, кто сказал, что надо жить плохо? Давайте жить хорошо.

«СКУПОЙ РЫЦАРЬ»

На свете есть довольное количество женщин, которые так любят деньги, что искренне любят мужчин, которые им эти деньги дают.

Я не нахожу в этом ничего странного.

— Как он платил! — в восторге закатывала глаза одна моя знакомая. — Как он платил! Приходил, доставал свою золотую кредитную карточку, мы шли в мой любимый бутик, я показывала понравившуюся тряпку — а он платил!

И такой экстаз был в ее глазах, такое пламя, как будто она заново переживала одну из самых острых эротических сцен своей жизни.

Пою песню мужчинам щедрым, широким, любящим делать подарки.

По моим наблюдениям, такой мужчина никогда не останется одинок. Даже если далеко не красавец, не наделен исключительными мужскими достоинствами, не очень, прямо скажем,

легкого характера — щедрость искупает многое, практически, почти все!

А вот скупой рыцарь с большой долей вероятности, если не повезет с кроткой, неприхотливой подругой — страдалицей, будет коротать остаток жизни в одиночестве.

Скупой платит дважды…

Мужчина из постсоветского пространства, привыкший жить при тотальном мужском дефиците, (кстати, еще ни один умник-социолог не смог мне внятно объяснить, почему в России женщин намного больше, чем мужчин, как будто там перманентно идет война…) страшно избалован. Если женщин всегда больше, то и напрягаться абсолютно незачем. Мужчина может быть любым, как гласит народная мудрость — «чуть красивее обезьяны», и все равно пользоваться успехом.

Причем, какие женщины обитают на просторах моей бывшей Родины! Умные, красивые, нежные и хорошо образованные, прекрасные хозяйки и заботливые матери. Не женщины —

а мечта любого западного мужчины. А вот найти ей адекватного кавалера — задачка не из простых. Причем, чем достойнее и лучше девушка, тем больше у нее шансов остаться одной, или жить с человеком, который, как говаривала моя бабушка — «мизинца ее не стоит».

Однако в эмиграции, где в раз все смешалось, и в этом вареве перемен изменились семейные и социальные роли, мои подруги имеют гораздо большее жизненное пространство, этакий шанс для маневра.

Да и цена женщины на Западе много выше. Пожалуй, впервые моя соотечественница оказалась в ситуации, где возможен выбор. Она может разъехаться с опостылевшим мужем, вечно лежащим на диване перед телевизором и отказывающимся делать что-либо полезное...

Мужчина, вывезенный из постсоветского пространства, как метко заметил один юморист — «вечно чем-то недоволен, то качеством обеда, то степенью обихоженности...»

И вот, наконец, она может спокойно уйти от своего благоверного, этого чемодана без ручки, который наша женщина безропотно тащила через все жизненные ухабы и невзгоды, буквально на своей хребтине много лет. Западное государство даст ей отдельную оплачиваемую квартиру и пособие на детей. В Германии оказалось, что она вовсе не бесправна и даже в свои 45–55 лет, что у нас считалась глубокой старостью — «старухам надо с внуками сидеть, а не на свиданья шастать», способна неплохо устроить свою личную жизнь с благодарным одиноким немцем.

Выяснилось, что женским вниманием немцы совсем не избалованы.

Я помню изумление моих подруг, приезжающих погостить в Германию, когда они шли по улице и видели шикарных, холеных, элегантно одетых и с признаками интеллекта на лице немцев под руку с «какими-то каракатицами».

— Нет, ну ты посмотри, что он в ней нашел? Ну, просто уродина какая-то, — пихала меня в бок питерская подруга — актриса, приехавшая погостить. — У них что, совсем нет красивых женщин?

Честно говоря, я не знала, что ответить. В Германии красоток, действительно, гораздо меньше, чем у нас — на необъятных просторах моей бывшей Родины. Славянки недаром ценятся во всем мире...

— А правда, что русские женщины каждый день варят обед для мужа? — с нескрываемым изумлением спрашивал нас педагог немецкого языка на курсах в первый год нашего пребывания в Германии.

Впрочем, среди немцев тема «скупого рыцаря», тоже, увы, достаточно актуальна. Хотя, положа руку на сердце, жадность — это то, что труднее всего прощаешь мужчине.

— По-моему, часть особей мужского пола в Германии получает оргазм не от любовного общения с женщиной, а от созерцания своего банковского счета... — заметила моя подруга, имеющая богатый опыт общения с немцами.

— Как они не понимают, что из-за своей скупости и привычки экономить на мелочах, теряют по-крупному гораздо больше...

Романтические чувства, безоглядную открытость влюбленности, да и уважение, наконец! Жадность, как ржавчина, способна разъедать даже сильную любовь.

А другая знакомая рассказала мне еще одну поучительную историю, которую я не могу отказать себе в удовольствии рассказать.

— Ты мне очень нравишься, — скромно заметил ее бойфренд после полугода тесных встреч, — и я боюсь к тебе привязаться.

— Так что мешает? — игриво произнесла подруга.

— У тебя маленькая зарплата, — влюбленный грустно потупил очи, — а мне нужна богатая женщина...

Один жених, появившийся по брачному объявлению местной русскоязычной газеты, приехал к моей знакомой, милой 50-летней женщине — и в самом деле уставшей от одиночества и надеявшейся в эмиграции обрести надежное мужское плечо. Кавалер был хорош, чисто выбрит, элегантно одет и пах дорогим одеколоном. Он долго рассказывал «про то, как хорошо, что они родом из одного города (в скобочках замечу с Украины, а там по моим наблюдениям женихи особенно прижимисты) что они — одинокие души, которые вновь соединятся», читал стихи, смахивал с глаз набежавшую от избытка чувств слезу, а затем, перейдя к заключительной стадии знакомства, достал из кожаного портфеля… два йогурта по 15 пфеннигов и гордо вручил их подруге.

Та не поняла юмора и отказалась от столь щедрого подношения. Тогда наш герой съел оба стаканчика сам, заявив, что у него гастрит, а значит, он нуждается в диетическом питании. В завершение прелюдии кавалер потребовал полноценного обеда. Милая, интеллигентная женщина, кстати, библиотекарь в прошлом, покормила его вкусной едой с дорогими деликатесами, купленными на сэкономленные от социального пособия деньги, и выпроводила за порог.

— Мне скупые рыцари не нужны… — горько сказала она.

И я восхитилась точностью ее формулировки.

Моя питерская соседка Любочка вышла замуж во второй раз. Ее новый муж — дородный высокий мужчина, (чуть не написала «господин», хотя к нему это слово очень даже подходило) был обходителен, интеллигентен и обладал, по словам друзей и родственников, массой достоинств, однако одно качество перекрывало все. Новый муж был страшно жаден.

— Мои деньги — это наши деньги, а его деньги — это его деньги, — грустно рассказывала мне Любочка. — А ведь он неплохо зарабатывает, но практически ничего не тратит, все копит, копит… Я ему столько раз говорила — давай жить сейчас, кармашки на тот свет не предусмотрены… Но он просто физически не может расстаться с деньгами. Ты понимаешь, как это тяжело?

Я понимала.

Я вспомнила, как в далекой юности у моей кузины, очаровательной грациозной брюнетки, студентки филфака, был один ухажер — преуспевающий писатель, лет на пятнадцать ее старше.

— Я как-то приехала к нему на такси и у меня не оказалось с собой денег расплатиться, — рассказывала она. — Писатель купюру мне протянул, а у самого рука дрожит...

— От старости? — не поняла я.

— От жадности, — усмехнулась она.

И последним, завершающим штрихом монументальной картины «скупой рыцарь» — стал красочный эпизод, опять таки пересказанный в подробностях моей кузиной.

После нескольких незабываемых часов, проведенных наедине в мастерской одного модного художника (писатель, конечно, был давно и прочно женат), после страстных признаний в любви, горячих стонов, нежных поцелуев и восклицаний «если ты меня бросишь — я умру»... поклонник, выйдя из мастерской, зашел в цветочный магазин. Знатоку человеческих душ надо было купить цветы на юбилей своей тещи. Он долго приценивался, выбирал цветы, нюхал, вертел бутоны перед глазами, придирчиво осматривая качество товара, а затем, купив букет, зашагал со своей подружкой под руку к станции метро.

По дороге он говорил о каких-то тонких и несомненно умных вещах, она молчала.

— Ну пока, золотко мое... — писатель клюнул ее в щеку. — До новых встреч!

— Новых встреч больше не будет, — она вскинула твердый подбородок. — Да я и о старых жалею...

— Что? — не понял он.

— Я знаю только одного мужчину, — усмехнулась кузина изо всех сил скрывая горечь. — Человека, по всем параметрам претендующего на интеллигентность, который, зайдя с молодой женщиной в цветочный магазин после свидания, не купил ей ни одного цветка. Это ты...

Через месяц моя кузина поехала на юг с молодым бизнесменом, прежде отвергаемым за «недостаточное знание поэзии и недостаток тонкости души».

Они прекрасно проводили время, жили в просторном уютном номере, купались в теплом море, загорали, ели нежные персики и сладкий виноград, а знойными, южными ночами занимались любовью. А потом она, несколько лет отвергавшая его настойчивые предложения руки и сердца, искренне сказала «да».

Произошло это так. Они, гуляя, зашли в небольшой магазинчик около пляжа. Ее внимание привлек модный шелковый пиджак в красную полоску. Девушка примерила его, пиджак сидел идеально, выгодно подчеркивая линию таллии. Рядом на вешалке висел такой же — только с синей полоской. Она примерила и его, и остановилась в раздумье — какой выбрать — красный или синий. Опять примерила, опять отложила…

— Ты чего так долго? — в примерочную кабинку заглянул ее друг. — Я голодный, пошли обедать.

— Да вот, не могу выбрать пиджак — в красную или синюю полоску взять…

— Бери оба, — сказал он.

И отправился платить в кассу.

— И тут я поняла, — рассказывала она мне, спустя двадцать лет, сидя в своем большом загородном доме в окружении любящего мужа и прекрасных детей, — что выйду за него замуж.

И никогда об этом не пожалела.

Рука дающего не оскудеет…

Пять дней любви

ПЯТЬ ДНЕЙ ЛЮБВИ

Кот носил простое одесское имя Зяма. Был он белым, пушистым персом с пронзительными желто-зелеными глазами.

В доме он появился по случаю — мы с дочкой заехали в гости к знакомой экстрасенше из Вильнюса, шумной, экстравагантной даме, умевшей, однако, блестяще лечить многие болезни, не подвластные сегодняшней официальной медицине. Мы болтали о том и сем, вспоминали минувшие дни, и в это время в комнату вплыл он.

— Какой замечательный котик! — обрадовалась моя дочь.

— Да это целый котище, — отозвалась я.

— Кстати, — знакомая экстрасенша протянула к коту руки. — Зямочка, иди сюда, дорогой… Он у нас и в самом деле замечательный. Связан с высшим астралом, светлыми силами, это я вам как специалист говорю.

— Знаете, как он спит, подбирая лапки… — и она довольно живо продемонстрировала нам кошачью позу. Моя дочь так и прыснула.

— Можете его забрать, дарю… А то моя кошка Фирка от него беременна. И ведет себя, как истинная одесская хабалка — потеряла к жениху всякий интерес, отпихивает от миски и лупит несчастного смертным боем. А этот интеллигент, сдачи дать не может, сидит грустно по углам, вздыхает и раны зализывает.

— Мамочка, давай его возьмем, — умоляюще заканючила дочка. — Я так хочу животное в доме… Он такой добрый, такой пушистенький…

— Зяма забирает негатив из жилья, — заявила экстрасенша. — Послушайтесь меня: коты — мистические животные, недаром их так чтили в древнем Египте. Вам в вашей сегодняшней ситуации это очень полезно. Кот, когда его гладишь, снимает отрицательную энергию. Обе станете поспокойнее.

И, не дослушав моего ответа, сказала:

— Зямочка, иди сюда дорогой, я пристроила тебя в хорошие руки...

Так кот появился в нашем доме — исключительно для снятия негатива. Первое время он важно ходил по всей квартире, помахивая пушистым хвостом и принюхиваясь. Гладить себя не давал и вообще вел достаточно независимо. К миске с едой подходил исключительно ночью, а специально выставленный песок в туалете рыл с такой яростью, что моя дочь пугалась. Потом привык и смягчился. И через неделю это был замечательно ласковый и вальяжный кот. За право дремать с ним на коленях в кресле у телевизора соревновалась вся семья. В доме и в самом деле стало спокойнее.

А потом Зяма написал на ковер. Мы великодушно рассудили, что кто-то из нас забыл приоткрыть дверь в уборную. Ковер долго терли пахучими шампунями и проветривали на балконе, а через день кот опять пометил ковер. В этот раз принимаемые меры были жестче, а мытье и проветривание ковра не дало нужных результатов. Когда в дом заходили гости, они невольно втягивали ноздрями воздух, покашливали и ласково осведомлялись:

— У вас в доме котик живет?

Когда ковер в гостиной заблагоухал в третий раз, мое терпение лопнуло. Я потыкала кота мордой в место преступления, привычно вывесила ковер на балкон и села за телефон, опрашивать знакомых кошатниц, что делать в таком случае. В это время дочь вернулась из школы и радостно закричала с порога:

— Мамочка, я все узнала, Зяме нужна жена!

— Ну вот, — сказала я с олимпийским спокойствием, — мне только этого не хватало для полного счастья в жизни — искать жену Зяме. Все знакомые кошки оказались кастрированными, как и коты впрочем.

— В такой стране живем, — развел руками мой муж. — Они тут все кастрированные... Но я калечить животное не дам. Опять сели за телефон, умоляя знакомых раздобыть нам кошку, пусть не породистую, любую, мы согласны...

Жены не находилось. А Зяма опять написал на ковер.

Дали объявление в русскую газету. «Белый пушистый перс ищет кошку-подругу с самыми серьезными намерениями». И это (о, слава русским газетам, выходящим в Берлине) сработало.

Нам позвонил томный женский голос:

— У вас жених есть?

— Что? — оторопел мой муж.

— Ну, кот для моей кошки…

— А-а, — обрадовался мой муж, — конечно есть, замечательный жених. Пушистый, ласковый…

— А он… Ну, того… Активный? А то тут приносили одного черного кота, так ничего не смог… — в голосе прозвучала глубокая обида. — Хвост поджал и дрожит весь… Тьфу! Ну просто нет мужиков, — запричитали в трубке, — ну просто вокруг совсем нет мужиков…

— Бывает, — осторожно ответил мой муж. — Не сошлись характерами, наш, будем надеяться …

— А чего надеяться то? — грубо оборвал голос. — Мне в Киев надо ехать. В прошлый раз котят продала и съездила домой, не век же здесь прозябать. Вот в Киеве мужики есть!

На следующий день крашеная блондинка, посматривая огневым глазом на моего мужа, привезла в дом рыжую кошку Нюську. Нюська была под стать своей хозяйке.

Первым делом она звезданула своей рыжей когтистой лапой бедному Зяме под глаз, чем положила конец всем его скромным надеждам и ухаживаниям. Как только наш бедный котик пытался приблизиться к этой стерве, она изгибала спину, шипела и заносила лапу для очередной оплеухи.

— Все вы бабы, такие — резюмировал мой муж.

Мы с дочкой обиделись.

Через три дня издевательств этой рыжей над ни в чем ни повинным Зямой я засунула шипящую кошку в брезентовую сумку с застегивающейся молнией и отвезла назад грузной блондинке. Через два месяца причина Нюськиного решительного отказа стала ясна — она разродилась четырьмя черно-рыжими котятами. Выходит, что черный кот был незаслуженно оклеветан, и Зяме опять подсунули уже изрядно беременную невесту.

В общем, первая брачная попытка потерпела провал, и кот опять написал на ковер…

Я ругала знакомую экстрасеншу, в компании с дочкой уговорившую меня взять кота. Зяму не сильно, но обидно отлупила веником и потыкала в испорченный уже навсегда ковер мордой. Словом, приняла меры и пригрозила, что в следующий раз уже точно выгоню его на улицу и пусть, как хочет… А в русскую газету вновь дала объявление: «Пылкий красавец перс ищет подругу — кошку с хорошим характером. Драчливых и беременных прошу не предлагать».

И вот тут Зяме первый раз улыбнулась удача. Маленькая тихая женщина принесла в дом черную короткошерстную кошку.

— Это заморыш какой-то, — оценил мой муж. — Тут вообще нечего траха… — и поперхнулся на слове, поймав мой выразительный взгляд, брошенный на дочку. — А я что, — поспешил он исправить ситуацию, — я только говорю, что эта порода совсем не та…

Но порода оказалась очень даже та. Ах, что толку любить надменных породистых красавиц соответствующих всем стандартам переменчивой моды! Одна морока… Если здесь с этой невзрачной худышкой Зяма обрел пыл и страсть, нашел нежность и покой, сладость и душевное умиротворение… Да, Зяма обрел наконец свою настоящую любовь, как компенсацию за прошлые обиды и незаслуженное им разочарование.

Вообщем, события развивались так… Первые два–три часа Зяма ходил вокруг кошки кругами и, делая сложные «па» хвостом, принюхивался, она же сидела, скромно потупив зеленые очи. Затем он приблизился, победно распушив хвост и… К вечеру наш герой с победно-утомленным видом лежал рядом со своей подругой, горделиво оглядывая все вокруг, и снисходительно позволял ей облизывать ему бок.

Но несмотря на очевидную всем большую любовь и трогательные нежности, оказываемые друг другу, если Зяма с черненькой подходил к миске с едой, то бесцеремонно отталкивал подругу, жадно чавкая, ел, и только насытившись, позволял подойти к миске ей.

— Вот все вы, мужчины такие, — ехидно сказала я.

Муж обиделся.

А через пять дней черненькую забрали и Зяма, проведший пять бурных ночей и дней, как настоящий боец — к гордости моего мужа (о, великая мужская солидарность!) свалился и проспал, как любила выражаться моя бабушка «без задних ног», двое суток. А потом затосковал. Он понуро ходил по всей квартире, прижав уши и опустив хвост, и внимательно нюхал места их бывшей любви, ложился туда, потом стремительно вскакивал и вновь ложился. Вспрыгивал на подоконник и, застыв как египетская статуя, часами вглядывался в пронзительно голубое небо майского дня с такой мольбой и надеждой в глазах, как будто верил, что счастье обязательно вернется, посетит его снова… Надо только очень этого хотеть.

Три месяца спустя черненькая кошечка родила четверых котят, об этом нам радостно сообщила по телефону ее хозяйка. Мы поздравили кота со счастливым отцовством и моя дочь повязала Зяме на шею синий бант.

…А еще через месяц Зямы не стало.

Мы уезжали в отпуск всей семьей, пришла летняя пора каникул, а кота, предварительно договорившись, отвезли в квартиру к моей маме. И как назло в наше отсутствие с мамой случился сильный сердечный приступ. И последнее, что она запомнила, теряя сознание, что Зяма подполз к ней и лег рядом, прижавшись всем телом к больному месту… Через несколько часов она открыла глаза, сердце больше не болело, не билось под подбородком, приступ отступил и она смогла дойти до телефона, позвонить соседке.

Мертвый Зяма лежал на полу возле кровати в странной позе, свернувшись клубочком и отставив хвост, смотря открытыми прозительно-желтыми глазами в вечность…

Права оказалась экстрасенша, умевшая заглядывать в будущее — Зяма забрал весь негатив из дома и ушел. А мама (о, благодарение Богу!) осталась жива.

И я теперь твердо верю, что коты — мистические животные.

_2004_

Литературно-художественное издание

Анна Сохрина

Пять дней любви

новые вещи Анны Сохриной вы можете увидеть на

http://www.sokhrina.com

Подписано в печать 01.02.2010. Формат 60×90 в $^1/_{16}$.
Бумага офсетная. Печать офсетная. Печ. л. 18. Тираж 5.000 экз.